「ミュ！」
そう言ってミューが頭を胸にこすりつけてきた。
ふおお……！
何これすごい。かわいすぎるんですけど!?
しかもこの角、全然痛くない！
というか、柔らかいんですけど!?　どうなってるの。
まさか、実はぬいぐるみが動いていたりする？

フェロール
リディルの執事。
責任感が強く、心配性。
世界樹
千年前に失われた樹。リディルが
辺境を発展させると大きくなっていき……？
ミュー
辺境で出会った謎の神獣。
食いしん坊。
リディル
辺境へと追放された第六王子（7歳）。
「世界樹の守り人」に選ばれる。

デニス
ドワーフの大工。
モノづくりのプロだが、
お風呂が苦手。
アルフレッド
エルフの先生。
リディルに魔法を教えてくれる。

「な、なんですか、このブドウは!?」
「これはエルフのブドウだよ。まあ、ボクがちょっと魔力を与えすぎたこともあって、少し輝いているけどさ」
「少し……?」

世界樹の守り人

～異世界のすみっこで豊かな国づくり～

著 えながゆうき

ill. 塩部縁

CONTENTS

第一章 ✦ はじまり

揺《ゆ》れる馬車の窓に一人の少年の顔が映っている。ほおが少し痩《や》せていて、青みがかった銀色の髪は元気がない。濃紺《のうこん》の瞳《ひとみ》はいつも以上にどんよりと濁《にご》っていた。

それが窓に映る、今のボクの姿だ。

「リディル王子、お加減はどうですかな？」

目の前に座る、白髪交じりの灰色の髪を後ろになでつけた紳士が、こげ茶色の瞳を心配げにこちらへ向けた。

「特に問題はないよ。フェロールはどう？」

「わたくしは慣れておりますので。この程度、なんともございませんよ」

フェロールが笑顔でそう言った。ボクなんかよりも、ご老体にムチ打ってまで辺境《へんきょう》の領地へついてくる方が大変だと思うんだけどな。それでもフェロールは、愚痴《ぐち》一つ、こぼすことはなかった。

ジェラルタン王国の第六王子であるボクについてきても、なんのうまみもないはずなのに。完全に厄介払《やっかいばら》いだよね？　ボクと同じように。

ボクのお母様にはずいぶんと世話になったらしく、その恩返しだとフェロールは言っていた。

そう言われても、ボクにはお母様とフェロールとの間にあった出来事を知ることはできない。

フェロールに尋《たず》ねても、ごまかすばかりで何も話してはくれなかった。そしてお母様に聞こうにも、一週間前に亡くなってしまったので、もう聞くことはできない。

お母様はたぶん、殺されたのだと思う。お母様が亡くなったそのすぐあとに、お母様を目の敵《かたき》にしていた第二王妃が修道院へと送られたのだ。きっと何か関係があるはず。

でもそれはあくまでもボクの臆測《おくそく》でしかないし、父親である国王陛下《へいか》はボクに何も言わなかった。

ただ、ボクにこれから行く辺境の地を任せたと言っただけである。

ボクは王族の子供の中で、ただ一人、魔法を使うことができなかった。だからいつかは厄介払いされると思っていた。だが、まさかこんなに早くそのときがくるとは思わなかった。何も準備できてないよ。だってまだ七歳だもん。

「はぁ」

「リディル王子……」

「特に問題はないけど、この揺れが続いたらお尻《しり》が二つに割れてしまうかもしれないね」

「ブフォ！　リディル王子、お尻は二つに割れているものですぞ。わたくしのお尻もパックリと二つに割れております」

「ああ、そう言えばそうだったね」

顔を見合わせてひとしきり笑った。お互いに大事な者を失ったのだ。こうでもしないと、とてもではないが耐えられない。

馬車に揺られること数日。ついに目的地の辺境の町へと到着した。そのころには、どうにか涙も枯れて、現実を受け止められるようになっていた。

町の名前は「ノースウエスト」という名前らしい。王都の北西に位置しているからね。そのまんまのネーミングである。

ここが今日からボクが暮らすことになる場所なのか。予想はしていたけど、町というよりかはちょっと大きめな村だね。二階建ての建物もなければ、どうやらお店もなさそうだ。

木の板を組み合わせただけの家には、どう見ても防寒対策が施《ほどこ》されている様子はない。トイレは共同なのか、向こうにそれらしい建物があるな。もちろん水洗ではなさそうだ。

道は土を押し固めただけのようで、あちこちにボクの拳《こぶし》くらいの小石が転がっているね。馬が走るのには適していない気がする。もちろん、馬の姿なんてないし、馬車も走っていない。

ん？　あそこにあるのはもしかして井戸なのかな？　大きな石で囲いがしてあるけど、水をくみ上げるのは大変そうだ。もちろん、滑車《かっしゃ》なんて物はないぞ。今も子供たちががんばって水をくみ上げている。

身につけている服はつぎはぎだらけで、どれも同じような服に、同じような色。とてもおしゃれを楽しむような感じではなさそうだね。

なんだか疲れているように見えるのは、どこかみんなが少し汚れているからだろうか。ちゃんとお風呂《ふろ》に入っているのかな。

突然現れた立派な馬車に驚いているのだろう。道行く人たちが目をまん丸にしてボクの乗る馬車を見ていた。

そんな町の中でも、ひときわ大きな屋敷《やしき》の前に馬車は止まった。大きいと言っても、もちろん王城にはかなわない。それでも王城の倉庫一つ分くらいの大きさはありそうだ。

屋敷の中から白髪の人物が出てきて、そのこげ茶色の目がボクを見た。

「ようこそおいで下さいました、リディル王子殿下《でんか》。私が町長のヨハンです。何かあれば、なんでも私に言って下さい」

「これからお世話になります。隣にいるのはお目付役のフェロールだよ」

「執事《しつじ》のフェロールです。主人共々よろしくお願いいたします」

ちょっと口調にトゲがある。どうやらフェロールはちょっと怒ってるみたい。お目付役って言ったのが気に入らなかったみたいだ。でも、ボクを監視《かんし》して、国王陛下に報告するのがフェロールの仕事なんだよね？　そのくらい、さすがに七歳児のボクでも分かる。

……いや、さすがに王族としての英才教育を受けていたとはいえ、七歳児では分からないかもしれない。ボクがそのことを察《さっ》することができるのは、わずかながら前世の記憶があるからである。

しかも、覚えていた前世の世界は一つじゃなかった。

あるときはこの星を離れ、隣《となり》の星へ、そしてまた、その隣の星へ。最終的には別の星系にまで飛び出して行っていたのだ。

そのときのボクはエンジニアとして宇宙船に乗り込んでいたようだ。自分たちの代わりに危険な任務を行うアンドロイドを生産したり、船内の壊れた設備を修理したり。命に関《かか》わるようなことはしてこなかったが、あれはあれで大変だった。

他にも、高層ビルと呼ばれるものすごく大きな、それこそ、百階建てくらいの建物が建っている世界での記憶もある。人がたくさんいて、車やバイク、電車が引っ切りなしに行き交っていた。とてもにぎやかで、騒《さわ》がしかったな。

そのときには、色んなファンタジー小説を読みあさっていたね。そして色んなことに挑戦してた。金属加工をしてみたり、木工をしたり、手芸をしたり。しばらくはそれが前世の記憶だとは思わなかった。

それに気がついたのはいつのころだったか。ボクとお母様の会話がかみ合わなかったことが何度かあった。そのときに気がついた。ボクが常識だと思っていることが、この世界では非常識だということに。

もしかするとお母様は、ボクが変わった子供であることを国王陛下に話したのかもしれない。だから「お母様」という強力な護符《ごふ》がなくなった途端に、将来問題になりそうな第六王子のリディルを辺境の地へと追放したのだ。

うん、この考えの方がしっくりくるな。そしてフェロールは貧乏クジを引いたというわけだ。

でも、フェロールの今の顔は生き生きとしているんだよね。お母様が亡くなったという知らせを聞いたときは、後追いしそうなほどやつれていたのに。

ひょっとしてお母様の忘れ形見《がたみ》であるボクを、「立派に育てあげるんだ」と思って変なスイッチが入ってる?

「リディル王子、いいえ、リディル様。わたくしはリディル様の専属《せんぞく》執事、フェロールです。お間違えのないように。じいやと呼んでもらっても構いませんぞ?」

「フェロール……分かったよ。頼りにしてる。じいや呼びのことは考えとく」

どうしてわざわざ言い直したのか。もしかして今のが正式に主従関係を結ぶための儀式《ぎしき》だったりする? さすがにその辺りの知識はないぞ。こんなことならお母様から習っておけばよかった。

そしてじいや呼びを辞退したことに口をとがらせていた。不満そうである。なんでよ。

「コホン、それではお部屋に案内いたしますね」

ボクたちの話が終わったのを見計らって、自然な感じでヨハンさんが話を進めてくれた。これからボクの歓迎会の準備とかで忙しいんだろうな。落ち着くまでは静かにしておこう。

もっとも、ボクがノースウエストにいても、できることなんて何もないんだけどね。食っちゃ寝することくらいだろう。

太りそうだな。そうならないように、ちゃんと運動もしないといけないな。

その日の夕食。テーブルの上にはたくさんの食べ物が用意されていた。やはり歓迎会をしてくれるようである。ボクたちの他にも、ヨハンさんの家族や親戚も来ている。先ほどみんなからのあいさつを受けた。第六王子のボクに少しビクビクしていたけどね。

せっかく用意してもらったので、フェロールと一緒にありがたく、いただくことにした。

でもさっきから、ボクが手を出す前にフェロールが一口食べているんだよね。まるで毒味でもするかのように。

フェロールはちょっと神経質になりすぎているんじゃないかな？　ボクの命を狙《ねら》う人なんてもういないと思うんだけど。それは王城にいたとしても同じだったと思う。魔法の使えない出来損《できそこ》ないの王子なんて、だれも見向きもしなかったはずだ。

シンプルな味付けだったが、どの料理もおいしく食べることができた。やっぱり温かい食事はおいしいね。畑で採《と》れたばかりの新鮮な野菜を使っているのも、おいしかった要因の一つだろう。

欲を言えば、もう少し味がついていればよかったんだけどな。この辺りでは、調味料を手に入れるのも一苦労なのかもしれない。塩やコショウだけでなく、みそとかしょうゆとかマヨネーズとかもあったらよかったのに。

そんなどうにもならないことを考えつつ、その日は眠りにつこうとした。

だが、眠れなかった。

慣れない土地だもんね。しょうがないよね。それになんだか胸騒《むなさわ》ぎがする。このままでは寝つけないと思ったので、窓から外を見た。王都とは違って真っ暗なんだろうな。

そう思っていたのだが、窓から見える先にボンヤリと明かりが見えた。

あれは一体なんだろうか。遠くて分かりにくいんだけど、木が光ってるような気がする。そんなことってあるの？

まさかこの世界に光る木が存在するとは思わなかった。これは明日にでも確認しに行かないといけないな。そうしてワクワクしていると、急に眠たくなってきた。よし、絶対にあの木を見に行くぞ。

翌日、朝食の席で昨日の夜に見た光景をフェロールとヨハンさんに話した。フェロールはそんな木があるのかと興味を持ったようだが、ヨハンさんはしきりに首をひねっていた。

おかしいな。あれだけ光っていたのだから、この町でも有名な木だと思っていたんだけど。もしかして違うのかな。

「リディル王子殿下を疑うわけではありませんが、本当に光る木があったのですか？　そのような話はこれまで聞いたことがありませんよ」

「え、そうなの？　じゃあ、ボクが見たのは、もしかして、夢だった？」

「リディル様、まだそうと決まったわけではありませんぞ。気になるのであれば、本日の視察《しさつ》のときにそこへ行ってみるのはどうですかな？」

「そうだね。そうしようかな。なんだかとっても気になるからね」

そんなわけで、ヨハンさんにノースウエストの町を案内してもらうついでに、昨日の夜、ボクが見た場所へ行ってみることになった。一体何があるのかな。この木なんの木、気になる木があるのかもしれない。

朝食を終えて、トイレもすませて、さっそく町を案内してもらうことにした。なお、トイレはくみ取り式のトイレだった。そうだよね。こんな辺境の地に下水道が整っているはずがないよね。分かってたけど、王都との文明の差を感じずにはいられなかった。

町の人たちにあいさつをしながら歩いて行く。人口はそれほど多くないようだ。やっぱり町というよりかは大きな村だよね。見た感じではお店もなさそうだ。

ボクがこの辺境の地へ突然赴任することになったので、村を無理やり町にしたのかもしれない。そんなことする必要なんてなかったのに。村の人たちからの反感を買っていたらどうしよう。石とか投げつけられるのかな？

「リディル王子殿下、昨日の夜に見た『光る木』はどちらの方角にあったのでしょうか？」

「えっと、あっちだよ。あの高い山の方角だった」

「あの山はこの辺りでは霊峰《れいほう》として知られている山なのですよ。なんでも、エルフの生き残りが今も住んでいる山だそうです」

「そんな山が近くにあるんだ。本当にエルフがいるのかな？」

ボクが知っているのは、この世界にはエルフという種族はまだ残っているものの、その姿を見た人はほとんどいないということだった。この話は家庭教師の先生から聞いたので、ほぼ間違いないだろう。ボクだって一応、王族としての教育をそれなりに受けてきたのだ。途中でおしまいになってしまったけど。

「どうでしょうか？　少なくとも私はお会いしたことはありませんね。町の住人の中にもいるかどうか」

「そっか。残念」

どうやらまゆつばものの話だったようである。でも霊峰としてみんなから認知されているのなら、本当にいるかもしれないな。今度、探検に行くのもいいかもしれない。フェロールが行くのを許してくれたらの話だけど。

今、ボクの護衛《ごえい》についているのはフェロールだけである。フェロールはそれなりに戦えるという話を聞いている。だけど、騎士には遠く及ばないだろう。

ノースウエストの町に到着するまでは何人もの護衛がいたんだけど、到着すると同時にみんな帰ってしまった。ボクはもう用済み、と言ったところかな。どうやら無事にここへたどり着くのを見届けるまでが彼らの仕事だったようである。そんなもんだよね。

ヨハンさんの案内で、町の境界付近までやって来た。ここまでの道中にそれと思われる木はなかった。やっぱり見間違いだったのかな？　そんなことを思いながらちょっと不安になっていると、目の前に一本の木が見えてきた。

大きさとしては、一階建ての建物くらいの木なんだけど、なんだかボクには苗木《なえぎ》のように見える。そんなことってあるの？　大きな苗木って、何よ。

「はて、こんなところにこのような木がありましたかね？」

首をかしげているヨハンさん。どうやら町長さんでも知らない木だったようである。もしかしてヨハンさんは町の中の木がある場所を全部知っているのかな？　そんなバカな。

この木が昨日の夜に光っていた木なのかな？　なんだかドキドキしてきたぞ。

『よくぞここまで来て下さいました。私のいとし子よ』

「え、だ、だれ⁉」

「リディル様？」

「リディル王子殿下？」

急に聞こえた声に辺りを見回していると、不思議そうな顔をしたフェロールとヨハンさんがボクを見ていた。あれ？　もしかして二人にはこの声が聞こえていないのかな。

「フェロール、今、声が聞こえたよね？」

「……どなたのですかな？　わたくしとヨハンさんの声ではなさそうですが」

「だれのなんだろう？」

だれの声かは分からないけど、なんだか懐かしいような声が聞こえたと思う。しかしどうやら二人には聞こえていなかったようだ。なんだか急に寒気がしてきたぞ。

もしかして、おば――。

『お化けではありません。あなたの目の前にある世界樹《せかいじゅ》です』

「せ、世界樹⁉」

「リディル様、大丈夫でございますか⁉　先ほどから何やら不穏《ふおん》な様子ですが」

「この木、世界樹なんだって！　どうやらフェロールたちには世界樹の声が聞こえていないみたいだね」

「なんですと？」

あ、ものすごく温かなまなざしを二人がボクへ向けている。本当なのに。それとも、メルヘンチックな王子様だと思われてる？　そっちの方が心外なんだけど。

どうやらボクが話したことに納得できないようで、二人がしきりに木を見上げている。

『この場で私の声が聞こえるのは、私のいとし子であるあなただけです』

「ボクだけにしか聞こえないんだ。不思議だね。あ、ボクの名前はリディルだよ」

『不思議でもなんでもありませんよ。あなたは〝世界樹の守り人《もりびと》〟として認定されたのですから』

「世界樹の守り人⁉　って何それ？」

大げさに驚いてはみたものの、その役職が一体なんなのか分からない。役職だけを与えられた、中間管理職でなかったらいいんだけど。

もしかして、いつの間にか社畜《しゃちく》にされちゃった？

『社畜だなんてとんでもない。だれもが笑顔で働くことができる、正真正銘《しょうしんしょうめい》のホワイト企業ですよ』

「ますます怪しい」

「リディル様、もしかして、本当にこの木の声が聞こえておられるのですかな？」

「うん。そうみたい」

あ、フェロールとヨハンさんの口がポッカリとあいている。なんだか理解が追いついていない様子だ。偶然だね、ボクも理解が追いついていないんだ。ホワイト企業だと言うのなら、しっかりと説明してもらわないといけないよね。

さて、この世界樹さんはボクを守り人にしてまで、一体、何をしてほしいのだろうか。とりあえずボクはまだ七歳児だからね？　そこだけはハッキリさせておかないといけない。

『年齢は関係ありませんよ。百年も過ぎれば、だれも年齢なんて気にしなくなるでしょう』

「気が長すぎ！　木だけにね！」

「あの、リディル様、今の状況をこのわたくしにも聞かせていただけないでしょうか？」

不安そうな顔をしたフェロールがおそるおそる尋ねてきた。どうやらボクのメルヘン体質を、とりあえず受け止めてくれることにしたらしい。

フェロールは心が広いな。ヨハンさんはまだ困惑《こんわく》の表情を浮かべているぞ。

「これから詳しい話を聞こうと思っているんだけど、どうやらボクは『世界樹の守り人』に選ばれたみたいなんだ」

「世界樹の守り人ですか。聞いたことがありませんな」

「そ、そう言えば、世界樹の話なら聞いたことがありますよ！」

おおっと。いきなりヨハンさんが再起動したぞ。ビックリするから起動音くらいは出してほしかった。ウィーン、ガシャン、とかね。

フェロールと一緒にヨハンさんの顔を見た。赤べこのように何度も首を上下に振っているヨハンさん。

「ヨハンさん、何を聞いたことがあるの？」

「リディル王子殿下、この地はかつて、世界樹があったと言われている場所なのですよ。千年ほど前にその世界樹は失われたそうですがね」

「そうだったんだ。それで、世界樹の守り人って何する人なのかな？」

「さて、そこまでは……」

フムフム、つまり、この地には世界樹の伝説が残っていたってことが分かったわけだ。そして逆に言えば、それしか分からなかったということである。そんなわけで、世界樹さん、一体全体、どういうことなの？

『守り人にはこの地に新たな国を建国する権利を与えられます』

「え？」

ちょっと何言ってるか分からないですね。そんなに簡単に建国する権利を与えちゃってもいいの⁉

あ、もしかして、曲がりなりにもボクが王族で、第六王子だからってことなのかな？　イヤイヤイヤイヤ。さすがにそれは無理だよ。だってボクはしがない第六王子だもん。そんなことをすれば、反逆罪でギロチンになっちゃう！

『もちろんそれだけではありませんよ。守り人になった段階で、あなたは精霊魔法《せいれいまほう》を使えるようになっています』

「精霊魔法？　何それ？　フェロール、ヨハンさん、ボク、精霊魔法を使えるようになったみたいなんだけど、それがなんだか分かる？」

「いいえ、聞いたことがありませんな。我々が使う魔法とは、また別の魔法体系なのでしょうか？」

「初めて聞きますね。伝承《でんしょう》にも残っていないと思います」

なるほどね。だれも知らない魔法ってことか。そんな物を使えるようになっても、使い方が分からなかったらどうしようもないんだよね。残念、無念。

「そういうことだから。精霊魔法を使えるようになっても、ボクにはあんまり影響はないみたい。それに、国を建国して王様になるつもりはないよ」

『……そうですか。残念です』

「け、建国ですと⁉　なりませんぞ、リディル様！　そのようなことをすれば、国家反逆者として、たとえ王子であっても処刑されてしまいますぞ！」

「だから建国しないって言ってるじゃない」

フウ、と額《ひたい》の汗をぬぐうフェロール。もしかして本当にするとでも思っていたのかな？　ボクにだって、そんなことをすれば危険だっていうことくらい分かるぞ。

それにもし仮に建国するつもりがあるのなら、ボクの監視役であるフェロールの前では言わないと思う。

「ヨハンさん、世界樹って何かすごい力を持っているの？」

ボクが知っているのは、小さいころにお母様に読んでもらった、童話《どうわ》の中での話だけ。

その中では、世界樹は頭を雲の上に出し、その近くには色んな種族が集まって暮らしていたということだった。完全におとぎ話だね。

「特に伝わっていることはないですね。ただ、ものすごく大きな木だということだけが伝わっております」

「大きな木。なんとも不思議な木だね。不思議な実がなるのかな？」

「実がなるという話は聞いたことがありませんね」

残念。世界樹の実が採れれば、それをノースウエストの特産品として売りに出すことができたかもしれないのに。

この町を発展させるのはちょっと、いや、かなり難しそうだな。だからこそ国王陛下であるお父様はボクをこの地へ送り込んだのかもしれない。こんな辺境の地なら、何かをやろうと思っても、何もできないだろうからね。危険性もないというわけだ。

『実なりますよ』

「え、実がなるの？」

『はい。その実を使った魔法薬がありますよ』

「そうなんだ。知らなかった。錬金術師《れんきんじゅつし》しか知らないのかもしれないね。ヨハンさん、世界樹には実がなるらしいよ。この苗木《なえぎ》が大きくなって実をつけるようになったら、町の特産品になるかもしれない」

「は、はぁ」

なんだか困惑した感じの「はぁ」である。もしかしてヨハンさんは、ノースウエストを発展させたいと思っていないのかな？　それとも、過去にそれをやろうとして失敗したのだろうか。

ありそうな話だ。だって、畑以外に何もないからね。もしかすると、学校も娯楽もなんにもないのかもしれない。

これはあとで町にある施設を確認する必要があるな。この町に足りないものはお店だけじゃないのかもしれない。

「世界樹さん、今のところはボクに何もできることはないみたい。ごめんね。その代わり、毎日、ここにくるからね」

『それだけで十分です。いつでもお待ちしていますよ、リディル』

「ふふふ、やっとボクの名前を呼んでくれたね」

なんとも言えない顔をしているフェロールとヨハンさんを連れて、今日の視察を終えることにした。世界樹の様子は約束通り、毎日、見に行くことにしよう。ここまで走って往復するようにすればいい運動になるはずだ。頑張るぞ。

ヨハンさんの屋敷へ戻ってきたところで、先ほど知りたかったことを聞いてみた。

「ヨハンさん、この町にはどんな施設があるの？　学校はあるのかな？」

「学校はありませんね。必要ありませんから。もし、どうしても学校へ行きたいという子供がいたら、学校のある隣の町まで通うことになるでしょう」

「学校はないのか。それじゃ、買い物はどうしてるの？」

「定期的にやってくる商人から買うことになりますね。こちらから物を売りたい場合は、隣の町まで行く必要があります」

うーん、それって、このノースウエストが町として認識されていないってことでいいのかな？　ここでは、お金を使った取引がまともにできないってことだよね。もしかしたら物々交換が基本なのかもしれない。

「そっかぁ。それじゃ、大浴場とかも、もちろんないよね？」

「ええ、ありませんね。お風呂があるのはこの町では私の家だけですよ。なんと言っても、敷地内に井戸がありますからね」

なんとなくそうじゃないかな、と思っていたのでそこまでの落胆はないけど、もう少し文化的な生活を、町のみんなにはさせてあげたいな。

自分にできることは何かないのか。その日の残りの時間はそれだけを考えて過ごした。

ボクにできること。ボクは曲がりなりにもこの辺境の地を任されたのだ。それならこの辺境の地を、みんなが過ごしやすい場所にしたっていいじゃない。

よし、決めた。少しずつでも、ノースウエストの町を豊かで文化的な場所にするぞ。きっと世界樹さんもそれを見越してボクを「世界樹の守り人」に選んだのだろう。建国する権利なんてものを持ち出したのは、ボクをやる気にさせるためだったに違いない。きっとそうだ。

＊＊＊＊

ヨハンに連れられて、リディルとフェロールがノースウエストの住人たちへのあいさつを終えたころ、町ではちょっとした騒ぎになっていた。

「本物の王子様なのかな？」

「そうに決まっているだろう？　あの服を見れば分かる」

「立派だったもんな〜。でも、なんでこんな村に？」

「バカヤロウ、村じゃねぇ。今はノースウエストという町だ」

「ノースウエストねぇ……」

その聞き慣れない町の名前に住人たちは困惑していた。つい先日までは名もなき村だったのだ。それが突如《とつじょ》、村長のヨハンから「ノースウエストという町になった」と言われ、みんなで首をかしげているところへリディルたちが来たのだ。町の住人がリディルたちのことを不思議に思うのも当然のことだった。

「おや、みなさんお集まりで。何かあったのですか？」

「ああ、隣町から物を売りに来て下さっている方じゃないですか。実は村、じゃなかった、町を王子様が治《おさ》めることになったのですよ」

「王子様？　新しく領主《りょうしゅ》になるということですか？」

「そうみたいです」

困惑している町の人たちを見て、隣町の商人であるトルネオも困惑していた。どうしてこんな辺境の地に王子様が？　いや、それよりも、あいさつをしなければならないか。

そう思ったトルネオはヨハンの屋敷へと向かった。

何もない村だが、だからと言って見捨てるわけにはいかない。それに、ヨハンから、少ないがお金をもらっているのだ。それだけの仕事をしなければならない。

「さて、一体どのような人物がいらしたのか。辺境の地へ送られたということは捨てられたということか。おそらく本人の資質に問題があるのだろうな。この村をつぶすようなことにならなければいいのだが」

だんだんと心配になってきたトルネオは足早にヨハンの家へと向かう。もしヨハンがだまされているようなら、ひとこと忠告すべきだろう。そう決意を固めていた。

「おや、トルネオさんじゃないですか。ここへくるだなんて珍《めずら》しい。何かありましたかな?」

「いや、その、村……じゃなかった、町の人たちに聞いたのですが、新しく領主が来たとか?」

「ええ、そうなのですよ。トルネオさんにも紹介しますね」

そう言ってヨハンが案内してくれた場所には、辺境の地にふさわしくないほどの、身なりの整《ととの》った人物がいた。なるほど、これは確かに王子だ。間違いない。見た目も大変かわいらしい。

なぜこのような子が辺境の地に? 困惑しながらもトルネオはリディルにあいさつをした。

「はじめまして。ヨハンさんから話は聞いていますよ。ノースウエストへ物を売りにきてくれてありがとうございます」

「いえ、とんでもありません。これも商売ですからね」

「それでもありがたいです。トルネオさんが来てくれなかったら、町の人たちはきっと困っていたはずですよ」

感謝の気持ちを瞳《ひとみ》に宿《やど》しているリディルを見て、トルネオはホッと胸をなで下ろした。

どうやら本心からそのように言っているようだ。そして庶民《しょみん》に対してお礼を言うことをためらわない。確か貴族という存在は、「ありがとう」と言うのをためらう生き物ではなかったか。

「それはとてもありがたいお言葉です。今後もごひいきにしていただけるとさいわいです」

「こちらこそ、これからもよろしくお願いします」

トルネオの不安な気持ちは、もうどこかへと消えていた。そしてその代わりに湧《わ》き出《で》てきたのは、このリディル少年への期待感。この町はこれから大きく変わっていくのかもしれない。不思議とその確信があった。

第二章 精霊魔法

翌朝、朝食を終えると、まずは世界樹《せかいじゅ》さんのところへと向かった。もちろん走ってである。

「リディル様、何も走って行く必要はないと思いますぞ」

「フェロールは無理して走らなくてもいいよ。ハァハァ、ヨハンさんの屋敷《やしき》で待っていてもいいんだからね」

「そうは行きません。リディル様を一人で行かせるわけにはいきませんからな」

相変わらず、ボクの護衛《ごえい》はフェロールだけだった。ヨハンさんも、ボクに新しい護衛をつけるつもりはないようだ。町の人たちはみんな忙しそうだったし、きっと人手が足りていないんだろう。

そしてどうやら、フェロールはボクを見捨てるつもりはないようである。どうしてそこまでしてくれるのか。王城から追放されたボクには、もうなんの価値もないはずなのに。なんだか心がモヤモヤする。

「世界樹さん、おはようございます」

『おはようございます、リディル。私におはようを言ったのは、あなたが初めてですよ』

なんだかうれしそうな世界樹さん。あいさつは基本だぞ。もっとも、木に向かってあいさつをする人はあまりいないとは思うけどね。

そんなわけで、朝の時間は世界樹さんとお話をすることにする。今のボクには先生がいない。世界樹さんはボクの大事な大事な先生である。

『リディルは精霊魔法《せいれいまほう》の使い方を知らないのでしたね』

「そうですけど……?」

なんだろう。世界樹さんの顔は見えないはずなんだけど、なぜかニンマリしているように感じた。一体何を考えているのだろうか。聞いてみたいけど教えてくれるかな? どうしようかと思っていると、それを見透《みす》かしたかのように世界樹さんが答えてくれた。

『それならリディルには、精霊魔法の使い方を教えてくれる先生が必要でしょう』

「確かにそうですけど、そんな人がいるのですか?」

『私に任せておきなさい。とびっきりの先生をこの地へ連れてきますから』

エヘン! というせき払いが聞こえたような気がした。よっぽど自信があるみたいだな。どんな人がくるのか楽しみだ。

「よろしくお願いします」

「リディル様、あの、どのようなお話をされているのですかな?」

「そうだった。フェロールには世界樹さんの声が聞こえないんだったね。ボクに精霊魔法を教えるために、世界樹さんが先生を連れてきてくれるみたいだよ」

「な、なるほど」

困惑《こんわく》しているな。たぶん信じられないのだと思う。でも、これはいい機会だぞ。これで本当に精霊魔法を教えてくれる先生がここへ来れば、フェロールもボクが世界樹さんと話していることを信じてくれるはずだ。

『リディル、もしかして護衛がいないのですか⁉』

「そうですけど……そんなに驚くことですか？　護衛をつけるほどの価値はボクにはないと思いますけど」

はぁ、とため息が聞こえたような気がした。木もため息をつくんだ。初めて知った。

『リディル、あなたはあなたが思っている以上に価値のある人物なのですよ。そのように卑屈《ひくつ》になってはいけません。それにあなただけではありませんよ。みな生きているだけで価値があるのですから』

どうやら世界樹さんはボクのことを「かわいそうな子」と思っているようだ。

だけどそんなことはないぞ。「生きているだけでもありがたや」と、ちゃんと思っている。それに、権力争いというしがらみからも離れることができた。ボクは自由だ。たぶん。

『心配はいりません。精霊魔法の先生だけでなく、あなたの護衛も私が手配しましょう。大船に乗ったつもりでいなさい』

「あ、ありがとうございます？」

うわ、世界樹さんもフェロールと同じように、変なスイッチが入っちゃった？

ボクとしては、護衛が必要な危険な状態ではなく、みんなが豊かで文化的な暮らしができれば、それだけで十分だと思っているんだけどな。

目指せ平和な世界。そこにはきっとスローライフが待っているはずだ。

世界樹さんとお別れしたあとはそのままノースウエストを視察《しさつ》した。まあ、視察と言うよりかは顔見せだね。早くボクの顔をみんなにも知ってもらわないと。それがボクたちの安全につながると思う。見慣れない顔の人がいたら、よそから来た人だってすぐに分かるからね。

「うーん、ヨハンさんが言ったように、大浴場はないみたいだね。やっぱり家にもお風呂《ふろ》はないのかな?」

「リディル様はご存じないのかもしれませんが、お風呂はとても高価なものなのですよ。お湯を沸《わ》かすだけでも、大量の薪《まき》が必要になりますからな」

「それはそうかもしれないけど、魔法を使えばいいんじゃないの? お城ではそうしていたよね?」

ボクの質問にフェロールが頭を抱えた。あれ、間違ったかな。もしかして、ボクの前世の記憶とごちゃごちゃになってる? 不安に思っていると、フェロールが姿勢を低くして、ボクと目を合わせた。

「よろしいですか、リディル様。魔法を使うことができるのは、ほんの一握《ひとにぎ》りの人たちだけなのですよ。ほとんどの人は魔法を使うことはできません」

「えええ! それじゃ、ボクが魔法を使えないのは、当然と言えば当然なの?」

「リディル様が王族でなければ、当然だと思われるでしょうな」

「……王族じゃなかったらよかったのに」

困ったようにフェロールが眉《まゆ》を下げている。つい、本音が出てしまった。

ボクが王族じゃなかったなら、魔法が使えないからと言って、あんなに冷たい態度をお城のみんなからされることもなかったかもしれないのに。

王族の一員でなかったら、お母様が死ぬことはなかったのかもしれないのに。

「リディル様が王族として生まれたことには何か意味があるはずです。大人になれば、きっとその理由を知ることができます。このわたくしが保証しますぞ」

そう言ってフェロールが励《はげ》ましてくれた。そうだよね。フェロールのためにも前を向いて進まないと。いくら後ろを振り返ってもお母様は生き返らない。それなら前に向かって進むしかない。

「それなら、これからその理由を探していかなくちゃいけないね」

「そうですとも。いつか必ず見つかるはずですぞ」

希望の光は見えないが、王城に閉じ込められているよりかはマシだと思うことにした。今のボクには多少の自由があるのだ。フェロールも一緒だし、きっとなんとかなるはず。

この地へ来た理由も、ボクが世界樹の守り人《もりびと》に選ばれた理由も、きっとあるはずだ。


世界樹と屋敷を往復する日々を続けていたある日、日常に変化が訪れた。世界樹さんが言っていた「精霊魔法の先生」がノースウエストの屋敷へやって来たのだ。

「ここにリディルという少年がいると聞いてやって来たのですが、間違いありませんか?」

「どちら様で……? え、もしかして、エルフですか!? リ、リディル王子殿下、リディル王子殿下ァ！」

すごい声でヨハンさんが叫んでいるけど、すぐ後ろにいるんだよね。珍しく屋敷に来客があったので、様子を見に玄関まで来ていたのだ。つまり、退屈だったってこと。

初めて見るエルフ。だけど、どこか遠い昔に見た記憶にあるエルフと一致している。長い耳に黄金色に輝く髪。長くて美しい髪は後ろで三つ編みにしている。背が高く、体は細いけど、しっかりと筋肉はついているようだ。そして、超美形！

腰には剣を差していた。ボクの勝手なイメージだと、エルフと言えば魔法と弓なんだけど、どうやら剣も使えるらしい。

涼しげな青の瞳《ひとみ》がボクのことを……驚いたように目を大きくさせて見ていた。なんで？

「まさか……本当に……！」

口元をはわはわとさせたあとに、ボクに向かってエルフさんがひざまずいた。え、何？　一体、何事なの⁉　ボクまだ何もしてないからね！

「お初にお目にかかります。私はアルフレッド・イニャス。悠久《ゆうきゅう》の時を生きる、古代エルフの末裔《まつえい》です。世界樹のお導きにより、この地へ参上いたしました」

「古代エルフ！　なんだかすごそう。ボクがリディルです。世界樹さんが言ってた『精霊魔法の先生』って、アルフレッドさんのことですよね？」

「その通りです。私のことは呼び捨てにしていただいて構いません」

「いいえ、そんなわけにはいきません。ボクは教えてもらう立場ですからね。そうだ、これからはアルフレッド先生と呼ばせていただきます」

アルフレッド先生が黙《だま》ってうつむいているけど、大丈夫だよね？　もしかして、泣いてる？　なんで⁉　アワアワしながら助けを求めてフェロールとヨハンさんを見たが、二人も困惑しているよ

うだった。

これは……ボクがなんとかしなければいけないやつなのかな？

「えっと、ヨハンさん、あいている部屋がまだあったよね？　そこをアルフレッド先生のために貸してもらえないかな」

「それはもちろん構いませんよ。すぐに準備いたします」

そう言ってから、ヨハンさんが逃げるようにこの場を去った。たぶん部屋の準備をしながら心を落ち着けるつもりなんだろうな。できることならボクも部屋に戻って心を静めたい。

「まさか本当にあの木の言葉が分かっていらしたとは。それではあの木は本当に世界樹ということになるのですな」

「そうだよ、フェロール。やっと信じてもらえた？」

「ええ、確かに。疑《うたが》って申し訳ありませんでした」

フェロールが深々と頭を下げた。別に謝ってほしいとか思っていないので慌《あわ》てて頭を上げさせる。

「気にしなくていいよ。もし逆の立場だったら、ボクだって信じていなかったからね。頭がおかしくなったのかと思っていたはずだよ」

「確かに、そういう思いもあるかもしれませんな」

二人で顔を見合わせて苦笑いした。ボクもフェロールも、世界樹さんに振り回されているようだ。どちらが悪いということでもない。もちろん、世界樹さんが悪いわけでもないぞ。きっと何か理由があって、ボクを「世界樹の守り人」にしたのだろうからね。

もしかして、世界樹さんはボクがここへくることを予知していた？

「アルフレッド先生、こちらはボクの執事のフェロールです。そしてさっき玄関で出迎えた人がこの町の町長のヨハンさんです」

「フェロールです。我が主人共々《ともども》、よろしくお願いいたします」

「ご紹介をいただきありがとうございます。二人とも悪い人ではなさそうなので安心しました」

なんだろう。なんだか含《ふく》みのあるような発言に聞こえてしまった。もしかして、アルフレッド先生は人の本質を見抜く力があったりするのかな。その目、もしかして普通じゃなくて、魔眼《まがん》だったりするの？　かっこいいじゃん。

「聞いているとは思いますが、リディル様の護衛も務《つと》めさせていただきます」

「護衛も！　ありがとうございます。あの、アルフレッド先生、ボクのことはリディルと呼んで下さい。様なんてつけなくていいです。それから、普通に話してほしいです」

「そういうわけには……分かりました。それではリディルくんと呼びましょう」

「アルフレッド先生、これからよろしくお願いします」

世界樹さんのあの言い方からすると、精霊魔法の先生と護衛は別だと思っていた。でも、都合よく両方を兼ね備えた人物が見つかったみたいだね。ボクって意外と運がいいのかもしれない。

部屋の準備ができたみたいなので、ヨハンさんに案内してもらった。来客こそまれだが、普段から客室はきれいにしていたみたいだ。

何か問題はないだろうかと部屋の中を見回していると、アルフレッド先生がどこからともなく、テーブルとイスを取り出した。真っ白な木で作られていて、とってもきれいだな。いや、それよりも。

「アルフレッド先生、今、どこからこのテーブルとイスを取り出したのですか？　あ、もしかして、今のが精霊魔法ですか⁉」

「いえ、違いますよ。このマジックバッグから取り出したのです」

「マジックバッグ！　中に色んな物をたくさん詰め込むことができる道具ですよね⁉」

「おや、よく知ってましたね。人族《ひとぞく》で持っている人はいないと思っていたのですが。それどころか、存在すら知らないと思ってましたよ」

「あ」

そう言えばそうだ。マジックバッグなんて、お城で見たことも聞いたこともないぞ。それがすぐに分かったのは、ボクの前世の記憶が原因なのかもしれない。昔読んだファンタジー小説の中で何度も出てきたような気がする。

「ふむ、もしかすると、人族の物書きがそんな道具があれば便利だなと思って、物語の中に書いたのかもしれません。それをリディルくんは見たのでしょう？」

「そ、そうですね、そうだったかもしれません。それよりも、さすがはアルフレッド先生。すごい道具を持っているんですね！」

「これは先祖代々、受け継いでいるマジックバッグでしてね。相当古い物ではありますが最上級の仕様になっているのですよ」

貴重な物のはずなのに、簡単に「どうぞ」とマジックバッグをボクに渡すアルフレッド先生。いいのかな、触《さわ》っちゃって。ドキドキしながら触ってみる。

……うん、ただの巾着袋《きんちゃくぶくろ》だね。中身は空《から》だ。

「あれ？」

「ふふふ、驚きましたか？　そのマジックバッグは私の血族でなければ使うことができないのですよ」

「そうだったのですね。それなら中の物がだれかに盗まれなくて安心ですね」

もしかして、ボクたち人族の世界にマジックバッグが流通していないのはそのせいなのかもしれないな。だれにでも使えるわけではないのなら持っていても仕方がないからね。

中にたくさん物を入れて、それを引き継ぐ前に死んでしまったら大損だ。そんな危険をおかす人はいないはず。人族の寿命はエルフよりも、ずっと短いのだ。

「リディルくんも欲しいですか？」

「それはもちろん欲しいです」

「それでは、勉強のついでに作ることにしましょう」

「え、作れるんですか⁉」

「リディルくんなら可能でしょう」

そう言ってからにこやかにアルフレッド先生が笑った。本当に⁉　ボク、本気にしちゃうよ？

「作ってみたいです！」

「それでは、特別に作り方を教えてあげましょう」

思わずほおが上がってしまったが、この話を聞いていたフェロールは半信半疑のようである。まるで疑うかのように眉間《みけん》に深いシワを刻みながら、アルフレッド先生を見ていた。

やっぱりアルフレッド先生がエルフなので警戒《けいかい》しているのかな？

「アルフレッド先生、エルフはあそこに見える霊峰《れいほう》に住んでいるって聞いたのですが、本当なんですか？」

「ええ、そうですよ。あそこだけではありません。他にもエルフが住んでいる場所はありますよ。この大陸にも、隣《となり》の大陸にも」

「隣にも大陸があるんですね。知りませんでした」

「ふふふ、この世界はリディルくんが知っているよりも、ずっと広いのですよ。精霊魔法を教えるついでに、そのことも話してあげましょう」

なんという破格の待遇《たいぐう》。エルフから魔法を教えてもらえるだけじゃなくて、この世界のことも学ぶことができるだなんて。きっとお城にいる、偉い研究者たちでも知らない話だぞ。

エルフはたくさんいるんだね。あれ？　でも、エルフを見たことがある人はほとんどいないっていう話だったよね。

「アルフレッド先生、エルフを見たことがない人がたくさんいるのはどうしてですか？」

「ああ、それですか。それはこの『姿くらまし』の魔道具を使っているからですよ」

アルフレッド先生から一つの指輪を渡された。なんの変哲もない銀の指輪のように見える。飾《かざ》りもついていない。そして先生はこれが魔道具だと言った。

「もしかして、この指輪の魔道具を使うと姿が変わるのですか？」

「その通りです。指輪を返してもらってもいいですか？」

アルフレッド先生に指輪を返すと、それを指にはめた。

「ほら、こんな具合に」

「あ、先生の耳がちっちゃくなりました！」

なるほど、エルフ特有の長い耳を人族と同じにする魔道具だったのか。確かにこれなら人族となんら変わらない。ただの美形の成人男性に早変わりだ。これなら人族の中に混じっても、エルフだとは気づかれない。

「この魔道具は指輪の他にも、イヤリングやネックレス、ブレスレット、髪飾り、アンクレットなどの種類があるのですよ」

「その魔道具を身につけているからエルフだと気づかれないわけですね」

「そういうことです」

エルフはすぐそこにいる。そう。キミの隣にも。なんちゃって。もしかすると、ボクが知らないだけで、お城にもエルフがいたのかもしれない。正体がバレたら大騒ぎになるだろうから、きっと黙っているんだろうな。

「先ほど見せていただいたマジックバッグも魔道具なのですか？」

「その通りですよ。ただの布の袋に特殊な魔法と、仕組みを組み合わせて作ってます」

「エルフってすごい技術を持っているんですね」

「そう……ですね」

なんだろう。なんだか歯切れが悪いな。もしかして魔道具はエルフが作り出したものではないのかな？　確かにボクの中では、エルフは物づくりというよりも、魔法の研究に余念がないというイメージがあるな。

「もしかして、魔道具を作り出しているのはドワーフなのではないですか？」

「さすがに鋭いですね、リディルくんは。その通りです。魔道具を作り出しているのはドワーフですよ。私たちはその魔道具の仕組みを解き明かして、自分たちのために活用しています」

「それって、ドワーフから怒られないのですか？」

ドワーフが知恵と技術を結集して作った魔道具を、勝手に分解して、勝手に生産しているってことだよね？　人族でそれをやったら間違いなく非難される。そして争いごとになるに違いない。

「それが、ドワーフはちょっと変わった種族なのですよ。新しい物を開発するまでは、それはもう寝る間も惜しんで作業をします。ですが、一度完成させてしまえば、もう執着《しゅうちゃく》をなくしてしまうのです」

「それは……すごく情熱的ですね。そしてとっても冷めやすい」

「ええ、その通りです。そして悪いことに、同じ物を何度も作ることを嫌うのです」

「ああ、それは困りますね。姿くらましの魔道具はエルフにとっては必需品のようなものですからね」

アルフレッド先生と顔を見合わせた。苦笑しているが、きっとボクも同じ顔になっていると思う。

エルフたちは悪気があって、魔道具の仕組みを調べているわけじゃない。必要に迫られてそれをやっているのだ。本来なら、ドワーフに作ってほしいと思っているはずだ。

「アルフレッド先生、ドワーフってどこにいるのですか？　見たことがないんですけど」

「彼らは地中に住んでいますよ。あまり外へは出ないので、見かけることは少ないと思います」

モグラかな？　地中に穴を掘って暮らしているのなら、人族が会うのは難しいだろう。もしかすると、地下帝国を築いているのかもしれない。でもそんな話は聞かないな。

「もしかして、あの霊峰にも住んでいるんですか？」

「もちろんいますよ」

そうなんだ。あの霊峰ってすごいんだね。何か名前があったりするのかな？　ちょっと気になって来たぞ。気になると言えば、もう一つ気になることがある。これはこの世界の常識なのか、それともボクの前世の記憶なのか。

「エルフとドワーフは仲が悪かったりするのですか？」

「うーん、微妙なところですね。ドワーフは基本的に美意識が低いのですよ。例えばですが、水浴びをするようなことはめったにありません」

「か、体くらいは拭《ふ》きますよね？」

「どうでしょうか？　少なくとも、私は見たことがありませんね」

笑顔のアルフレッド先生。これはきっと体も拭かない感じだぞ。そりゃ微妙な関係になるのも仕方がないな。ボクだってちょっと気にすると思う。

アルフレッド先生もそうだけど、他のエルフも美男美女ぞろいなんだろうな。そこにはエルフ特有の美意識があるのは間違いない。それが大きく異なっているのだから、すごく仲がいいはずはないか。

「なんとなく察しました。それは微妙な関係になってもしょうがないと思います」

「リディルくんに理解してもらえたようでよかった」

ドワーフかぁ。どんな姿をしているんだろうか。やっぱり身長は低いのかな？　それで腕は丸太のように太くて、きっと男女の区別がつかないんだ。みんなヒゲを生やしていてさ。

そう言えば、エルフも男女の区別がつきにくいよね？　アルフレッド先生だって、男装した女性だと言われても納得しちゃう。

……まさか、そんなことないよね？

「さて、お互いに自己紹介も終わったことですし、さっそく仕事を始めましょうか」

「仕事？」

「そうです。リディルくんに精霊魔法の使い方を教えなければなりません。リディルくんは魔法が使えますか？」

「使えません。だから精霊魔法のことも分かりません」

「大変素直でよろしい。それではどうしましょうかねぇ」

腕を組み、人差し指をこめかみ付近でトントンするアルフレッド先生。そんな仕草も素敵。ボクもエルフに生まれたかった。

「それではまずは魔法と精霊魔法の違いから説明するとしましょう」

「お願いします」

「簡単に説明しますと、魔法は体内の魔力を使いますが、精霊魔法は体の外にある魔力を使うのです」

どうやら二つの違いは魔力の出所《しゅっしょ》にあるようだ。体の内か、外か。それによって大きく分けられているようだね。そして人族の間では精霊魔法が使われていないので、人族は外の魔力を使うことができないみたいである。

「アルフレッド先生は両方の魔法を使えるのですよね？」

「もちろんですよ。エルフは自然との調和を保《たも》っている種族ですからね」

その言い方だと、人族が精霊魔法を使えないのは、自然との調和を保っていないからということになる。

確かにその通りだと思う。戦争で町や村だけじゃなく、森も林も破壊する。川に汚れを垂れ流し、水質を汚染する。湖も同じだ。

「精霊魔法は自然から魔力を分けてもらって使う魔法なのですね」

「その通り。リディルくんは理解が早いようですね。これは教え応《ごた》えがありそうです」

うれしそうにアルフレッド先生が笑っている。どうやら本気でそう思ってくれているようだ。

精霊魔法を使えるようになるからには、これからはもっと自然を大事にしなくちゃいけないな。

「ボクが魔法を使うことができなかったのは、体の内側に魔力がないからなのですね」

「正確に言うと、体の内側に魔力をためることができないということですね」

「魔力をためることができない……」

なるほど。それで魔法が使えないのか。魔力を体の内側にためることができるのか、できないのかは完全に体質によるものなのだろう。そしてその大きな要因は遺伝だと思う。

だから王族は魔法を使える人が多いのか。そしてボクは魔法を使えなかったお母様の体質を引き継いでしまったというわけだ。

もしボクにも魔法が使えていたら。

そう思うと、知らずに両手を見つめていた。いつまでも未練がましいぞ。

「大丈夫ですか、リディルくん?」

「あ、いえ、大丈夫です。どうしてボクが魔法を使えなかったのか、よく分かった気がします」

「リディルくんは魔法が使えないことを気にしているようですが、魔法は使えない方がいいですよ。私も普段は使いませんからね」

「え、そうなんですか⁉」

驚いて顔を上げると、アルフレッド先生が顔を少ししかめていた。どうやら冗談ではないらしい。

魔法が使えると色々と便利そうなんだけど、違うのかな?

「魔法を使いすぎると体を壊《こわ》すことがあります。知っていますか?」

「はい、聞いたことがあります。魔法を使いすぎると、寝込むことがあるみたいですね」

「ええ、その通りです。ひどいときには、そのまま命を落とすこともあります。体内に蓄積《ちくせき》された魔力を使うということは、生命力を使っているのと同じなのですよ」

「どうしてそんなことに?」

「魔力と生命力には強い結びつきがあるからですよ。そのため、体内に魔力を満たしている状態を長く保つことができれば、いつまでも若々しくいられるのです」

だから王族や高位貴族には若く見える人がたくさんいるのか。魔法を使える人がたくさんいるからね。それは魔力を体内にためられることを意味しているのだ。

それにしても、魔法を使うと生命力まで失うことになるとは思わなかった。どうりでアルフレッド先生が使えない方がいいって言うはずだよ。魔法を使うのは寿命《じゅみょう》を削《けず》ることと同じみたいだからね。

「魔法を使うということは、本当は怖いことだったのですね」

「人族はそのことを知らない、もしくは知っていても知らない振りをしているみたいですけどね。確かに、戦いで魔法を使えば、大きな戦果を上げることができるでしょう。その結果、命を縮めることになりますけどね」

おお怖い。魔法が使えなくてよかった。そうなると、精霊魔法はとんでもない魔法だよね。自分の寿命を削らずに、他から魔力をもらって魔法を使うのだから。

でもいいのかな？　そんな精霊魔法をボクが使えるようになって。いや、正確にはまだ使えないんだけどさ。

「アルフレッド先生、周りから魔力をもらっても大丈夫なのですか？」

「その心配はいりませんよ。外へと自然に放出されている魔力を利用するだけですからね。今もリディルくんから、体に蓄《たくわ》えることができなかった魔力が、ほんの少しですが放出されていますよ」

「そうなんですね。全然気がつきませんでした」

それなら他から魔力をもらっても大丈夫なのかな？　不安はあるが、精霊魔法の使い手のアルフレッド先生がそう言うのだから問題ないのだろう。

ボクの中での精霊魔法を使うことに対するモヤモヤはほとんどなくなった。今なら素直な気持ちで精霊魔法を習うことができそうだ。そう思うと、なんだかワクワクしてきたぞ。

ついに念願の魔法が使えるようになるんだ！

「アルフレッド先生、精霊魔法はどうやって使うのですか？」

「ふふふ、精霊魔法に興味を持ってもらえましたか？　それではさっそく練習を始めることにしましょう。まずは周囲にある魔力を感じるところからです」

「周囲にある魔力ですか？　そんなものがあるような感じはしませんけど」

「最初はだれでもそうですよ。そうだ、感覚を早くつかむためにも、世界樹のところへ行きましょう。あそこは魔力を感じるのにうってつけの場所ですからね」

そんなわけで、さっそくアルフレッド先生たちと一緒に世界樹さんのところへ向かう。世界樹さんはボクたちがくるとすぐに話しかけてきた。

『よくぞ私の呼びかけに応えてくれました、アルフレッド』

「滅相《めっそう》もありません」

そう言ってからアルフレッド先生が世界樹さんの前にひざまずいた。どういうことなの。もしかして、ボクもひざまずくべきだった⁉　いや、それよりも。アルフレッド先生も世界樹さんの言葉が分かるんだね。

よかった。これでボクがメルヘン体質じゃなかったことを証明できるぞ。

「フェロール、アルフレッド先生も世界樹さんの言葉が聞こえるみたいだね」

「そのようですな。わたくしにはサッパリ……残念です」

「フェロールは悪くないよ！　もしかすると精霊魔法が使える人しか、世界樹さんの言葉は聞こえないのかもしれないね」

ガックリと肩を落としたフェロールを全力で励ます。もしかして、フェロールも世界樹の守り人になって、精霊魔法を使いたかった⁉

「それではさっそく練習を始めることにしましょう。リディルくん、世界樹に手を当ててみて下さい」

「手を？　こうですか？」

言われるがままに世界樹さんに手を当てる。樹皮《じゅひ》がザラッとしているな。でも、中身がギッシリと詰まったような、しっかりとした感じがする。これで何か分かるのかな？

「深呼吸《しんこきゅう》をして下さい。そして目をつぶって、手のひらに意識を集中して下さい」

「分かりました」

スウ、ハア、と何度か深呼吸をしながら手のひらに意識を集中させる。

うん？　なんだか温かいような気がする。木ってこんなに温かいんだっけ？　少し冷たいか、何も感じないと思っていたのに。

「どうですか？　何か感じましたか？」

「えっと、温かいような気がします」

「よく気がつきましたね。それが魔力ですよ」

「これが魔力……」

初めて感じた魔力。温かいんだ。この魔力がボクたちの周りにあるってことなんだよね？　でも今は、世界樹さんの温かさしか感じない。

その感触をしっかりと覚えようとして意識を集中させる。すると、なんだかもっと温かくなってきた。いや、熱い⁉

「あっつ！」

「リディル様！」

「リディルくん⁉　まさかこれほどまでの力を持っているとは思いませんでした。リディルくんが守り人に選ばれた理由が、また一つ、分かったような気がしますよ」

「力？　ボクには特別な力はないと思いますけど……アルフレッド先生、何が分かったのですか？」

「どうやらリディルくんには、元々、魔力を周囲から集める力が眠っていたようです。それも、とんでもないほどの量の魔力を集める力がね」

「とんでもないほどの量の魔力を集める力」

初めて知った。そんなこと、だれも教えてくれなかった。そしてきっと、だれも知らなかったんだろうな。世界樹さんは知っていたみたいだけどね。

「その力が暴走していたら、どれほどの災害が起こっていたことやら。しかしどうやら、世界樹の守り人になったことで、その力は目覚めると共にリディルくんと同化したみたいですね。同化したことで、暴走する危険性はほぼなくなったと言えるでしょう」

「そこまで分かるんですか？」

「ええ、もちろん。私の目は特別な力を持っているのですよ」

そう言ってウインクするアルフレッド先生。思わずドキッとしてしまった。アルフレッド先生は男性のはずなのに！　そして暴走する危険性がほぼなくなったということは、暴走する可能性がわずかながら存在するってことだ。大丈夫なのかな？　ああ、そのためのアルフレッド先生なのか。

「魔力を集める力がすごかったら、何かいいことがあるのですか？」

「もちろんですよ。集めることができる魔力が多ければ多いほど、すごい魔法が使えるようになります」

「すごい魔法」

何そのアバウトな表現。すごい魔法って何？　まさか、大量破壊魔法とかじゃないよね？　そんな魔法、教えられても絶対に使わないからね!?

「アルフレッド先生、これでボクも精霊魔法が使えるようになったのですか？」

「そうです。あとはリディルくんの頑張り次第ですね」

どうやらここからが本番のようである。先ほど世界樹さんがものすごく熱くなったのは軽い準備運動にすぎないのだ。頑張って精霊魔法を使えるようにならないとね。

「アルフレッド先生、よろしくお願いします」

「それでは、最初は危険度が低い魔法から始めましょう。そうですね、ライトの魔法にしましょうか」

「ライトの魔法！　あれ、でもその魔法を使っている人を見たことがありますよ？」

あれれ、おかしいな。魔法と精霊魔法は別物なんじゃなかったの？　両手を組んで首をひねっていると、アルフレッド先生に笑われた。

「混乱しているようですね。精霊魔法も基本的には魔法と同じ術式《じゅつしき》を使うのですよ。その術式を発動させる源《みなもと》が、体の内の魔力か、体の外の魔力か、という違いがあるだけです」

「術式ですか。初めて聞きました」

「術式とは魔法を使うための特別な言葉ですね。言霊《ことだま》と表現することもあります」

どうやら魔法はボクが思っている以上に複雑なようである。魔道具は使えるが、その構造はよく分からないのと同じなのだろう。つまり、魔法を使うだけなら、その過程は気にしなくていい。そんな感じなのだろう。

「よく分かりませんが、分かったことにしておきます」

「今のリディルくんにはちょっと難しかったですかね？　それではリディルくんの魔法に対する理解度を高めるために、魔法の属性《ぞくせい》のお話をしましょう」

「魔法の属性ですか？　火とか、水とか、ですよね？」

その話なら、かつて授業で習ったことがあるぞ。まあ、属性の話だけで終わってしまったけどね。

「その通りです。それではリディルくん、この世界には大きく分けて六種類の属性があるのですが、すべて知っていますか？」

「確か、火と水、風、土、そして光と闇《やみ》ですよね？」

「その通りです。よく知っていましたね。厳密《げんみつ》に分ければそれ以外もあるのですが、主な属性はその六種類になります」

「他にもあるんですか？」

「他には、雷《かみなり》、氷、幻《まぼろし》、空、無なんかがありますね」

「言われてみれば、確かにそんな風に分けられるような気がします。属性の話をしたということは、魔法を使うのと、属性には何か関係があるのですよね？」

「その通り。リディルくんは本当に優秀ですね。属性はとても大事な要素なのですよ。術式が合っていても、属性が間違っていたら魔法は使えません」

術式と属性をピッタリと合わせる必要があるのか。これは思ったよりも、魔法が使えるようになるまでの道のりは険《けわ》しそうだぞ。でも、アルフレッド先生がその両方を教えてくれるんだよね？

それならそんなに難しくはないかも。

「それなら、術式と属性さえ知っていれば、だれでもその魔法を使えるってことですよね？」

「ところが、そんなに簡単な話ではないのです。確かに、術式と属性を正確に知っている必要はあります。ですが、それよりももっと大事なものがあります」

「大事なもの……それは？」

「その魔法を心の中に強く思い浮かべることができるかどうかです」

つまり、魔法は思いが結晶化したようなものなのかもしれないな。そうなると、「自分はその魔法を使えるんだ」という、強い思いもあった方がいいのかもしれない。

「分かりました。しっかりと思い浮かべます」

「よろしい。それでは実際にライトの魔法を使ってみましょうか。ライトの魔法は光属性です。手のひらに魔力を集中させて。それが飛び出して光り輝く様子を想像して下さい。あとは『ライト』と言葉を発するだけです。こんな風にね。ライト」

アルフレッド先生の手のひらの上に、丸い光の玉が現れた。小さいけど、しっかりと輝きを放っている。これなら夜でも本が読めそうだ。

魔法の使い方を教えてもらった感じでは簡単そうに思えるな。でも、手のひらから飛び出して光るイメージか。

うーん、なんだかモヤモヤするイメージだな。ボクの中のライトと言えば、蛍光灯《けいこうとう》がパッとつくイメージなんだよね。

よし、アルフレッド先生は強いイメージが大事だと言っていたことだし、ここはボクの中にあるイメージを優先しよう。明るく、パッと光るイメージで。

言われた通りに、手のひらへ魔力が集まるように呼吸を整える。さっき世界樹さんに触れたときに感じたことを思い出すんだ。

うん、ちょっとずつ、手のひらが温かくなってきたぞ。

「ライト!」

手のひらに集まったほんのりとした熱がフワッと外へ放出された。これが魔法を使うということなのか。

手のひらの上に天使の輪が現れた。そう思った瞬間、それがパッと強い光を放った。

「うわ、まぶしっ！」

「こ、この光は！」

「な、なんですかこの光は！」

どうやら近くにいたアルフレッド先生とフェロールも、ボクと同じく目がくらんだ状態になったようだ。もしかして、ちょっと明るすぎたかな？　失敗、失敗。

でもこれで、ハッキリと分かることがあった。

「魔法が、ボクにも魔法が使えた！」

「まさか一度で成功するとは思いませんでした。どんなに優秀な人でも、一つの魔法を覚えるまでには三ヶ月はかかるというのに」

「え、そうなのですか？」

視界はまだ白いままだが、どこか困惑したようなアルフレッド先生の声が聞こえる。

もしかして、ボクってものすごいポテンシャルを秘めてたってこと⁉

「しかも、普通のライトとはまったく違う。これほど光り輝くライトの魔法を見たのは初めてですよ。これをどう解釈すればよいものか。リディルくんは一体、どんな光を想像したのですか？　どう考えても、私が教えた通りのことを想像していませんよね」

ようやく見えてきた視界の向こうに、眉間《みけん》にできた深いシワをもみほぐすアルフレッド先生の姿が見えてきた。どうやらずいぶんと頭が痛いことになっているみたいだ。

ここは正直に話しておくべきだろう。アルフレッド先生に不審《ふしん》に思われて、精霊魔法を教えてもらえなくなったらとっても困る。

「あの、蛍光灯を思い浮かべました」

「蛍光灯？」

「スイッチを押すと、さっきみたいにパッと光を放つ道具です」

「初めて聞く名前ですね。そんな魔道具、ありましたっけ？」

アルフレッド先生がさらに眉間のシワを深くした。これ以上はよくないな。アルフレッド先生の顔にシワが刻まれたままになっちゃうかもしれない。

幕間✦動き出す人々

その日、王城に一通の手紙が届いた。差出人はフェロール。受け取ったのはこの国の国王であるテオドールだ。

テオドールはフェロールからの手紙を、今か今かと心待ちにしていたのであった。

「国王陛下、フェロール様から手紙が届いております」

「やっと来たか！　ご苦労だった。これからも手紙のやり取りの仲介を頼む。他の者にこの手紙を見られるわけにはいかないからな」

「心得ております」

一礼をして、国の諜報《ちょうほう》機関で働いている男は部屋から去って行った。それを確認したテオドールはあせる気持ちを抑えながら、茶色の長い髪を揺らしてイスに座った。

見事な装飾《そうしょく》が施《ほどこ》された銀のペーパーナイフを素早く机の引き出しから取り出すと、その封を切った。待ちきれないとばかりに少し強引《ごういん》に手紙を引き抜き、その濃紺《のうこん》の瞳《ひとみ》で文字をたどった。

「ずいぶんと時間がかかったものだ。もっと早く手紙が来るものだと思っていたが、これは私が思っている以上に、辺境《へんきょう》の地は遠いのかもしれないな」

我知らずつぶやいたテオドール。そして手紙の内容を見て、声こそ出さなかったが、目が飛び出しそうなくらいに驚いた。

手紙にはリディルが世界樹に選ばれ、「世界樹の守り人」になったと書かれていたからだ。それだけではない。なんとリディルは魔法が使えるようになったらしい。

「こんなことがあってもいいのか。リディルの命を守ることだけを考えて辺境の地へと送ったが、まさかこんなことになるとは。リディルをあの地へ送ったのは天啓《てんけい》だったのかもしれないな」

その後も一文字も見逃すことなく、何度も手紙を読むテオドール。そうしてしっかりと内容を確認したテオドールはその手紙を暖炉《だんろ》で燃やした。もちろんそれは、テオドールが手に入れた情報を外へと漏《も》らさないための処置である。

「今のところは諜報機関を信頼できるが、それもいつまで持つか。信頼のできる者がいればよかったのだが、リディルにつけてしまったからなぁ」

だれに聞かれるはずもないのにつぶやくテオドール。この場に愛する妻がいれば、どれほどよかったものか。そう思わざるを得なかった。

妻の忘れ形見《がたみ》であるリディル。この子だけは守り通さなければならない。それこそが、愛する妻を守れなかった自分の償いだとテオドールは思っていた。

妻を殺した犯人は突き止めた。しかし相手が悪かった。第二王妃は国内でも有数の力を持つ公爵《こうしゃく》家の一員だったのだ。

テオドールは国王である。国王は国を守らなければならない。そのためには、公爵と対立するわけにはいかず、第二王妃を修道院送りにするので精いっぱいだった。

もちろん、第二王妃との間に生まれた子供は公爵家へ送り返してある。当然のことながら、王位継承権《けいしょうけん》は剝奪《はくだつ》した。そのことに対して、公爵は何も言わなかった。

そのことを当然だと受け止めているのか、それとも不服だと思いつつも黙《だま》っているだけなのか。

いずれにせよ油断はできない。

「まだ時間はある。今からでも遅くはないはずだ。信頼できる者を増やさねばならない。さて、どうしたものか。まさか信頼していた公爵家に裏切られるとは思わなかった」

さいわいなことに、第一王妃との仲は良好だ。今はその関係が偽《いつわ》りでないことを願うばかりである。ここで第一王妃からも裏切られるようなことがあれば、さすがに打ちのめされるだろう。その思いがテオドールの動きを鈍《にぶ》くしていた。

だがここにきてフェロールから手紙が届いた。そしてリディルが無事に辺境の地へ到着し、そこで新たな生活を始めたことを知った。

ひとまずの問題は解決したと言ってよいだろう。端から見れば、リディルは辺境へ追放されたと見えるはずだ。同情はしても、敵視されることはないはず。今なら自由に動ける。

自分の身にさえ気をつければいいだけなのだから。

決意を胸に、テオドールは呼び鈴を鳴らした。

そして王城にはもう一人、決意を胸に動き出そうとしている人物がいた。第一王妃の息子、ラファエルである。王位継承権の第一位にある彼は未来の国王だ。

そんな彼は、第一王妃の前で、後ろで一つに結んだ、長い黄金色の髪を逆立てて怒っていた。その濃紺の瞳が第一王妃をにらんでいる。

「どうして私のかわいいリディルが辺境の地へ送られなければならないのですか！　国王陛下は一体何を考えているのか。まだリディルは七歳なんですよ！」

「落ち着きなさい。国王陛下が何も考えずにそのようなことをするはずがありません。きっと何か理由があるはずです」

「たとえどんな理由があっても、やっていいことと悪いことがあります。これはやっては悪いことだ」

そう言って頭を抱えるラファエル。そんな息子の様子を見て、深いため息をついた第一王妃。もしかするとその理由がこれなのではないかと思い始めていた。

ラファエルはリディルを愛しすぎている。そうなれば、リディルがラファエルの弱点になりかねない。無理にでも引き離そうとするのは当然だろう。次期国王がこれでは危ない。

特定の物事に対して執着《しゅうちゃく》しすぎるのは、公平性に欠けるため非常に危険なのだ。

「やはりリディルについて行けばよかった」

「ラファエル、いい加減にしなさい。もし本当にそう思っているのなら、その逆に、リディルが笑顔でここへ戻ってくることができるようにしなさい」

「リディルがここへ？　そうか！　そう言えば、リディルのことを陰で笑うやつらがいたな。まずはそいつらを血祭りに上げなければ。心優しいリディルが心を痛めるだろうと思ってこれまで見逃してきたが、今なら遠慮《えんりょ》なく消すことができる！」

黒い笑顔を浮かべるラファエルを見て、再び第一王妃は深いため息をついた。

「そうじゃないわ。立派な国王になりなさい。リディルが安心して帰ってくることができるようにね」

第三章 ✦ 小さなお友達

アルフレッド先生から精霊魔法を学び始めてから数日が経過した。今ではボクもずいぶんとライトの魔法が上手に使えるようになっている。

「アルフレッド先生、そろそろライト以外の精霊魔法を使ってみたいです！」

「そうですね、安全で、かつ、リディルくんが遊んでも大丈夫そうな魔法……」

アゴに手を当ててから真剣に悩み始めたアルフレッド先生。そんなに悩むことでもないと思うんだけど。ボクにだって常識ってものがあるからね？　いくらなんでも、危険な火遊びをするつもりはないぞ。

「リディル王子殿下！　お、お客様がいらっしゃってます」

「え、ボクに？」

ヨハンさんが部屋に飛び込んできた。

一体だれだろうか。こんな場所にまでボクを訪《たず》ねてくる人なんて、いないと思うんだけど。あ、でも一人だけ可能性がありそうな人がいるな。さすがにこんな辺境の地まで訪ねてくる時間はないと思うけど。

「とにかく急いできて下さい！」

「分かりました。アルフレッド先生、ちょっと行ってきます」

「一緒に行きましょう。私はリディルくんの護衛《ごえい》もかねていますからね」

フェロールを含めた四人で屋敷《やしき》の玄関へと向かった。そこには小さなおじさんがいた。すごい。ボクとあんまり変わらない身長だぞ。でも、胴体も含めて、手も足もまるで丸太のように太い。しかも全身、毛むくじゃらである。これってもしや。

「おお、坊主がリディルか。俺《おれ》の名前はデニス。デニス・モロゾフだ。見ての通りドワーフだ。よろしくな！」

「リディルです。よろしくお願いします。あの、もしかして世界樹《せかいじゅ》さんに呼ばれたのですか？」

「おや、聞いてないのか？　坊主の護衛役としてここへ呼ばれてきたんだがな」

おっと、どうやらボクの護衛は一人ではなかったみたいだ。世界樹さんはずいぶんと過保護なようである。思わずアルフレッド先生と顔を見合わせてしまった。

「もちろん聞いていますよ。こちらはボクの精霊魔法の先生で、ボクの護衛もしてくれているアルフレッド先生です」

「アルフレッド・イニャスです。同じリディルくんの護衛として、これからどうぞよろしくお願いしますね」

「げ、エルフがいるのかよ。まあいいか。よろしく頼むぜ！」

一瞬だけ嫌そうな顔をしたデニスさんだったが、すぐに元の顔に戻った。エルフはドワーフのことをあんまり嫌っていないようだけど、ドワーフ側からしたら違うのかな？

「デニスさん、もしかしてエルフが嫌いだったりしますか？」

「いや、嫌いというわけじゃないんだが、あいつら、うるさいだろう？　きれいにしろって」

「そこはきれいにして下さい。不潔《ふけつ》にしていると病気になりますよ」

「大丈夫だ、ドワーフは病気にならないからな！」

ニカッと笑うデニスさん。それって、バカは風邪《かぜ》を引かないのと同じような原理だったりする？

それとも、見た目通りに本当に体が丈夫なのだろうか。これはエルフの生態だけでなく、ドワーフの生態も知る必要があるな。

「あの、ドワーフは物づくりが得意だとアルフレッド先生から教わりました。デニスさんも色んな物を作ることができるんですか？」

「もちろんだぜ。これでも俺は物づくりのプロだからな。ドワーフ仲間でも有名なんだぜ。知らないのか？」

「それは知りませんでした。それじゃ、デニスさんのことはデニス親方と呼ぶことにしますね」

「親方か。なかなかいい響きじゃねぇか。気に入ったぜ、坊主」

ニカッとまぶしい笑顔になったデニス親方。なんだか憎めない人だな。護衛として世界樹さんが呼んだということは、きっと腕っぷしも強いのだろう。それに加えて、物づくりの技術も持っている。

これはノースウエストの町を発展させる、ちょうどいいチャンスかもしれないぞ。

もしかして、それも見越して世界樹さんがデニス親方をここへ呼んでくれた？

「ヨハンさん、まだ空き部屋はあったよね？　そこをデニス親方に貸してあげられないかな？」

「ああ、坊主、住む場所なら自分で用意する。土地だけ貸してくれ」

「それなら空き地はたくさんあるので、好きなところに家を建てていいですよ。そうですよね、ヨハンさん？」

一応、ボクはこの土地の領主《りょうしゅ》なので、何もない土地はすべてボクの物になっているはずだ。新しく畑を開墾《かいこん》する場合は、争いごとに発展しないようにするために、ボクの許可が必要になっている。これまではヨハンさんが管理していたみたい。

「もちろんです。ですが、本当によろしいのですか？　家を建てる間だけでもここへ住んではいかがですか？」

「ハッハッハ、俺が住む家くらい、すぐに建てられるさ。坊主、家を建てるのに木を使いたい。周辺の山から切り出してもいいか？」

「いいですよ。この辺りは林業で生活している人はいませんからね。デニス親方、ドワーフは地面の中に住んでいるって聞いたことがあるのですが、本当ですか？」

「ああ、本当だ。地面の中だと、暑くも寒くもないからな。それに燃えない。おっと、坊主、敬語はやめてくれよな。尻《しり》の穴がムズムズする」

「分かったよ。そうする」

居心地が悪そうにしているデニス親方を見て、言われた通りに敬語をやめることにした。個人的にはお世話になる立場なので敬語を使って話したいところなのだが、本人がそう望むのであれば仕方がない。それにしても、ボクの呼び方は坊主のままなのね。その通りではあるんだけど。

デニス親方に改めてヨハンさんとフェロールを紹介する。二人ともドワーフを初めて見たようで最初は驚いていた。でもエルフのアルフレッド先生と一緒に過ごしていることもあり、すぐに受け入れてくれたようだ。

「それじゃ、まずは木材の調達に向かうとしよう」

「デニス親方、ボクもついて行っていい？」

「もちろんだぜ。そうなると、アルフレッドも一緒にくることになるんだよな？　ちょうどよかったぜ。一人よりも、二人の方が資材集めが楽だからな」

そう言ってからデニス親方がアルフレッド先生を見た。ヤレヤレみたいな顔になったアルフレッド先生だったが、それを否定することはなかった。

どうやら本当にエルフとドワーフは仲が悪いわけじゃないみたいだ。

デニス親方を連れて、将来的に土地を切り開こうと思っていた場所へとやって来た。できればこの辺りを畑や果樹園《かじゅえん》にしたいと思っているんだよね。川からもそんなに離れていないので、水やりも楽である。水路を作れば川から少し離れた場所でも開墾《かいこん》することができるんだけどね。今のところ、それは無理そうだ。

「デニス親方、この辺りの木なら自由に使っていいよ」

「了解だぜ。太っ腹だな、坊主は！」

そうなのかな？　自然に生えていた木を切るだけなので、そんなことはないと思うんだけど。そう思っている間に、デニス親方が袋から大きなオノを取り出した。でっかい。ボクの身長と同じくらいの大きさだ。それを片手で軽々と持ち上げるデニス親方。なんてパワーだ。

「アルフレッド、坊主の方に倒れないように、精霊魔法で補助《ほじょ》してくれ」

「分かりました。それではリディルくん、新しい精霊魔法の授業です。風を送り出す、ブリーズという名前の風属性《かぜぞくせい》魔法ですよ」

「よろしくお願いします！」

やった。ついに二つ目の精霊魔法を教えてもらえることになったぞ！　そんなボクとアルフレッド先生のやり取りを見ていたデニス親方が、目をパチクリとさせている。

「おいおい、そんな初歩的な精霊魔法を教えているのか？　それなら俺でも土属性魔法を教えられそうだな。土属性魔法なら自信があるぜ」

「おおお、ぜひ教えてほしい！」

「任せとけ」

そう言ってから、ドンと胸をたたいたデニス親方。ドワーフは地中に住んでいるだけに、土属性魔法が得意みたいだな。どんな精霊魔法を教えてもらえるのか、今から楽しみだ。

ワクワクしているボクの目の前で、デニス親方が一本の木に狙《ねら》いを定めた。

「それじゃアルフレッド、頼んだぜ」

「任せて下さい。リディルくん、よく見ていて下さいね。強い風が一瞬だけ吹きつけるように想像するように。風が吹きつける時間が長ければ、それだけ魔力を消費することになります。魔力を使うのは最小限にして下さい」

「分かりました」

デニス親方とアルフレッド先生がお互いにうなずき合った。両手でオノを水平に構えたデニス親方が、フウ、と大きく息を吐いた。

え、もしかして、木こりのように、何度も木にオノを打ちつけるんじゃなくて、一撃で切り倒すつもり⁉

「ソイヤッ！」

「ブリーズ」

ザシュという木にオノが打ちつけられる音と同時に、ゴウと強い風が吹きつけた。その風は周囲にあった木々の枝を大きく揺らし、風が通った方向へと木を倒した。

すごい。二人とも息ピッタリだ。まるでいつもやっているかのようである。これがプロの仕事。

それからも、二人はどんどん木を切り倒していった。

「すごい。あっという間ですね、アルフレッド先生」

「さすがはドワーフ製のオノですね。切れ味が違います。それでは、今度はリディルくんにやってもらいましょう。何度か私がブリーズの魔法を使っているのを見ていたので、大体の要領《ようりょう》はつかめているはずですからね」

ニコォと笑うアルフレッド先生。なかなかスパルタなようである。ボクが真剣にアルフレッド先生を観察していなかったら、どうするつもりだったのか。まあ、そんなことはないんだけどね。目の前で魔法を使われたら、だれだって興奮して観察すると思う。

「分かりました。でもその前に、試しに別の場所で使ってみたいと思います」

「いい心がけですね。いきなり本番で使うよりも、今のリディルくんのように慎重に魔法を使う方がいいです。そうすれば、大きな失敗にはなりませんからね」

アルフレッド先生にほめられたぞ。でも、もしボクがぶっつけ本番で魔法を使ったらどうするつもりだったのだろうか。失望したかな？

あ、もしかして、ボク、試されちゃいました？

「ほんのちょっとだけ、強い風が吹くのを想像して……ブリーズ！」

ゴウ！　と大きな風がボクの後ろから吹きつけた。その勢いに思わずたたらを踏む。まさか真後ろから風がくるとは思わなかった。そんなボクをアルフレッド先生が支えてくれた。

「大丈夫ですか、リディルくん？　次の課題が見えてきましたね」

「はい。精霊魔法を使うときは、発動させる場所を決めないといけません」

「その通りです。精霊魔法は発動場所を特に指定しなかった場合、自分がいる場所になります」

なるほどねって、こわっ！　もし火属性魔法を使っていたら、ボクが燃え上がっていたってこと!?　そりゃアルフレッド先生が、教えた精霊魔法以外は使うなって言うはずだよ。

あれ、でもさ。

「どうして先に教えてくれなかったんですか？」

「体験させるのが一番効果的だからですよ。これでリディルくんは、これから精霊魔法を使うときに、場所の指定を忘れないでしょう」

「言われてみれば確かにそうですね。精霊魔法を使うときには絶対に今日のことを思い出します」

「それが大事なのです。机上で教わっただけでは体が覚えませんからね。それではとっさに魔法を使うときに、失敗する恐れがあります」

確かにそっちの方が怖いな。起死回生《きしかいせい》のつもりで使った精霊魔法で自分の身を焼くことになるとか、冗談にならないよ。この日のことは死ぬまで忘れないでおこう。

それでは気を取り直してもう一度。今度はあっちの木陰に向かって。

「ブリーズ！」

ゴウ！　と狙ったところに風が吹いた。それは地面に落ちていた木の葉を森の奥へと運び、ついでに地面の砂を巻き上げた。

「ゴホッ、ゴホッ、使い方によっては目くらましにも使えそうですね」

「言われてみればそうですね。リディルくんはなかなか柔軟な発想を持っている。それはとてもよいことですよ」

「えへへ」

「坊主、もしかして、今、ブリーズを習ったのか？」

「そうだけど……ちょっとデニス親方を待たせちゃったね。ごめんなさい」

しまったな。新しい魔法につい夢中になってしまった。そんなボクを、デニス親方は怒ることはなく目を丸くして見ていた。え、どうしたの？

「坊主、まさかあの短時間で新しい精霊魔法を覚えたのか？」

「そう……だけど？」

「とんでもねぇな。さすがは世界樹の守り人《もびと》だ。普通じゃないとは思っていたが、予想外だな」

なんだろう。なんだか規格外認定を受けたみたいで、素直に喜べないぞ。アルフレッド先生もデニス親方の意見にうなずいているし。ぐぬぬ。

まあいいか。せっかくブリーズを覚えたんだ。さっそく実際に活用しないとね。

「デニス親方、どの木を切るの？」

「おっと、そうだったな。よし、コイツにしよう。しっかりと中身が詰まっていて、いい木だぜ」

「分かったよ。魔力を集めるからちょっと待ってね」

呼吸を整えて、神経を集中する。場所はあの木の中央辺りにして。

「準備ができたよ」

「よし、それじゃ、いくぞ。ソイヤッ！」

「ブリーズ！」

ザシュという音と同時に、ゴウと風がうなりをあげた。ボクが使った精霊魔法はしっかりと木を安全な方向へと倒してくれた。やったね！

でも木を安全に倒さなければならないと思うあまり、ちょっと力が入りすぎたらしい。風の勢いで木が少し離れたところまで飛ばされてしまった。

それに予定ではもう少し魔力が残るはずだったのに、全部使い切ってしまった。

「よくできました、と言いたいところですが、ちょっと力を入れすぎましたね。精霊魔法の弱点は、魔力を集めるのに時間がかかることです。そのため、精霊魔法を使うときは、あとにちゃんと余力を残しておかなければいけませんよ」

「はい、アルフレッド先生。ライトの魔法と同じように、今日から毎日、ブリーズの魔法の練習をします」

「それがいいですね。もちろん、ライトの魔法も忘れないように練習して下さいね」

その後も何本か木を倒して木材の確保が完了した。ちなみに同じ失敗は二度繰り返さなかったぞ。

「やはりリディルくんには、私の想像をはるかに超えるほどの魔法の才能が眠っているみたいですね。かの有名な大賢者でも、ここまでの才能は持っていなかったことでしょう」

「それなら俺の仕事も学んでみるか？　新しい才能に目覚めるかもしれねぇ」

「デニス親方の仕事って物づくりだよね？　やる！　やりたいです！」

ハイ、ハイと手を挙《あ》げる。こんなチャンスを逃《のが》すはずがない。あの物づくりのプロであるドワーフから直接、教えてもらえるんだよ？　すごくない⁉

はしゃいでいるボクの頭に、ポンとアルフレッド先生が手を置いた。

「それではマジックバッグの作り方は、デニスから教えてもらうことにしましょう。私がリディルくんに教えるよりも、ずっと適任でしょうからね」

「そんなことはないぞ？　マジックバッグには魔法を込める必要がある。そこの部分は魔法が得意なエルフが担当した方が、効率がいいに決まってる」

「それなら、アルフレッド先生とデニス親方の二人から、作り方を教えてもらいたいです！」

ボクのお願いに、アルフレッド先生とデニス親方の顔が緩《ゆる》んだ。

「分かりました。それではそうしましょうか」

「おう、任せとけ。マジックバッグだろうが、別の魔道具だろうが、いくらでも教えてやるよ」

アルフレッド先生がうなずき、デニス親方が力こぶを作った。

やったね。これで二人から物づくりを教えてもらえるぞ。せっかくなので、フェロールや町の人たちも巻き込みたいところだな。

そのためにはまずはボクがしっかりと学ばないとね。ボクのような子供でも作れることが解《わか》れば、きっとみんなもやる気が出るはず。


無事に資材を集めることができたので次は建築だ。でもその前に、家を建てる場所を決めないといけないな。第一候補はヨハンさんの屋敷の近くかな？

「坊主はいつまでヨハンの家に居候するつもりだ？　世界樹の守り人なんだから、いつかは自分の城を持つべきだと俺は思うぜ」

自分の城って……たとえ話だよね？　冗談として受け取っておこう。ははは、こやつめ。

新しい国を建国する権利を世界樹さんから与えられているだけでも問題がありそうなのに、さらにお城まで建てたら、間違いなく国家転覆《てんぷく》をもくろんでいると思われちゃう。

そうなったら、ギロチンコースまっしぐらだ。なんだかすぐ後ろから、ギロチンの足音が聞こえてきそうな気がする。ヤダヤダ、絶対、ヤダ。せっかく念願の魔法を使えるようになったのに。

「自分の城はいらないかなぁ」

「そうか。残念だ。だが、気が変わったらいつでも言ってくれよな」

「うん。分かったよ」

そんな日は来ないと思うけどね。来ないよね？　なんだか世界樹さんが「国を建国する権利を与える」とか言うから、変なことを想像しちゃったじゃない。

これがフラグというやつなのかな？　へし折りたい、そのフラグ。

「リディルくん、城ではなくて、自分の家を持つのはどうですか？」

「どうしたんですか、アルフレッド先生まで」

「以前から、今の屋敷では防備《ぼうび》が手薄《てうす》だと思っていたのですよ。しかし私には家を建築する能力がなかった。ですが、今はデニスがいます」

いつになく真剣な表情をしているアルフレッド先生。どうやら本気でそう思っているようだ。ボクってそんなに重要人物なのかな。まさか、命が狙われていたりする？　引きつりそうになる顔を押さえ、助けを求めてフェロールを見た。

あ、これ、ダメなやつ。アルフレッド先生以上にフェロールの顔がキリッとしてる。いつもの好々爺《こうこうや》じゃない。

「リディル様、アルフレッド殿の言う通りですぞ。今こそ、本当に安全な場所を確保するべきときかと思います」

「フェロールまで。冗談、ではなさそうだね」

うなずくフェロール。どうやらお母様の件はフェロールの心に大きな傷を残してしまっているようである。ボク以上に、安全に対して神経質になってる。それはアルフレッド先生も同じようである。もしかしたら、デニス親方もそう思っているのかもしれない。それであんな提案をしたのかな。

「分かったよ。それじゃデニス親方、ボクの家も建ててもらえないかな？　家を設計したこととかないから、見取り図とか見せられても全然分かんないけどね」

「任せとけ。難攻不落《なんこうふらく》の城を建ててやるからさ！」

「いや、城じゃなくて、普通の家を建ててほしい」

どうしてデニス親方は城にこだわるのか。もしかして、お城を建てるということは、自己顕示欲《じこけんじよく》を満たすことにつながるのかな？

それならデニス親方の家をお城に……って、それはそれで問題になるのか。普通のなんの変哲もない家にしてほしいところである。

「それではまずは家を建てる場所を決めなくてはいけませんね。デニス、どこかめぼしい場所は見つけてありますか？」

「もちろんだぜ。世界樹の隣《となり》さ」

ニッと笑ったデニス親方。どうやら本気のようである。本気と書いてマジである。きっと最初からそこに建てるつもりだったのだろう。いいのかな、そんなことをして。周囲が狭くなったたって、世界樹さんに怒られない？

「なるほど、さすがはデニス。実によい考えですね」

デニス親方の案を絶賛《ぜっさん》するアルフレッド先生。これはもう決まったようなものだな。ここでボクがあれこれと言ってもきっとムダだろう。

それならボクができることはただ一つ。あきらめるしかない。とほほ。

「それじゃ、念のため世界樹さんに聞いて、許可が出たらそこに家を建てることにしましょう」

「きっと世界樹も喜んでくれるぜ！　ああ見えて、結構さみしがり屋だからな」

そうなんだ。世界樹さんってさみしがり屋さんだったんだ。今知った。確かに思い返せば、ボクが毎日、会いにくると言ったときはとってもうれしそうだったよね。


さっそくボクたちは世界樹さんのところへと向かった。話を聞いたところによると、デニス親方はヨハンさんの家へくる前に、世界樹さんにあいさつをすませていたらしい。すでに世界樹さんと顔見知りになっていた。

『おや、みんなそろってどうしたのですか？　もしかして、私に会いにきてくれたのでしょうか』

「そうです。世界樹さんに会いにきました。そしてお願いがあります」

『お願い……なんでしょうか？』

困惑《こんわく》したのか、世界樹さんがちょっと傾《かたむ》いたような気がした。そんなバカな。ボクの気のせいだよね？　枝葉が揺れているけど、きっと気のせいだ。

ボクから説明するよりも、デニス親方の方が適任だろう。そんなわけで、デニス親方をグイグイと前に押し出そうとした。だが、全然動かない。石像か！

「ああ、なんだ、その、坊主に新しい家を建ててやろうと思ってな？　それで、この近くにしようかと思ってるんだ。どう思う？」

しどろもどろではあるが、ずいぶんとフレンドリーな感じである。きっとデニス親方は敬語が使えないんだろうな。親方の性格なのか、それともドワーフ固有の性質なのか。

世界樹さんを敬愛しているであろうアルフレッド先生は苦笑いだ。

『まあまあ！　いいじゃないですか。大歓迎ですよ』

「そう言ってくれると思ったぜ！」

笑う世界樹さん。笑うデニス親方。すっかり意気投合したみたいだ。今にも肩を組んで歌い出しそうな感じがする。きっと二人ともお酒好き。間違いない。

どうやらこれで本決まりのようである。反対する人はだれもいない。

「フェロールもそれでいいよね？」

「もちろんですとも。リディル様をお守りすることができる堅牢《けんろう》な家が建つのであれば、そこが地獄《じごく》であっても大歓迎ですぞ」

「いや、地獄はちょっと……」

フェロールジョークだとは思うけど、なんだか目が本気なんだよね。本当に地獄でも構わないと思っていそうだ。ボクに対するフェロールの過保護がすぎる。どうしてこうなった。お母様から、何か言われたのかな？　それが分からない。

「それじゃ、さっそく家を建てないといけねぇな」

「あ、ボクたちの家を建てる前に、デニス親方の家を先に建ててほしいかな？　ほら、最初に家が欲しいって言ったのはデニス親方だし」

「大丈夫だ、問題ない。俺も坊主と同じ家に住むことに決めたからな！」

「あ、はい」

どうやらそういうことらしい。それなら一石二鳥だね！

……本当にいいのかな？　でもデニス親方がいいって言うなら、それでいいや。ボクは家を建ててもらう立場だからね。

世界樹さんから少し離れたところにどんどん置かれる木材。どうやらまずはドワーフ様式の家を建てて、そこから増築していくようである。今もデニス親方とアルフレッド先生が喜々として図面を見ながら話している。

いつの間にそのテーブルセットを出したの？　速すぎて見えなかったよ。そしていつの間に図面を描いたんだろうか。たぶん、ボクじゃなくても見逃してた。

「どうしよう。暇《ひま》になっちゃったね、フェロール」

「それでしたら、この近くを散歩するのはどうですかな？」

「そうだね。そうしようかな」

盛り上がる二人の邪魔《じゃま》をしないように周囲を少し散策する。するとすぐにいい感じの、小さな茂みを見つけた。ボクの胸くらいの高さまで草が生《お》い茂《しげ》っていて、奥の方は見えない。小動物とかが隠《かく》れていそうな場所だ。

何かいるかもしれない。こっそりと、驚かせないように、慎重に。

そうして草をかき分けて進んでいると、不意に背丈の高い草がなくなった。そこには辺り一面に芝のようなものが生えている。

すごい。世界樹さんの近くにこんな場所があっただなんて気がつかなかった。ここで寝転んだらとっても気持ちよさそう！

思い立ったが吉日。やるなら今しかない。

「ひゃー！」

「リディル様、お行儀《ぎょうぎ》が悪いですぞ」

「フェロール、ここはお城じゃないんだよ？　行儀のよさなんて、そんなの関係ないと思うんだけど。ほら、フェロールも」

「いえ、さすがにわたくしはちょっと……まったく、しょうがないリディル様ですな」

そう言いながら、フェロールは持ってきていた荷物の中からピクニックシートを取り出すと、草の上に敷いてくれた。

さすがはフェロール。どうやらこうなることを予測して、ピクニックシートを持ってきてくれていたみたいだ。もちろんこれ以上、服を汚すわけにはいかないので、その上へと転がり込んだ。

ひゃっほう！

天気はとってもいいし、絶好のピクニック日和だね。フェロールも一緒に寝っ転がればいいのに。

こんなに気持ちがいいのにな。ああ、青い空に白い雲が流れている。こんな光景、忘れていたよ。これぞまさにスローライフ。ボクは今、スローライフを満喫《まんきつ》しているぞー！

「リディル様、お茶の準備ができましたよ。今日のおやつはクッキーですぞ」

「やった！　最近はあんまり食べられないから、ごちそうだね」

ピクニックシートの上に置かれたお皿の上にはおいしそうなクッキーが三枚ある。これなら久しぶりのクッキーを楽しめそうだね。今、二枚になったけど。

え、なんで⁉

今、目の前を何かがすごい速さで通り抜けなかった？　なんだろうと思ってそちらへ顔を傾ける。

「ウサギ？　真っ白なウサギだ。しかも垂《た》れ耳のウサギだね」

「リディル様、どうかいたしましたかな？」

「あっちに白いウサギがいるなと思って……え、何あのウサギ。金色の角《つの》が生えているんだけど！」

ボクの視線に気がついたのか、白いウサギがこちらへ振り返った。その頭には金色に輝く、一本の短い角が生えていた。まさか、本物の金でできていないよね？

「ミュ？」

「はわわ、か、かわいい！」

キュルンとしたサファイアブルーの瞳《ひとみ》がこちらを見ている。ちょっと警戒しているみたい。鼻をヒクヒクとさせて、ちょっと引き気味にこちらを気にしているようだ。ボクの両手で抱えられそうなくらいの大きさだね。

「ふむ、見慣れない姿をしておりますな。でも、魔物ではないようです」

「それなら襲われる心配はなさそうだね」

その金の角を持つ、ちょっと変わった白いウサギは、おなかがすいていたのか、先ほどお皿の上から持って行ったと思われるクッキーを、バリバリと一心不乱《いっしんふらん》に食べている。痩《や》せているようには見えないけど、もしかするとあのモフモフの毛の下はガリガリなのかもしれない。

ああ、そう思うと、なんだか心配になってきたぞ。これは追加でクッキーをあげるべきだろう。ボクのクッキーはなくなっちゃうけどさ。

黄金の角を持つウサギはこちらを警戒しているみたいだったけど、逃げ出すことはなかった。これはチャンス。やるなら今しかない。

「一角ウサギさん、よかったら食べませんか?」

クッキーを持った手を上下に振る。それに合わせて、一角ウサギさんの顔が上下に動いている。どうやらクッキーに興味があるみたいだ。これなら大丈夫そうだぞ。驚かせないように、慎重にほふく前進しながら一角ウサギさんに近づく。

こちらリディル。一角ウサギさんの近くまで接近した。

「あ、このままじゃ食べにくいか。それなら」

クッキーを小さく割って、手のひらの上に載《の》せた。鼻をヒクヒクさせた一角ウサギさんがおそるおそる食べた。

おおお、なかなか人懐《ひとなつ》っこい一角ウサギさんだ。もしかしたら、ボクが差し出したクッキーは食べないかもと思っていたけど、問題はなかったみたいだ。

「ミユ、ミユ！」

「おおお」

どうやらかなりおなかがすいていたみたいだね。すごい勢いで残りのクッキーも食べたぞ。一緒にクッキーを食べたいところだけど、さすがに手を洗わないといけないいな。ここは我慢だ。

「ミュ」

「え、もっと欲しいの？　もう、しょうがないなぁ」

そんなわけで、もう一つクッキーを食べさせてあげる。これで一角ウサギとお友達になれるのなら安いものである。全部なくなっちゃったけどね。

フサフサでモフモフな毛並みをしているよね。痩せているかの確認も含めてモフモフさせてもらったら、きっと気持ちいいと思う。

「ちょっと触ってもいいかな？」

「ミュ」

「ありがとう。それじゃ、遠慮なく……ふおお、すごい！」

予想以上のモフモフ具合！　お城の羽毛の寝具よりもフワフワだ。これはすごい。そのあまりの気持ちよさにモフモフが止まらない。

嫌がられるかなと思ったけど、そんなことはなかった。むしろ逆に、とても気持ちよさそうに目を細めている。

触った感じでは、ちょっと痩せているみたいだね。うまくご飯を食べることができていないのかもしれない。ますます心配になってきたぞ。

かわいくて、いい子だな〜、友達になりたいな〜。そうすれば、またここで会えるよね？ そのときにはたくさん食べる物を持ってきてあげよう。

「ボクの名前はリディル。ねえ、ボクと友達になってよ」

「ミュ」

こちらの言葉が通じているのか、首を縦に振る一角ウサギ。これは友達になってもいいってことだよね⁉

「それじゃ、ボクたちは友達だよ」

「ミュ！」

一角ウサギが長い耳をパタパタさせて胸に飛び込んできた。ふおお……！ まさかこんな日がくるだなんて。

ん？ 今、このウサギさん、飛ばなかった？ 気のせいだよね、きっと。

そのまま一角ウサギと一緒にピクニックシートの上で転げ回っていると、茂みの向こうから声が聞こえてきた。アルフレッド先生がボクたちを探しにきたみたいだ。どうやらある程度の家の設計が終わったようである。

「リディル様、アルフレッド殿《どの》がいらっしゃいましたよ。そろそろ戻りましょう。まずはお召し物についた草を払わなければなりませんな」

「リディルくん、その金色の角を持ったウサギはどうしたのですか？」

「さっき友達になりました。アルフレッド先生もこのウサギの種類は分からないのですか？」

古代エルフのアルフレッド先生なら知ってると思ったんだけどな。どうやら知らないようである。

そうなると、この子は新種なのかもしれない。もしかして、ボクが第一発見者だったりする？

「角のあるウサギなら知っていますが、金色の角を持つウサギは初めて見ましたね。まさか」

「ちょっとアルフレッド先生、なんだか変な空気にするのはやめて下さい！」

だがしかし、ボクの言葉が届いているのか、いないのか、アルフレッド先生の眉間《みけん》にできたシワがますます深くなっていく。

なんだろう。すごく悪い予感がする。こんなにかわいいのに。もしかして魔物だったりする？

「調べてみないと分かりませんが、もしかしたら、神獣《しんじゅう》の一種なのかもしれません」

「神獣？　あのだれも見たことがないと言われている神獣ですか？」

「そうです。私が見たことがない生き物と言えば、神獣くらいだと思います」

なるほど、そう来たか。確かにそうだ。アルフレッド先生が見たことがないと言うのであれば、とってもレアな生き物に決まっている。それじゃ、この子は神獣？

「ねえ、キミは神獣なの？」

「ミュ！」

「そうみたいです！」

笑顔が張りついたアルフレッド先生。フェロールの顔も目と口がまん丸になってる。まさか神獣がこんなところにいるなんて。そう思って驚いているのだろう。

ボクも驚いてはいるけど、それよりもこの愛らしさにメロメロだ。神獣だろうか、珍獣だろうか、どっちでも構わないぞ。

「まさかこの地で神獣を見る日がくるとは思いませんでした。そうか、そうでしたね。ここには世界樹があるのでしたね。それなら納得です」

「アルフレッド先生、一人で納得しないで下さいよ。それって、これからも神獣が集まってくる可能性があるってことですか？」

「その通りです。さすがはリディルくん。よく分かりましたね」

「開き直ってないですよね、アルフレッド先生!?　現実と戦わないとダメですよ！」

どうやらアルフレッド先生は現実逃避《げんじつとうひ》することに決めたようだ。アルフレッド先生の目がボクとウサギの神獣さんを温かく見守っていた。

あ、フェロールも同じような目をしている。どうやらフェロールも現実から目をそらしたようだ。

せっかくウサギの神獣さんと友達になれたけど、そろそろお別れの時間のようである。寂《さび》しいけど、またここに来ればいつでも会えるよね？

「また会いにくるからね」

「ミュ？」

ああ、もう。そんな目で見つめられたら、一緒に連れて帰りたくなっちゃう。

その気持ちをグッとこらえて、神獣さんとお別れをする。

「それじゃあまたね。バイバイ！」

手を振って歩き出す。振り向いたら負けだから、前だけを向いて歩こう。振り返ったら、絶対に連れて帰っちゃう。

そうして歩き出したのだが、すぐ後ろから、テシテシと小動物が歩く足音が聞こえてくる。

ボクを見ているアルフレッド先生の顔は笑っていた。隣にいるフェロールも眉《まゆ》を下げて笑っている。どうしよう。きっと振り返れば神獣さんがいる。

「リディルくん、一緒に連れて帰ってあげたらどうですか？　さすがに置いて帰るのはかわいそうですよ」

「でもアルフレッド先生、神獣ですよ。連れて帰っていいんですか？」

「神獣と一緒に暮らしているという人は、これまで見たことも、聞いたこともありません。だからリディルくんが初めての人になりますね」

アルフレッド先生がとてもいい笑顔をしている。

いいのかな、ボクで。でもアルフレッド先生の言う通り、後ろからついて来ているのに、このまま放っていられるはずがない。

一緒に暮らすのであれば、最後まで責任を持って面倒を見ないといけないよね。

振り返ると、そこにはやはり神獣さんがいた。サファイアブルーの瞳がこちらを見つめている。

「神獣さん、ボクたちと一緒に来ない？　きっと退屈しないと思うよ。おいしいクッキーも、ときどきなら食べられるかもしれない」

「ミュ、ミュ！」

「よし、それじゃあ決まりだね」

神獣さんを抱き上げた。なんだか胸に温かいものが流れてきたような気がする。これが愛情なのだろう、きっと。

「リディルくん、あなた、その神獣と主従関係になってますよ！」

違った、全然違った！　どうしてそうなった⁉

「えええ！　なんで⁉」

「なんでと言われても、まさかリディルくんが生き物との主従関係の結び方を知っているとは思いませんでした」

「いや、知らないですからね、アルフレッド先生⁉」

どうしよう。たぶんきっと、さっきの温かいやつがそれだ。お互いに愛情を持つと、主従関係が結べちゃうの⁉　簡単すぎない？

「ミュ」

「ほら、リディルくんに名前をつけてほしいみたいですよ」

「ボクが名前をつけるんですか？」

「そうです。主従関係を結びましたからね」

名前か。どうしよう。変な名前をつけたら、ずっと根に持たれるかもしれない。これは責任重大だぞ。でも、ボクにはネーミングセンスなんてものはないんだよね。それならストレートにいこう。

投げられないのに変化球を投げようとするから大暴投するんだ。

「ミュー。キミの名前はミューだよ」

「ミュ！」

そう言ってミューが頭を胸にこすりつけてきた。ふおお……！　何これすごい。かわいすぎるんですけど⁉　しかもこの角、全然痛くない！　というか、柔らかいんですけど⁉　どうなってるの。まさか、実はぬいぐるみが動いていたりする？

「ミュ？」

「ううん、なんでもないよ。ミューの角が柔らかくてよかったと思っただけだよ。これなら痛くないからね」

「ミュ！」

再び頭をこすりつけてきたミュー。なんだか念入りにマーキングされているような気がする。気のせいだよね？　主従関係はボクの方が上だと思っていたけど、もしかして逆だったりするのかな。

ボクが呼びにくそうだったから、名前をつけさせてあげた、みたいな？

「それでは行きましょうか。あちらではすでにデニスが家を建て始めているはずですよ」

「さすがドワーフ。作業が早いですね。家はどんな風になるのですか？」

「ひとまずは地上部分と地下で作るみたいです。そのあとは増築を繰り返して、上に伸ばしていくことになっています」

なるほどね。そうなると、地下部分はドワーフのデニス親方の部屋になるのかな？

そんなことを考えている間に建築現場へと到着した。

すごい、もうあんなにできてる。おわん型の屋根がもうできてるよ！

「もしかして、今日中に住めるようになったりするのですか？」

「どうでしょうか？」

「寝泊まりするだけなら問題ないぜ！」

ボクたちが戻ってきたことに気がついたデニス親方がその手を止めてこちらを振り返った。ボクの気のせいでなければ、デニス親方が五人くらいに増えていたような気がしたんだけど。もしかして、何かの精霊魔法を使ったのだろうか。

そして振り返ったデニス親方の動きが止まった。

「おい、坊主、その抱いているウサギはなんだ。普通じゃないだろ？」

「さすがはデニス親方。当たりだよ。この子はミュー。神獣なんだって。これから一緒に住むことになったんだ。ミュー、この人はドワーフのデニス親方だよ。物づくりのプロさ」

「ミュ」

あ、デニス親方の目が点になった。普通のウサギじゃないのは分かったけど、まさか神獣だとは思わなかったようである。

この輝く黄金の角を見てよ。たぶんこれこそが神獣の証拠だからさ。

「……坊主、何がどうしてそうなった。怒らないから詳しく話してみろ」

「その話、私も興味がありますね。一息入れましょう。あそこのテーブルで」

「ああ、実にいい考えだ。これは家の設計を見直す必要があるかもな」

ボクを囲んでお茶会が開催《かいさい》された。ミューはボクの膝《ひざ》の上にいるけど、その言葉は分からないのであまり役に立たないかもしれない。

でも、どうやらミューはこちらの言葉は分かっているみたいなんだよね。だから相づちくらいは打ってくれると思うけど。

「そんなわけで、ボクがおやつの時間に食べるつもりだったクッキーを分けてあげたんです」

「それでなつかれたというわけですね」

「そうです」

「ミュ」

そんなミューと、最後のクッキーを半分こして食べた。もちろんその前には、アルフレッド先生が出してくれた水でしっかりと手を洗っている。

次はその水を出す魔法を教えてもらいたいな。そしたらトイレのときに、水でお尻を洗うことができるようになるかもしれない。

「なるほどな～って、納得できたらいいんだが、そんなに簡単に神獣がなつくものなのか?」

「私もそう思ったのですが、そう言えばリディルくんって世界樹の守り人なんですよね」

「ああ、そうだったな」

「ミュ」

なぜかそれで納得したような表情になる三人。納得がいかないのはボクとフェロールだけのようである。いや、フェロールも「リディル様なら当然」みたいな顔をしているから、納得していないのはボクだけか。

「あの、世界樹の守り人ってそんなにすごい人なんですか？」

「そうですね、私たちが待ち望んだ人物であることは間違いないですね」

「違いない。この世界を変えることができる、唯一の人物だぜ」

「えっと、ボクにはそんな力はないと思います」

世界樹さんも「建国していいよ！」みたいなことを言っていた。アルフレッド先生とデニス親方が言っているのは、きっとそのことだよね？　でも、ボクはそんなことできないと思っている。精霊魔法は使えるようになったけど、それだけで建国することはできない。もちろん世界を変えることもできないと思う。

「ミュ」

「ミューもそう思ってるの？」

「ミュ、ミュ」

「そっかー」

サッパリ分かんない！　ミューが何を言っているのか分かったらよかったのに。でも、ミューがボクを励《はげ》ましてくれていることだけは分かる。そんなミューをギュッと抱きしめた。

抱けば抱くほど、ぬいぐるみなんだよなー。神獣感はゼロである。でもそんなこと言ったらミューが悲しむだろうから言わないけど。

「デニス親方はミューがなんの神獣だか分かる？」

「う〜ん、神獣を見たのは初めてだから分からないな。だが、ドワーフに伝わる伝承《でんしょう》の中には、ウサギの姿をした神獣の話があるぞ」

「おお、きっとそれだよ！　なんていう名前なの？」

「確か、ボーパルバニーだったかな？　その鋭い二本の前歯で、どんな獲物《えもの》の首でも、スパッと切り落とすことができるらしい。それから、地面につくくらい長い耳を使って、自由に空を飛び回るそうだ」

「何それ怖い。というか、ミューって空も飛べるの⁉」

ミューにそんな力が？　いや、ない。そんな力はミューにはない。きっとミューは神獣モフモフなんだよ。キラリとミューの前歯が光った気がしたけど、きっと気のせいだ。

「ミュ？」

「ミューは空なんて飛べないよね？」

「ミュ！」

力強くボクの質問に返事をしたミューが、長い耳をパタパタとさせて宙を舞った。

と、飛んでる！　あの耳をパタパタさせている感じでは絶対に飛行できないと思うんだけど、どう見ても飛んでる！

「すごいや、ミュー。本当に飛べるんだね。でもなんだか納得がいかない！」

「ミュ？」

「どうやらミューは神獣ボーパルバニーで間違いなさそうですね」

「そうみたいですね……」

そんなミューの前歯を気にしながら、どんな家になるのかをデニス親方に聞いた。もちろん設計図も見せてもらう。

「こんな感じだな。今からここに、ミューが退屈しなくてすむような空間を作る。この感じだと、他の神獣もくるかもしれん。手抜きはできない」

「ありそうですね」

「ふむ、それでは神獣たちの食べる物をどうするかも考える必要がありそうですな」

「ミュ」

「そんなバカな」

どうしてみんな神獣が増えるような感じで話を進めてるの？　もしかして、そんなはずはないさと思っているのはボクだけなの!?　それよりもこの設計図。

「ねえ、デニス親方、この設計図、どう見てもお城にしか見えないんだけど？」

「いいじゃねぇか。細かいことを気にするもんじゃないぞ」

「いや、気にするから。お城は嫌だって言ったよね？」

「まあ、そうなんだが、このくらいは必要になりそうだなと思ってな？　これでも加減したんだぜ」

これで加減……それじゃ本気だったら、魔王城になってたってこと!?　デニス親方はボクを人類の敵にしたいのか。ジットリとした目でデニス親方を見ていると、それを一緒に考えたのであろうアルフレッド先生が間に割って入った。

「まあまあ。これはあくまでも最終形態ですから。この状態になるまでには何年もかかりますよ。そのころになれば、リディルくんの考えも変わっているかもしれません。それに、途中で工事を中断してもいいのですから」

「そうだぜ、坊主。何も今すぐ、この城を造るわけじゃないんだ。気楽に行こうぜ」

「今、城って言った。二人とも分かっててやってるでしょ！」

どうして二人ともそんなにお城を造りたがるのか。お城を造るということは、新たに建国するってことだよね？　なんでそんなに二人が建国にこだわるのか、ボクにはちょっと理解できないな。

もしかして、ボクの知らない思惑があるのだろうか。

「リディル様、落ち着いて下さい。お二人もそうおっしゃっているのです。まずはこの設計図を元に、安心して暮らすことができる場所を確保するべきかと思いますぞ」

「ミュ」

「それはその通りなんだけどさ」

そうなんだけど、そうじゃない。なんだかそのまま妥協した状態で進んで、最後には立派なお城が建ちそうな気がする。

何年もかかるって言ってたけど、それ、本当なのかな？　あの分身したデニス親方の様子を見る限り、そんなに時間はかからなそうなんだけど。

なんだか心がモヤッとするが、これ以上反論してもムダだろう。だって、反対しているのがボクだけなのだから。これはなんとかしてお城の形にならないように、ボクが見張っておかなくてはいけないな。デニス親方からは目が離せないぞ。

ジッと見つめるボクの前で、デニス親方が設計図をサラサラと変更した。

「よし、これでどうだ？　中庭の一部を庭園から、運動場に変えたぜ。これなら坊主が運動不足になることもないだろう。神獣たちも大喜び間違いなしだ」

「ミュ！」

デニス親方が見せてくれた設計図には楕円形《だえんけい》をしたグラウンドがあった。これならグルグルとランニングすることもできそうだ。何やらアスレチックのようにするらしく、遊具らしき物の絵もあった。

ブランコとか、平均台とか、シーソーのような物もあるみたいだ。

「いいじゃないですか。これなら精霊魔法の練習もできますし、武術の鍛錬《たんれん》もできそうですね」

「アルフレッド先生、ボクに武術も教えてもらえませんか？」

「リディルくんがお望みであれば構いませんよ」

「教えてほしいです！　あと、乗馬も」

「いいでしょう。みっちりと教えてあげましょう」

ニッコリと笑うアルフレッド先生。

みっちり。

なんだか嫌な予感がしてきたぞ。アルフレッド先生が鬼コーチにならないことを願うばかりである。でもちょっと楽しみだな。自分自身が強くなれば、みんなに迷惑をかけなくてすむからね。

休憩《きゅうけい》が終わったところで、デニス親方が作業を再開した。ボクたちもデニス親方について行って、すでにできあがってる部分を見せてもらった。

「すごい！　これ、もう住めるよね？」

「ミュ！」

「最低限の物は作ったからな。だが、まだまだだぜ」

デニス親方が作った建物の中には、シンプルな作りをした木製のテーブルとイスがあった。壁には大きめの円《まる》い窓がついており、どこから持ってきたのか、ガラスのような物がはめ込まれている。

「ここは工房になるんだね。でも、それにしては狭いよね？」

「坊主、ここは来客用の部屋だ。工房はこれから地下に作ることになる」

デニス親方が地面を指差した。さすがはドワーフ。まるでモグラみたいだ。どんな風にして穴を掘るのか、ボク、とっても気になります！

「デニス親方、どうやって穴を掘るの？　普通に掘ったら、穴が崩《くず》れてきそうなんだけど」

「そこはもちろん精霊魔法を使って掘るのさ。俺たちドワーフは土属性魔法が得意だからな。土を固くしてから掘り抜くんだ。まあ、見てな」

そう言ってからデニス親方が少し腰を落とすと、両手を「パン！」と合わせた。目を閉じて何やら呪文《じゅもん》を詠唱《えいしょう》しているようだ。

これがドワーフ式の精霊魔法の使い方。ボクがアルフレッド先生から教わった方法とはまったく違う。特にポーズとか、呪文とか、なかったもんね。

アルフレッド先生も初めてドワーフ式精霊魔法を見たのか、ちょっと目を見開いてガン見している。そんな顔をするだなんて。アルフレッド先生は魔法が好きなんだね。やっぱりエルフは魔法に対しては貪欲《どんよく》なようである。もしかしたらデニス親方の儀式を参考に、エルフ式精霊魔法を開発するのかもしれない。

「すごい精霊魔法が見られそうですね」

「なんと言うか……あの構えにはなんの意味もないようですね」

「え?」

なんということでしょう。アルフレッド先生が驚いていたのは、デニス親方がまったくのムダな儀式《ぎしき》をしているからだったようである。

そんなバカな。あんなにかっこいいのに。ボクもまねしようかと思ってたのに。

「でも、リディルくんの知っての通り、精霊魔法を使うのに必要なのは想像力ですからね。ああやって集中して、想像力を高めているのかもしれません」

「それじゃ、ムダな儀式じゃないってことですね」

「儀式……ふふっ」

どうやらアルフレッド先生の笑いのツボにハマってしまったようである。口元を押さえているが、こらえきれずに息が漏《も》れている。

あとでこのことをデニス親方が知ったら怒るかな？

「はぁ……！　ガイアコントロール！」

ズゴゴ！　という音と共に、地面の一部に四角い穴があいた。すごい！　まるでそこだけ土が切り取ったかのようである。穴を見ると、平らな壁が下へと続いていた。

あれ？　でも、なくなった土はどこへ行ったのかな。まさか消えちゃった？　そんなわけないよね。

「見たか、坊主」

「すごいね、デニス親方の精霊魔法。あっという間に穴があいたよ。でも、そこにあった土はどうなったの？」

「ああ、土壁《つちかべ》を補強《ほきょう》するのに使っているぞ。ギュッと土壁に押し固めているんだ。触ってみな」

デニス親方にそう言われて、できた穴の側面を触ってみる。なにこれ、カチコチだ。まるでコンクリートみたいになってるぞ。これなら崩れてくることはなさそうだ。耐震性も、とっても高そうである。

「すごい。こんなことができるんだ。あ、ボクたちが立っている場所も固くなってる？」

「よく気がついたな。その通りだぜ。あとはこの上にラグを敷《し》けば完璧《かんぺき》だな」

「ねえ、デニス親方、あの穴ってどうやって上り下りするの？　まさか、はしご？」

「ガッハッハ！　坊主にはちょっと厳しいか？」

「そりゃあ、ね」

笑うデニス親方。苦笑いするボク。アルフレッド先生はデニス親方と一緒になって笑っている。

はしごで上り下りするのか〜。さすがにきついな。できれば階段にしてほしかった。せめて垂直じゃなくて、斜めだったらよかったのに。

ん？　垂直？

「デニス親方、エレベーターみたいな魔道具はないの？」

「エレベーター？　なんだそりゃ」

「えっと、こんな装置だよ」

紙に四角い箱が上り下りする絵を描いた。エレベーターの昇降を補佐するための重りも忘れない。

エレベーターがあれば、ボクでも簡単に上り下りすることができるぞ。

装置を描いた紙をデニス親方に渡すと、ウンウンとうなり始めた。気になったのか、アルフレッド先生もそれを横からのぞいている。

「坊主、どこでこれを見たんだ？」

「どこで？　デパートとか、駅とかかな」

「デパートに駅か。人族の住む場所にはこんな物があるのか。どっちも聞いたことがないな」

「私も聞いたことがありませんね。リディルくん、この装置はあなたの国に本当にあるのですか？」

「あ」

ない。ないね。こんな物があるはずがない。なんならデパートも駅もない。

これは……話してしまった方がいいような気がする。

前世の記憶の断片があったおかげで、お母様との間にはどこか溝《みぞ》のようなものがあった。

お母様はボクがおかしな発言をしても、深く聞いてくることはなかったし、ボクも変な子だと思われるのが嫌だったから黙っていた。それがお互いの溝ができた原因だったのだと思う。

ボクはもう、同じ失敗を繰り返したくない。それに、アルフレッド先生とデニス親方なら、そんなボクでも受け入れてくれるような気がする。エルフもドワーフも、人族とは違う文化を持っているみたいだからね。

どんな人でも受け入れる、そんな寛大な心を持っていると思う。もちろん、ミューもね。フェロールはどうだろうか。

「この国にはないですね。デパートというのは、たくさんの品物を集めて並べて売る大規模な売り場のことです。何階建てにもなっているんですよ。そして駅とは、電車が停まる場所です」

「電車とはどのようなものなのですか?」

「魔道具のような感じで作られた、動く乗り物のことです」

顔を見合わせたアルフレッド先生とデニス親方。フェロールも何かを察したのか、心配そうな顔をしてボクを見ている。ミューは何がなんだか分からないのか、クリクリの目をこちらへ向けていた。

「リディルくん、その国はどこにあるのですか?」

「この世界にはないかもしれません」

ボクのつぶやくような声に、アルフレッド先生、デニス親方、フェロールの目が大きく見開かれた。

「まさか、リディルくんには前世の記憶が残っているのですか⁉　ちょっとすぐには信じられませんね」

「本当なのか、坊主⁉　前世の記憶が残っているやつなんて、初めて会ったぜ。ただの夢物語だと思っていた。それじゃ、坊主の頭の中にはすごい知識が眠っているというわけか！」

「リディル様に前世の記憶が⁉　な、なるほど、そうですか、そうでしたか」

「ミュ⁉」

ミューがみんなのまねをして驚いたような雰囲気を出しているけど、無理しなくていいからね？

いや、ミューはミューで、このどこか張り詰めたような空気をなんとかしようと思ったのかもしれない。

みんなにとってはやはり衝撃的《しょうげきてき》な話だったみたいである。だが、驚いたものの、だからどうするということはないみたいだ。どうやらここから追い出されることも、アルフレッド先生とデニス親方が帰ってしまうこともなさそうだ。

ミューはボクのことが心配なのか、さっきから何度も頭をボクの胸にこすりつけていた。

「前世の記憶と言っても、断片的なものばかりで、ハッキリしたものじゃないんですけどね」

「もしかして、ライトの魔法を教えたときに言っていた『蛍光灯《けいこうとう》』も、前世で見たものだったのですか？」

「そうです。ボタンを押すと、パッと明るく光る魔道具のようなものです」

「そいつは面白《おもしろ》そうだな。ああ、だが、まずはこのエレベーターの魔道具だ。こんな魔道具は初めてだ。久しぶりに腕が鳴るぜ」

うれしそうですね、デニス親方。なんとなく分かっていたけど、アルフレッド先生とデニス親方は前世の記憶があるボクのことを、ひとまずは受け入れてくれたようである。

この中で一番驚いているのはフェロールなのかもしれない。

「どうしてもっと早く言って下さらなかったのか。王妃殿下《おうひでんか》がおっしゃっていた違和感《いわかん》とはこのことだったのですね」

「ごめんね、フェロール。話せればよかったんだけど、変わった子供だと思われると思って」

「いいえ、リディル様が謝る必要はありません。今のはわたくし自身のふがいなさに対する愚痴《ぐち》です。わたくしがもっとリディル様から信頼される者になれていれば。だれにも話さなかったのは賢明《けんめい》です。そのことがだれかに知られれば、将来を不安視されて消されていたかもしれません」

やっぱりその可能性があったんだ。国を守るために、将来の不安材料を未然に取り除きたいと思うのは当然だと思う。それが王族の中にいるのならば、ますます排除する方向に進むはずだ。どこかの貴族にそそのかされて、反旗を翻《ひるがえ》そうものなら大変だからね。

「お母様が深く追及してこなかったのは、それがあったからなのかもしれないね」

今となっては聞くことはできないが、お母様はお母様でずっと悩んでいたんだろうな。ごめんね、お母様。もう届かないかもしれないけど。

気まずい空気になってきたところで、アルフレッド先生が両手をパンパンとたたいた。その音で視線を上げる。

「リディルくんの前世がハエだろうが、今のリディルくんはリディルくんですよ」

「ちょっとアルフレッド先生、前世がハエなのはあんまりですよ！　せめて、ネコにして下さい、ネコに」

アルフレッド先生が場を和ませようとしてくれている。それなら全力で乗らないといけないな。

ボクとアルフレッド先生のやり取りを聞いて、ハッとした表情になるフェロール。

そうそう。ボクたちが悲しんだところで、お母様は戻ってはこないのだ。それなら顔をあげて、前だけを向いて進もう。

「ハッハッハ、ネコですか。それはいいですな。リディル様はネコを飼《か》いたいと、ずっとおっしゃっておりましたからな」

そう言ってフェロールが笑った。もちろんデニス親方も笑う。その中で不機嫌になったのはミューだった。助走をつけたミューがボクの胸に弾丸のように飛び込んできた。

「ミュー！」

「うわ、何⁉」

「ミュ！」

「い、今はネコじゃなくて、神獣を飼いたいと思っているからね？」

「ミュ」

どうやら落ち着いてくれたようである。ミューはそれでいいのか。神獣を飼うって、聞く人によってはビックリして倒れちゃうような話だと思うんだけどね。

「さてと、それじゃ、さっそくコイツを作らないとな」

「デニス、分かっているとは思いますが、夕食の時間までですよ」

「そうだよ、デニス親方。寝る間もないくらい仕事をするのなら、面白い考えが思いついても、教えないからね」

「そぉ～りゃないぜ、坊主」

デニス親方が泣き言を言ったところでみんな笑った。そうそう、その調子。暗い雰囲気《ふんいき》とはサヨナラしないとね。

てっきりデニス親方は成り行きでエレベーターを作るのかと思っていたら、まずは模型から作るようである。デニス親方って意外と堅実《けんじつ》なんだね。

そうして完成したエレベーターは、オリのようなカゴの中に入って移動することになるようだ。名前はそのまんまエレベーターにするらしい。

「本当にエレベーターでいいの？　昇降機《しょうこうき》とかの方がいいんじゃないかな」

「昇降機よりもエレベーターだろ？　だってその方が響きがかっこいいからな」

ドヤ顔で親指を立てて突き出し、サムズアップをキメるデニス親方。どこでそんな仕草を覚えたの⁉　もしかして、デニス親方も前世の記憶がある可能性がわずかながら存在する？　いや、ないか。もし前世の記憶があるなら、エレベーターくらいすでに開発しているはずだ。それどころか飛行機だって開発しているかもしれない。ドワーフの技術力は世界一だと聞いたことがあるからね。

「これは便利そうですね。高い建物ほど、その効果を発揮できるでしょう」

「お年寄りにも喜ばれると思います」

「リディル様のおっしゃる通りですな。最近では階段の上り下りもきつくて」

「フェロールはまだまだ元気でしょ」

「おっと、そうでしたな」

そうしてみんなで笑っていると、窓の外がオレンジ色に染まってきた。そろそろヨハンさんの屋敷へ戻る時間だね。続きはまた明日。デニス親方がまだやりたそうな顔をしているが、異論は認めないぞ。

これからすぐにでも実物を作りたそうにしているデニス親方を引き連れて、ヨハンさんの屋敷まで戻ってきた。建設したばかりの屋敷には料理をする設備がまだそろっていないんだよね。

寝るときは工房へ戻るつもりの様子だったデニス親方に、夜の間に作らないようにとクギを刺しておく。

「夜はちゃんと寝てよね。寝不足は体によくないよ」

「これはデニスには監視《かんし》が必要かもしれませんね」

アルフレッド先生も同じことを思ったのか、苦笑いしている。そんなボクたちを見て、デニス親方がヒョイヒョイと手を振った。

「心配すんなって。俺にだって良識はあるさ」

「信じますよ、その言葉。もし約束を破るようなことがあれば、そのときはお酒を取りあげることになりますからね？」

「そ、そんな！」

悲痛な声をあげるデニス親方。やっぱりドワーフってお酒が好きなんだ。そこはボクの知ってるドワーフと同じだな。そうなると、新しいお酒とかにも興味があるかもしれないな。

この世界にはワインとウイスキーはあるが、ビールと日本酒、果実酒、ウオッカはない。ボクもハッキリとはその作り方を覚えてはいないけど、大体のことを話したら、お酒大好きなデニス親方が作ってくれるのではないだろうか。

「ちゃんと約束を守ってくれるなら、新しいお酒の作り方を教えてあげるよ」

「本当か、坊主！」

うわ、ドワーフ速い。ものすごい速度でボクに近づくと、両肩をガシッとつかんだ。力強いぞ。それに圧倒されて、何度もウンウンとうなずいた。

「それは興味深い話ですね。ちなみになんですが、どんな酒なんですか？」

「えっとホップを使ったビールに、米を使った日本酒、それから、果実を使った果実酒、大麦やライ麦を使ったウオッカですね」

「四つもあるのか⁉　さすがは世界樹の守り人！」

いやデニス親方、世界樹の守り人はまったく関係ないと思うんだけど。関係ないよね？　ほら見てよ。アルフレッド先生もフェロールも苦笑いしているじゃないの。

第四章　色々作りたい

夕食の準備ができたみたいなので、みんなで食堂へと向かった。もちろんミューも一緒だ。

ミューが何を食べるのか分からなかったので、とりあえず生の野菜をいくつか準備してもらった。

ボクの前世の記憶が確かなら、ウサギはニンジンが大好きなはず。ウサギ型の神獣《しんじゅう》も同じなのかは分からないけど。

「ミュー、これなんかどうかな？」

「ミュ！」

「こっちはどう？」

「ミュミュ！」

どうやら好き嫌いはないらしい。もしかすると、ミューが食いしん坊なだけかもしれないけどね。

そんなミューの様子をほっこりしながら見つつ、夕食を食べる。今日の夕食は野菜タップリのシチューだ。でも、味はちょっと薄味《うすあじ》である。もっと香辛料《こうしんりょう》が簡単に手に入ればいいんだけどな。

「アルフレッド先生、この辺りでは野菜ばかりを育てているみたいですが、香辛料は育てられないのですか？」

「育てることはできますよ。もっとも、まずは苗《なえ》を入手しなければいけませんけどね」

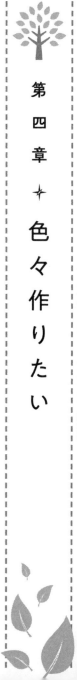

「それなら、米や麦はどうですか？」

「土壌《どじょう》については問題ないのですが、それをするには大量の水が必要になります。今の状態では難しいでしょう」

「それじゃやっぱり水路が必要ですね」

「やっぱり？」

アルフレッド先生が首をかしげて聞いてきた。ちょうどいい機会だと思う。ボクの計画をみんなにも聞いてもらうことにしよう。最初からうまく行くはずはないので、早い段階でみんなからも意見を聞いておきたかったんだよね。

「ノースウエストの町まで水路を引こうと思ってます。水路ができれば、水やりも簡単になるでしょう？　それに、手洗いや、お風呂《ふろ》の水としても利用することができますからね」

「なるほど、水路ですか……」

「水路か……」

あれ？　いい考えだと思ったのに二人の反応が薄いぞ。なんで。思わず首をかしげてしまったところで、アルフレッド先生が説明してくれた。

「エルフの里には水路はないのですよ。畑に水をまく必要があるときは、精霊魔法を使いますからね。お風呂のお湯も精霊魔法を使います」

「そうでした。エルフはみんな精霊魔法を使えるのでしたね。それじゃ、ドワーフも同じなの？」

腕を組み、ちょっと考え始めたデニス親方。もしかして、エルフとは違うのだろうか。ドワーフも精霊魔法を使えるので、てっきり同じだと思ったのに。

「水は雨水をためている。食べ物は山から採《と》ってくるから、畑は必要ないな」

「よくそれで生きていけるね」

「酒さえあればなんとかなる」

「ならないよ！」

思わずツッコミを入れてしまったが、アルフレッド先生は笑っていた。何それどういう反応？

思わずフェロールとヨハンさんの顔を見たが、二人も訳が分からないみたいで首をかしげている。

ミューは……ニンジンをかじっているな。気に入ったみたい。

「リディルくんは冗談だと思ったのかもしれませんけど、本当なのですよ。ドワーフという種族はお酒があれば生きていける種族なのです」

「それじゃ、お酒がなくなったら？」

「お酒のある土地へと移動することになるでしょう」

「頑張《がんば》ってお酒を造らなきゃ」

初めて知った新事実。ドワーフはお酒で釣れる。ドワーフの力を借りたかったら、金銀財宝なんかよりも、大量のお酒を用意するべきなのかもしれない。

どうやら水路については二人とも詳しくはないみたいだな。あとはフェロールとヨハンさんに期待だな。

「二人はどう思う？」

「そうですな、水路があれば便利だと思いますが……」

「水路を作ることには賛成ですが、実際に作るのは難しいでしょう。人手が足りませんからね。町の人たちに頼むにしても、どれだけの人が協力してくれることやら」

水路作りに反対ではないようだな。大丈夫。ボクにいい考えがあるから。この方法なら人手は最小限ですむからね。ボクの考えが分かったのか、アルフレッド先生とデニス親方が口角をあげてボクを見ていた。

「そこは大丈夫だよ。精霊魔法を使って水路を作るつもりだからね。アルフレッド先生、デニス親方、協力してくれませんか？」

「しょうがないですね。弟子のために、一肌脱ぎましょう」

「新しく農地を作って、そこに米や麦、ホップに果樹園を作るつもりなんだろう？　協力するぜ」

「ミュ！」

「ミューも協力してくれるの？　ありがとう！」

さすがはアルフレッド先生。ボクのいい精霊魔法の練習になると思ってくれているようだ。そしてデニス親方はボクがお酒の原料を栽培しようとしていることに気がついたらしい。ミューも手伝ってくれるみたいだし、これならなんとかなりそうな気がする。

「それでしたら、わたくしも協力させていただきますぞ」

「私もです。こう見えても、測量《そくりょう》にはちょっと自信がありますからね」

「フェロールもヨハンさんもよろしくね！　これでノースウエストの町を少しは豊かにできるかも

しれない」

ボクがそう言ったところで、食卓が静かになった。あれ？　ボク、何か変なこと言っちゃいましたかね？　ちょっと気まずい感じがしてキョロキョロとみんなを見渡す。

そんな中、フェロールが涙を流していた。なぜ⁉

「えっと、フェロール？」

「まさかリディル様がそこまで考えておられたとは。このフェロール、それを見抜くことができませんでした」

「だからって、泣くことはないでしょ！」

「リディル様は、しっかりと、前を向いて、いらっしゃったのですね、グズッ」

どうやらフェロールの中では、ボクが領主《りょうしゅ》として何かをすることはなく、ヨハンさんに領地《りょうち》運営を任せたままで生涯《しょうがい》を終えるつもりでいると思っていたようだ。

確かにそれでもよかったけど、町の人たちと交流していたら、情だって芽生《めば》えちゃうよ。今は少しでもみんなに豊かな暮らしをさせてあげたいって思ってる。


翌日からさっそく水路作りを始めることにした。何はともあれ、まずはどこに水路を作るかを考えなくてはならない。そこはフェロールとヨハンさんが請け負ってくれるそうである。

「水路の設計は我々にお任せ下さい。ある程度の設計が終わるまでは、リディル様のやりたいことをやっていただければと思います」

「それじゃ、今日はデニス親方のところへ行って、そのあとはマジックバッグ作りをしようかな?」

そうしてフェロールたちと別れたボクたちは、昨日の続きをするべく、デニス親方の仮工房へと向かった。この時間なら、デニス親方も朝食を食べ終わっていることだろう。

結局昨日はお風呂に入ることなく、逃げるようにヨハンさんの屋敷《やしき》から出て行ったからね。今日こそはお風呂に入ってもらいたいところである。

「デニス親方ーって、もう作業を開始してる!」

「おう、来たか坊主。エレベーターが完成したぜ。俺《おれ》の自信作だ。コイツはすげぇぜ」

「完成したんだ! さすがはドワーフ。アルフレッド先生、ミュー、見に行きましょう」

部屋に入ると、昨日、地面に穴をあけた場所に、鉄格子つきのカゴが据《す》え付けられていた。

「すごいよデニス親方」

「これがエレベーター。このカゴの中に入って、上り下りするのですね」

「そうだぜ。さっそく乗ってくれ」

カゴの中には床から大きなレバーが突き出ていた。これで上下へ移動するみたいだ。なんだろう、すごくワクワクしてきた。動かしてみたい。

「坊主、動かしてみるか?」

「いいの!?」

「そんな顔をされたら、ダメだとは言えねぇよ。動作確認は何度もやった。だから安心してレバーを引いてくれ」

苦笑いしたデニス親方からそう言われてしまった。やっぱりボクは、すぐに顔に出るタイプのようである。大きくなるまでの間には、ポーカーフェイスを身につけないといけないな。

みんながカゴに乗ったところで、デニス親方が鉄格子をガシャンと閉めた。これなら途中で落ちることはなさそうだ。それを確認してからレバーを引いた。結構、重いぞ！　ガコン！　という音がして、エレベーターが下へと降り始める。速度はそれほど速くない。これならそんなに怖くないかな？　でも、気がついちゃった。

「デ、デニス親方、これ、どうやって止めるの⁉」

「あせるな坊主。目的地に到着したら、自動で止まるようになってる」

「よかった。魔道具ってそんなこともできるんだね」

「当たり前だ。ドワーフが作る魔道具は、安全確保が最優先だからな。作った魔道具でだれかがケガをするようなことがあれば、ドワーフの名折れだぜ」

ドワーフたちはそこまでの信念を持って魔道具を開発しているんだね。これなら安心だ。人族が作った魔道具はすぐに壊れるし、下手に扱うとケガをするって聞いたことがある。だから王城にいたころは魔道具に触らせてもらえなかったんだよね。

再びガコン！　という音がして、カゴが止まった。どうやら最下層に到着したみたいだな。ガラガラとデニス親方が鉄格子を開けると、そこには広い空間ができていた。地上にあった建物よりも大きいぞ。

「ここは？」

「ここが俺の新しい工房だ。まだ何もないが、これからどんどん施設を増やしていくつもりだぜ」

「さすがはドワーフですね。これだけの空間をこの短期間で作り出すことができるとは驚きです」

「これだけのことができるのは、ドワーフの中でも俺くらいだぜ！」

見事なドヤ顔をキメるデニス親方。デニス親方は間違いなく、ドワーフの中でも最高の技術力を持つドワーフだよ。そうでなければ、こんなに簡単にエレベーターを再現することはできなかったはずだ。

デニス親方の工房で何度もみんなでエレベーターをガコンガコンと上げ下げしたところで、世界樹《せかいじゅ》さんのところへと向かう。すぐ隣《となり》なので、うるさかったかもしれない。謝っておいた方がいいかな？

「おはようございます、世界樹さん。うるさくしてしまってごめんなさい」

『構いませんよ。ずっと静かでしたからね。むしろ、かつてのにぎわいが戻ってきたみたいでうれしいです』

笑う世界樹のビジョンが頭に浮かんだ。木が笑うって、どういうことなのかと思うけど、笑っているんだよね。不思議だ。

ボクたちが何をしていたのかを世界樹さんに話した。世界樹さんも興味津々《きょうみしんしん》のようである。

「世界樹さんってもっと大きくなるのですよね？」

『もちろんですよ。山のように大きくなるつもりです』

……ほんのちょっとした世界樹ジョークだよね？　いや、でも待てよ。ボクが見た童話《どうわ》の本の中では、世界樹は雲を突き抜けるほど大きかったな。

「それじゃあ、大きくなったときには世界樹さんの上まで簡単に登れるように、エレベーターを取りつけないといけませんね」

「いや、ちょっとリディルくん？」

「坊主、さすがにそれは……」

『実にいい考えですね。その日がくることを楽しみにしていますよ』

どうやら世界樹さんは乗り気のようである。大きくなった世界樹さんのてっぺんから見える景色はきっとすごいだろうな～。楽しみだね。

あれ？　アルフレッド先生とデニス親方が頭を抱《かか》えているけど、どうしたのかな？

そんな様子の二人を連れて、再び屋敷へと戻ってきた。もちろん、次のお楽しみのためである。

「次は坊主のマジックバッグ作りだな」

「リディルくんが楽しみにしていましたからね。さっそく作ることにしましょう。必要な物は布ですね。こちらに用意してありますよ」

「これがマジックバッグになるのですか。なんだか普通の布のように見えますね」

「普通の布ですからね」

「そうなんですか⁉」

これはビックリだ。まさか普通の布がマジックバッグになるだなんて。てっきり何か貴重な繊維《せんい》を使って作るのかと思っていた。

そんなボクを見ていたデニス親方が笑っている。

「確かに普通の布のままでも作れるが、丈夫な布にしておかないとすぐに破れることになるぞ」

「言われてみれば確かに。破れたら使い物にならなくなるんだよね？」

「多少破れたくらいなら問題ないが、さすがに引きちぎれると使い物にならなくなるな。そんなわけで、ただの布を補強《ほきょう》する必要があるってことだな」

「なるほど」

それじゃまずは、なんの変哲もない布を丈夫な布に作り変える作業をするってことになるのかな？　そう思っていると、腰にぶら下げているマジックバッグから、デニス親方が何やら道具を取り出した。たらいのような物だ。

「コイツを使う。これは魔石から抽出した魔力を布に練《ね》り込むことができる魔道具だ」

「さすがはデニス。やっぱり持っていましたか」

「当然だ。しかもコイツは俺が改造したすげえやつだぜ！」

こうしてデニス親方の自慢が始まった。この布を丈夫にする魔道具は「クロスト」という名前だそうである。そしてどうやら、ドワーフが着ている服は、基本的にその「クロスト」に入れた水にひたした布で作られているらしい。そのためとても丈夫だということだった。

「これなら問題なさそうですね。入門用のマジックバッグを作るのにはピッタリです」

「入門用とかあるんですね」

「もちろんです。いきなり袋の中の時間が止まっているようなマジックバッグを作ることはできませんよ。難易度が高すぎますからね」

「それもそうですね。それでは入門用のマジックバッグはどんな性能を持っているのですか？」

きっとそんなすごいマジックバッグを作れるようになるためには、時間を止める魔法が使えるようになる必要があるんだろうな。そうなると、まずは空間を拡張する魔法を覚えるところから始めるのかな？　難しそう。

「入門用のマジックバッグは、ほんの少しだけ、物を入れられるようになったものになります。先ほど乗ったエレベーターと同じくらいの容量にしておきましょうか」

「それでも破格の魔道具ですよ！」

あのカゴと同じくらいの容量があれば、お菓子だってたくさん詰め込むことができるぞ。隣町まで商品を売りに行くことも、とっても楽になるはずだ。町のみんなに持たせてあげたいところだけど、それはまだ無理そうだね。

デニス親方が何やらガタガタとクロストを操作し、たらいの部分にアルフレッド先生が魔法で水をそそいだ。ボクも早く水を出す魔法を使えるようになりたいな。

「準備はいいぞ。この中に布を入れるんだ。見た目はそのままで、丈夫な布になる」

「すごい魔道具だね。それじゃ、入れてみます！」

ゆっくりと布をたらいの水の中へ入れる。デニス親方が言ったように、なんの変化もない。ユラユラと揺れることもなく、静かに水の中に沈んでいた。

でも、アルフレッド先生には何かが見えているみたいだ。すごいね、あの目。

「これはすごいですね。私が持っている魔道具の、二倍以上の性能を持っているみたいです」

「コイツを使えば、ちょっとやそっとじゃ破れない布を作れるぜ。まあ、この中に入る大きさの布じゃないといけないけどな」

それじゃ、あまり大きな布を丈夫にすることはできないみたいだな。例えば、ボクたちが座っている、なんだかすごい模様が施《ほどこ》されているカーペットとかさ。大きなクロストを作れば喜ばれそうな気がするけど、制御《せいぎょ》が難しかったりするのかな？

「そろそろいいでしょう」

「それじゃ、魔道具を止めるぜ」

魔道具が止まったのを確認したアルフレッド先生が布を引き上げる。それを見てうなずいてから、ギュッと固く絞り上げた。

「実にいい布に仕上がってますよ。これならリディルくんでもマジックバッグを作れるかもしれませんね」

「……アルフレッド先生、もしかして、マジックバッグを作るのって、ものすごく難易度が高かったりします？」

「もちろんそうですよ。だからこそ、持っている人が少ないのです。リディルくんの周りには持っている人がいなかったのでしょう？」

「そうでした」

それはそうだよね。簡単にマジックバッグを作れるのであれば、絶対に世界中に広まっているはずである。だって便利だもん。みんなが欲しがるはずだ。

王家になかったということは、とんでもなく貴重な道具であることは間違いない。

「アルフレッド、あんまり坊主を脅《おど》かすなよ。失敗しても布はいくらでも用意できるからな。気楽に行こうぜ」

「う、デニス親方、あんまり励《はげ》ましになってないよ。それってボクが失敗することを前提にした話だよね？」

「おっと、悪い悪い！」

どうやらデニス親方はボクの緊張をほぐそうとしてくれたみたいだ。最初から失敗するつもりでマジックバッグを作るわけではないが、失敗してもあまり気にしないようにしよう。

アルフレッド先生から布を受け取る。触った感じでは特に何か変わったところはなさそうだ。引っ張ってみたけど、それでも分からない。

「アルフレッド先生、最初は何をするのですか？」

「まずは布を袋状に縫《ぬ》い合わせます。デニス、針はありますか？　私の持っている針ではダメかもしれません」

「もちろん特別製の針がある。これを使いな」

どうやらデニス親方が作ったクロストの魔道具はかなりすごい性能のようである。縫い針も特別製のようだね。

デニス親方から針を受け取る。う、ただの針にしては重いような気がする。

「リディルくん、この糸を使って下さい。特別製です。縫い物をしたことはありますか？」

「ある……ような気がします」

前世の家庭科の授業で習った覚えがあるような気がする。成績は覚えてないけど。少なくとも、今世ではやったことはないな。うまくできたらいいんだけど。

針に糸を通して、アルフレッド先生に言われた通りに手縫いをする。うん、思っていたよりも簡単に縫うことができたぞ。どうやらボクの手先はそこそこ動いてくれるようだね。これなら色んな物を作ることができるはずだ。

「できました」

「ふむ、リディルくんはなかなか器用なようですね。それでは次に、その布に魔法文字を刻み込んでいきます」

「魔法文字？　初めて聞きます。魔道具はその魔法文字を使って動くようにしているのですか？」

「その通りです。私たちエルフやドワーフは魔力を使って魔法文字を書いているのですが、人族は溶かした銀を使って書いているみたいですね」

なるほど。ボクたち人族が作る魔道具と、エルフやドワーフが作る魔道具はそこが違うのか。確かに銀だと布に書くのは大変だよね。それに溶かした銀で書くのは大変そう。銀を溶かすだけでも大変な作業になるはずだ。

「アルフレッド先生、どっちがいいとかあるのですか？」

「もちろんですよ。魔力を使って書いた方が、断然高い効果を発揮します」

「人族が作った魔道具が微妙な理由ってもしかして……」

「そうです。そこの違いですね。そしてすぐに壊れやすいのも、それが原因です」

そうだよね。銀で書いたものは衝撃《しょうげき》とかで形が崩《くず》れそうだもんね。それにしても魔力で書く、か。

液晶にペンで書くようなイメージなのかな？　アルフレッド先生が何やら一枚の紙を取り出した。

そこにはミミズがのたくったような線が書かれている。まさか、これが魔法文字⁉

「アルフレッド先生、それってまさか」

「ええ、そのまさかです。マジックバッグに必要な魔法文字の羅列です。これでも短い方ですよ？

今回は袋の中の空間を広げるだけですからね。それも、大した大きさじゃないですし」

渡された紙を見る。やっぱりミミズがのたくったような線にしか見えないな。

ん？　よく見ると、ところどころに同じような記号があるな。なんだかコンピューターのプログラム言語みたいだ。

そう思うと色々と見えてきた。分かる、ボクにもこのプログラムが見えてきたぞ！　銀河間トラベルで使うプログラムや、人型ロボットで使うプログラムと比べると、とっても簡単な作りをしているね。

「ここの部分で空間を広げているみたいですね。そしてここでその大きさを決定するみたい。こっちは時間を止めたりするための関数を定義する場所かな？　こっちは共有化の有無のような気がする。やっぱり複数人で使うこともできるみたいですね」

「……リディルくん？」

「あ……」

「坊主、もしかしてこれを解読できるのか？」

「えっと、たぶん？」

え、どういうこと？　解読できているから、魔道具に使っているんじゃないのかな。疑問に思って首をかしげていると、アルフレッド先生が真剣な顔をして聞いてきた。

「本当にこれが解読できるのですか？　はるか昔に読み解くことができなくなった文字なのですよ」

「でも、魔道具で使っているんですよね？」

「そうだ。魔道具で使っている。使っているのは古くから知られている魔法文字だけだ。新たに作られたものはない」

なるほどね。なんとなく分かってきたぞ。魔法文字一覧みたいなものはあるけど、それを組み合わせて、新しいものは作れないということか。

単語は分かるけど、それを文章にはできないみたいな感じなのだろう。それでも十分に役に立ちそうだけどね。かゆいところには手が届かないかもしれないけど。

「魔法文字の意味は分かりませんが、組み合わせ方なら分かりますよ」

「組み合わせですか。リディルくんと同じ発想を持って、魔法文字の解読に挑んだ者はたくさんいます。ですが、いまだにそれを成し遂《と》げた者はいませんよ」

「そうかもしれませんね。プログラム言語のルールが分からなければ、プログラムすることはできませんからね」

この魔法文字の構造はかなり複雑なようだ。まるでわざとやっているかのような、ゴチャゴチャ絡まりあったスパゲッティのようになっている。整理すれば簡単になると思うけど、そんなことをして大丈夫なのかの不安は残る。何か意味があってそうしている可能性もあるからね。

「プログラム？」

「ああ、えっと、動作手順を指定する指示書のようなものです」

「なるほど。それでは魔道具はその指示書に従って動いているということですか」

「おそらくそうだと思います」

アルフレッド先生とデニス親方が顔を見合わせている。どうやら困惑しているみたいだな。ボクとしては二人が信じようとも、そうでなくても、どちらでも構わない。魔法文字をどうこうするつもりはまったくないからね。

「ミュ」

「どうしたの、ミュー？」

「ミュー」

そう言ってミューがおなかを押さえた。そんなミューを見て、この場の空気が和《やわ》らいだ。

「ミューの言う通り、そろそろお昼にしましょうか」

「そうだな。そうしよう。この話は保留だ。一応、言っておくが、坊主、この話は他ではするなよ？　どう転ぶか分からん」

「デニスの言う通りです。まだ秘密にしておいた方がいいでしょう。私たちにも心を整理する時間が必要です」

「分かりました」

どうやら魔法文字の解読はとんでもないことだったみたい。そうは言っても、一つ一つの単語の意味が分からなければ、さすがにプログラムを組み立てることはできないけどね。

実行すれば何が起こるか分からないプログラムなんて、さすがに怖くて使えないよ。


お昼を食べるために、一度、ヨハンさんの屋敷へと戻った。フェロールとヨハンさんも、同じタイミングで土地の計測から戻ってきたようである。

「二人ともお疲れ様。そっちは順調かな?」

「順調ではありますが、今しばらく時間がかかりそうです。リディル様たちはどうですかな?」

「デニス親方がエレベーターを完成させて、それに乗せてもらったくらいかな? あとはマジックバッグを作り始めたくらいだよ」

「なんと! 本当にマジックバッグを作るおつもりなのですね」

「作るつもりだけど、完成するかどうかは分からないかな。ものすごく難易度が高そうだったからね」

そう言ってアルフレッド先生を見た。ボクの顔を見て、ニッコリとほほ笑むアルフレッド先生。

どうやら正解だったみたいだな。

「リディルくんが思っている通り、マジックバッグは難易度が非常に高いです。そう簡単には作れませんよ。ですが、何度も失敗を繰り返しているうちに、きっとコツがつかめてくるはずです」

「アルフレッド先生、絶対にマジックバッグを作ってみせますよ。待っててね、フェロール、ヨハンさん。二人のマジックバッグも絶対に作ってあげるから」

ボクの宣言に目を丸くするフェロールとヨハンさん。それだけじゃない。アルフレッド先生も目を丸くしていた。デニス親方はアゴのヒゲをなでながら、なんだか楽しそうな顔をしている。

「よく言ったぞ、坊主！　職人なら、だれかのために物づくりをするもんさ。それが自分の限界を超えることになる。やってみな」

「そうですね、リディルくんがそうしたいのであれば、やるしかありませんね」

「リディル様、なんとお優しいことか」

「リディル王子殿下、その日がくるのを楽しみに待っておりますよ」

笑うデニス親方。ヤレヤレとばかりにため息をついたアルフレッド先生。泣き出したフェロール。目を輝かせているヨハンさん。そして、何か楽しいことが起きたのだと思って跳《は》ね回るミュー。

ボクたちはもう、家族みたいなもんだよね。期待を裏切らないように、しっかりとマジックバッグを作れるようにならないといけないな。

みんなで昼食を食べる。今日の昼食はパンと目玉焼き、それから燻製肉《くんせいにく》だ。ノースウエストでは野生動物もそれなりに現れるようで、お肉をそれなりの頻度で食べることができるのだ。それでも、他に売り出すほどの量はないみたいだ。

「牧場を作れば、新しい産業になるかもしれないね」

「お、坊主はいいところにばかり目をつけるな。肉を安定的に仕入れることができれば、燻製肉も作りたい放題だ。こりゃ、酒が進むぜ～。だがその前に、燻製肉を作る魔道具が必要だな」

「もう、デニス親方はなんでもお酒に結びつけるんだから。でも、燻製に使うスモークチップを色んな素材にすれば、色んな風味や香りが楽しめるかもしれないね。いい産業に――」

なるかもしれないね、と言い終わる前に、デニス親方にガッシリと両肩をつかまれた。

この感じ、ついこの間も同じようなことがあったぞ。あのときの状況に、よく似ている。

「坊主、スモークチップのところを詳しく頼む。それを別もんにすると、色んな燻製肉が作れるんだな？」

「そ、そうだよ。燻製肉だけじゃなくて、燻製したゆで卵や、スモークチーズなんかも作れるよ？」

「スモークチーズ⁉」

「ちょ、アルフレッド先生⁉」

なぜかスモークチーズにものすごく反応したアルフレッド先生。そうか、そう言えば、エルフはワインが大好きなんだったな。そしてワインの定番のツマミと言えば、チーズやサラミ、ハムなんかだよね。

「リディルくん、スモークチーズのところを詳しく話してもらえませんか？」

「も、もちろんですよ」

似ている。この感じ。さっきのデニス親方と、よく似ている。これはしっかりと話さないといけないやつだな。あ、フェロールもヨハンさんも、気にするかのようにこちらをチラチラ見ている。みんなお酒が好きなんだね。飲めないの、ボクだけじゃん！

「ミュ？」

「ミューもいたね～。それじゃボクたちは違う何かを用意しないといけないね」

こうしてボクは記憶から燻製の作り方を引っ張り出して、燻製について語ることになった。

その結果、すぐにデニス親方は新型の燻製機を作ることにしたようだ。そしてアルフレッド先生は、色んな種類の木を集めてきてくれるそうである。

フェロールとヨハンさんは、水路の次は牧場を作る計画を練り始めていた。肉だけじゃなくて、チーズも作れないかと話が進んでいる。

デニス親方が自動乳搾《ちちしぼ》り器を作り出したら可能なんじゃないかな。たぶん。

昼食が終わると、デニス親方は工房へと戻って行った。これから屋敷の建築を始めるみたいだ。もちろん、工房内部もしっかりと整《ととの》えるようである。

そして作業の邪魔《じゃま》になりそうなボクとアルフレッド先生は、屋敷にとどまってマジックバッグ作りをすることになっている。

「それでは先ほどの続きを始めましょうか。この魔法文字をリディルくんが作った袋に刻《きざ》みます。そのためには魔力を線のように細く放出する必要があります」

「そこで魔力操作が必要になるのですね」

「その通り。リディルくんは魔力を十分に集めることができますので、あとは放出する量を調節するだけですね」

「やってみます！」

魔法はイメージ。それなら魔力の放出もイメージすればできるはず。鉛筆で書く線のように細くなるようにイメージする。

だがしかし、全然細くならなかった。ボクの指の太さが限界だ。

「ぐぬぬ……！　うまくいきません」

「魔力を集めすぎですね。まずはほんの少しだけ、魔力を集めてみて下さい」

ほんの少しか。意識を集中して、ほんの少しだけ魔力を集めるようにイメージする。でも、あっという間に魔力が膨れ上がってしまう。どうして。そのまま何度も集めたり、分散させたりを繰り返す。

「まさかこれほどまでとは。リディルくんの魔力を集める力がとても強力みたいですね。それが原因で、細かい調整が難しいみたいです」

「どうすればいいのですか？」

「集める魔力の量で調節できないのであれば、放出する魔力で調整するしかありませんね」

「つまり？」

「頑張って絞《しぼ》って下さい」

どうやら有効な解決策はないみたいだな。アルフレッド先生も初めてなのかもしれない。相当困惑している様子がうかがえる。眉《まゆ》を八の字に下げてボクの様子を観察していた。

まさか最初の段階からつまずくとは思わなかったぞ。

魔力をたくさん集めてしまうのはしょうがないとして、なんとかして出力を少なくしなきゃ。でもやっぱり指の太さが限界なんだよね。

その後もぐぬぐぬとやってみたが、結局その日はうまくいかなかった。デニス親方が戻ってきたら、何かいい方法がないか聞いてみよう。

窓の外が夕焼けに染まるころ、デニス親方が屋敷へと戻ってきた。

「おう、どうした坊主？　その様子だとうまくいかなかったみたいだな」

「正解だよ。放出する魔力が思ったように調節できないんだ。デニス親方、何かいい方法はない？」

「そうだな……まず、どんな具合か見せてみろ」

デニス親方が苦笑している。どうやら今のボクは、かなりしょっぱい顔つきをしていたみたい。

顔をムニムニとしてほぐしてから、改めて袋と向き合った。そして神経を集中させて、細く放出するように意識する。

が、ダメ。やっぱりボクの指の太さにしかならない。人差し指サイズが小指サイズになったくらいだろうか？

「ぐぬ、ぐぬ……」

「なるほどなぁ。集める魔力量が多すぎるっていうのはもう言ったんだろう、アルフレッド？」

「ええ、もちろんです。どうやらリディルくんの体質のようですね」

「なら仕方ねぇな。別の手を考えるか。そうだな、試しにコイツを使ってみるか」

そう言ってデニス親方が腰にぶら下げていた袋から先端のとがった針を取り出した。縫い物をするにはかなり太い針だね。渡された針には糸を通す用の穴があいているが、かなり大きい。

「デニス親方、これは？」

「そいつは革《かわ》を縫い合わせるのに使う針だ。青銀で作っているから魔力を通す性質を持っている。

それに魔力を流して、先端の細い部分で書くのはどうだ？」

「おおお！　なんか、やれそうな気がする！」

「さすがはデニスですね。確かにそれなら放出する魔力を制御できるかもしれません」

さっそく試してみることにした。アルフレッド先生から渡された布に、魔力を流した針で文字を書くのだ。やってやる、やってやるぞ！

「……アルフレッド先生、どうやって針に魔力を流すのですか？」

「……そうですよね、そこからですよね」

「そうか。坊主はまだ魔法を習ったばかりだったな」

そうなんです。ボク、魔法初心者なんです。だからもちろん、魔力の流し方なんて分からないぞ。

さっきから針に魔力が流れるように念じているけど、まったく反応がないからね。たぶん、根本的に何かやり方が間違っているんだと思う。

「今日はこのくらいにしておきましょう。何事も詰め込みすぎるのはよくないですからね。ほら、ミューも退屈そうにしていることですし」

「ミユ」

ミューがボクの膝《ひざ》に小さな丸い手を載《の》せてきた。これは遊んでほしいの合図に違いない。放出する魔力を調整しようと頑張っていたときも、ボクの指に飛びついて遊んでいたけどね。

「分かったよ、ミュー。今日はこのくらいにしておこうかな」

「ミユ！」

「それでは、私たちは夕食の準備をしておきますよ。デニスも手伝って下さい」

「任せとけ。酒を並べるのと、ツマミを作るのは得意だぜ！」

苦笑するアルフレッド先生。そのままデニス親方を連れて台所の方へと向かって行った。たぶんこの時間なら、フェロールとヨハンさんも戻ってきて、夕食の準備をしていることだろう。

ボクが台所へ行っても追い出されるだけだからね。危ないって。料理くらい、自分で作ることができるのに。

そのままミューと遊んでいるうちに夕食の準備ができたようである。デニス親方に食堂へくるように呼ばれた。デニス親方がボクを呼びにきたのは、受け持っていた仕事が終わったからなのだろう。つまり、お酒を並べ終わったということだ。

食堂にたどり着くと、やはりワインとウイスキーが何本も並んでいた。ツマミとしてチーズも置かれている。お酒を飲む準備は万全みたいだな。

そしてなんと、すでにスモークチーズだった。どうやらデニス親方がスモークチップを使う燻製機を完成させていたようである。いつの間に。

驚いていると、「どうだ」と言わんばかりにドヤ顔をするデニス親方と目が合った。

「さすがはデニス親方だね。もう新しい道具を作り出しているとは思わなかったよ。新しい香りの燻製肉はまだできてないの？」

「今作っているところだ。明日には完成する予定だぜ」

「さすがはデニス。この香りはモランの木を使ったみたいですね」

どうやらアルフレッド先生はこの独特の香りに覚えがあったようだ。その顔はとても楽しげである。よかったね、アルフレッド先生。スモークチーズが食べられて。

今日の夕食は野菜タップリの香草焼きだった。包みの中には魚が入っている。きっと近くの川で釣ってきたのだろう。フェロールとヨハンさんが釣ってきてくれたのかな？　せっかく近くに川があるのだし、釣りをするのもいいかもしれないな。

ほふほふ言いながら魚を食べる。やっぱりもうちょっと塩気が欲しいところだね。でも、塩はとても貴重なのだ。我慢《がまん》しよう。そのうち好きなだけ塩が使えるような環境になればいいな。

「デニス親方、新しい屋敷はどんな感じなのかな？」

「土台を作り終わったところだ。先に工房の片づけをさせてもらったからな。工房の方はいつでも稼働できるぜ」

サムズアップをキメるデニス親方。どうやら忠実に自分の欲望、つまり、工房建築を優先したようである。

工房はこれからも必要になるだろうから、それで問題ないんだけどね。近いうちに完成した工房を見せてもらおう。

「フェロール、水路の設計はどんな感じ？」

「ほぼほぼ決まりましたよ。まずは川の近くだけに水路を設置して、様子を見ることにしました。もしかすると、うまくいかないかもしれませんからね」

「その可能性があるんだ？」

「水路の水が地面の下へと流れ出てしまっては使い物になりませんからね。それに地盤《じばん》が軟らかすぎる場所なら、水の流れと共に、すぐに水路が壊《こわ》れることになるでしょう」

確かにフェロールの言う通りだ。なんの役にも立たない水路をいきなり町まで引いても仕方がないからね。どうやらまずは試してみる必要がありそうだ。

いや、ちょっと待てよ。

「アルフレッド先生、土魔法で水路を作れば、その心配はいらないですよね？　水路の壁を水が漏《も》れにくくて、丈夫な状態にすればいいだけなのですから」

「その通りです。リディルくんの魔法の練習にはちょうどいいかもしれませんね。次は水路を掘る魔法を教えることにしましょうか」

「さすがアルフレッド先生！　どんな魔法なのか、楽しみです」

やったね。水路作りからの新しい魔法、ゲットだぜ！

フェロールも納得してくれたようで、水路建設予定地を記した地図を持ってきた。そしてその地図に指を走らせた。

「まずは川のこの辺りまで水路を作って、その周辺に畑を作ろうと思います」

「水路の様子見と、実際に畑で使えるかを調べるんだね。この川は水量が下がったりしないの？」

「季節によっては水位が下がるみたいです」

「それじゃ、それなりに深い水路にしたほうがよさそうだね」

ボクの意見に、フェロールとヨハンさんが腕を組んで考え込んでいる。底の深い水路を作るのはおすすめできないみたいだね。それならどうすればいいかな。

そんな中、デニス親方がドンと小タル型のコップをテーブルの上に置いた。

「なぁに、心配はいらねえ。水車を作って水を引き込めばいいんだよ。そうすれば、水路の深さは最低限でいい」

「なるほど、さすがはデニス親方。それならさ、水を吸い上げるポンプを魔道具で作ろうよ！」

「ポンプ？」

「ああ、えっと、こんな感じの羽を回して、水を吸い上げるんだよ」

テーブルの上に置いてあった紙にサラサラとポンプの絵を描く。描いたのは船のスクリューに似た羽を使ったプロペラポンプである。

いくら川の水位が変わると言っても、五メートルの範囲には収まると思う。それなら十分に水を上まで引っ張りあげてくれるはずだ。それにプロペラポンプなら、一台でたくさんの水を送ることができるぞ。

「坊主、この羽は？」

「これはプロペラだよ。これを使えば効率《こうりつ》よく水を押し流すことができるんだ。もちろん水だけじゃなくて、空気を押し出すこともできるよ。船を動かすのにも使える」

「そいつはすげえな。もしかすると、水を送り出す魔法文字を使うよりも効率がいいかもしれねぇな」

腕を組み、ううむとデニス親方がうなっている。どうやらポンプはまだなかったようである。これは新しい魔道具を生み出してしまったかもしれない。

「今すぐ作って試してみてぇ……」

「デニス親方、今日の仕事の時間は終わりだからね？　残業禁止」

「そうですよ、デニス。残業はいけません。リディルくんの教育に悪いですからね。デニスがそんなことをすれば、リディルくんがまねして、これから物への魔力の流し方を教えてほしいと言いかねません」

う……言いたかった。どうしてボクはデニス親方に残業禁止の命令を出してしまったのか。ボクだって早くマジックバッグを作りたい。

だが、我慢だ。ここでそれをやってしまったら、ノースウエストはブラックタウンと呼ばれることになるかもしれない。そんなのヤダ。目指せホワイトタウン。

「仕方ねぇなぁ。朝早く起きてするのは構わないんだろう？」

「それはそうだけど、真夜中に起きて朝だということにするのはダメだからね？」

「チッ」

あ、今、デニス親方が舌打ちした！　ボクがツッコミを入れなかったら、そうするつもりだったな？　これはデニス親方の工房で、ボクたちも一緒に寝るべきだろうか。でも、この時間からベッドを移動させるのはちょっと無理があるよね。そうだ！

「明日、世界樹さんに聞くからね。デニス親方が夜起きてなかったかって」

「分かった。分かったよ。ちゃんと日が昇ってから起きる」

どうやらあきらめてくれたようである。これでよし。なるべく早く屋敷の一階部分を完成させて、一緒に移り住むようにしないとね。そのためにも、デニス親方にはしっかり寝てもらって、最高のパフォーマンスで屋敷を建ててほしい。

そうこうしているうちに、デニス親方は工房へと帰って行った。もちろんお風呂には入ろうともしなかった。ガッデム。

いつかお風呂に入れてみせるんだからね。そのためにも、デニス親方が入りたくなるようなお風呂を作らないといけないいな。

ジェットバスとか、サウナとか、水風呂とかつけちゃう？　一度、デニス親方をサウナで整えてあげればハマると思うんだけどな。

「デニスは相変わらずですね。それでは私たちはお風呂にしましょうか」

「アルフレッド先生も気がついていたんですね」

「ミュ」

「もちろんですよ。せめて月に一度くらいはお風呂に入れたいですね」

おぅふ！　今、嫌なこと聞いちゃったな～。聞かなかったことにしたい。デニス親方の見方が変わりそう。でも、デニス親方から嫌な臭いはしないんだよね。何か特殊なアイテムでも使っているのかな？

「アルフレッド先生、ドワーフは何かすごい臭《にお》い消しを持っているのですか？」

「おや、リディルくんは知りませんでしたか。ドワーフはお風呂になるべく入らなくてすむように、ケットシーが作った強力な消臭剤を持っているのですよ」

「ケットシー！」

「ミュ！」

ケットシーって、あのモフモフ獣人《じゅうじん》のことだよね⁉　絵本で見たことがあるぞ。長靴を履《は》いているんだよね、確か。

「ケットシーって、本当にいたんですね。どんな種族なのですか？」

「ケットシーは錬金術《れんきんじゅつ》が得意な種族ですね。その嗅覚《きゅうかく》はとても鋭くて、錬金術で使う素材を探すこともできるのですよ。とても気の弱い性格をしていますので、その姿を人前に見せることはほとんどありませんね」

「だから見たことがなかったんですね」

納得、とばかりに手をポンとさせると、アルフレッド先生から苦笑いされた。

なんかボク、間違っちゃいましたかね？　ミューと一緒に首をかしげていると、耐えられなくなったのか、アルフレッド先生が噴き出した。

「……アルフレッド先生」

「すみません。ほら、私たちと同じですよ」

「アルフレッド先生と同じ？　ああ、もしかして、魔道具で姿を変えているのですか⁉」

「その通りです。ですから人族の国にも、ある程度の錬金術が出回っているでしょう？」

「言われてみればそうですね」

そう言えばお城にいた騎士たちが回復薬とかを使っていたね。あれは確かに錬金術で作られた魔法薬だったはずだ。お城にも錬金術師がいたけど、もしかすると彼らはケットシーだったのかもしれない。

「とは言っても、たくさんいるわけではないですけどね。人族に見つからないように、細々と暮らしているはずですよ」

「全然知りませんでした。でも、もしケットシーがボクたちの前に姿を見せていたら、きっと捕まえられて、見世物小屋に売られていたと思います」

「……人族は怖いですね。ケットシーが姿を隠すわけです」

どうやら深く納得したようである。これまでにないほど、深くうなずいている。そしてミューが震えながらアルフレッド先生にしがみついていた。どうやらミューによくない教育をしてしまったようである。

「大丈夫だよ、ミュー。ボクは違うからね。どちらかと言うと、その人族に追い出された立場だから」

「ミュ……」

ボクの思いが伝わったのか、今度はミューがボクにしがみついてきた。まるでボクを励ますかのようである。

……もしかして、ミューがそんなに心配するような顔つきをしてた？　してたんだろうな。アルフレッド先生も眉が八の字に下がっている。

「リディルくんがどうしてここへ来たのかについては深く聞かない方がいいかと思っていましたが、どうやらしっかりと聞いた方がよさそうですね」

「ミュ」

「そう……ですね」

ボクもいつかはそれと向かい合わなければならないのだ。今から少しずつでも、向き合った方がいいのかもしれない。

その日はそのまま、アルフレッド先生にここへくるまでのことを話した。

アルフレッド先生は深くは追及しなかったが、色々と思うところがあったようで、しばらくの間、無言で考え込んでいた。

第五章 ✦ 町の発展のために

翌朝、ミューがボクの顔をテシテシして起こしてくれた。そんなミューをひとなでしてから顔を洗う。もちろん水はフェロールが用意してくれたものである。

「フェロール、アルフレッド先生にボクのことを話さない方がよかったかな？」

「いえ、話されてよかったとわたくしは思いますよ。リディル様が不安定な立場にあることを、アルフレッド殿にも理解していただけたでしょうからな」

「それって、ボクの命が狙《ねら》われる危険性があるってこと？」

「そうです。可能性は低いとは思いますが、ゼロではないとわたくしは思っております」

フェロールが眉間《みけん》にシワを寄せて、ちょっと怖い顔をしてそう言った。どうやら冗談じゃないみたいだ。

辺境《へんきょう》の地へ追いやられたボクを狙うだなんて、どんだけボクに恨《うら》みを持ってるんだよ。

……まさか、第二王妃《おうひ》が？　お母様は一体何をしたのだろうか。フェロールは知っているのかな。聞くのが怖い。

「あ、アルフレッド先生、ヨハンさん、おはようございます」

「おはようございます、リディルくん」

「おはようございます、リディル王子殿下」

ダイニングルームへ行くと、すでにアルフレッド先生とヨハンさんが朝食の準備を進めていた。アルフレッド先生の顔はいつもと同じ顔である。

よかった。どうやら次の日までは引きずっていないようだ。そう思っていたんだけど。

「リディルくん、昨日の話をデニスにしても構いませんか?」

「それはもちろんいいですけど、デニス親方の負担にならないですかね?」

「そんなことはありませんよ。デニスなら、すぐにでも建造中の城の防備《ぼうび》を固めてくれるはずです」

「そ、そうですか」

いやだから、お城は建《た》てないからね⁉　どうしてアルフレッド先生たちはお城を建てたがるのか。もしかして、昨日の話でその傾向がさらに強くなっちゃった?　こんなことになるのなら話すんじゃなかったかな。

朝食が終わるとすぐにボクたちはデニス親方のところへと向かった。手にはデニス親方の朝食を持っている。昨日のうちに渡しそびれたからである。それだけデニス親方が、お風呂《ふろ》から逃げるのが速かったということだ。

デニス親方の工房へ到着すると、思った通り、デニス親方はすでに活動していた。そしてそこにはポンプのような物が置かれている。

え……作るの早くない⁉

「おお、どうした?　ずいぶんと早いな」

「早いのはデニス親方の方だよ」

「ミュ」

これはボクが工房へ行くまで、作業禁止にした方がいいかもしれないな。きっと日が昇るとすぐに物づくりを始めたんだろう。その様子が手に取るように分かる。だってデニス親方がやりきったような、すがすがしい顔をしているもん。

「デニスに朝食を持ってきたのですよ。あと、早急に話したいことがありまして」

「朝食か。すっかり忘れてたぜ。そう言えば腹が減ってきたな」

うっかりとばかりに自分の頭をたたくデニス親方。おなかがすいているのは分かってたよね、デニス親方?

ここで追及してもしょうがないので、おとなしく工房の客間へお邪魔して、お茶と食事の用意をしてもらう。

ボクについての話はアルフレッド先生が話してくれた。もちろん、アルフレッド先生の見解も交えている。

食事中にもかかわらず、デニス親方はいたって真面目《まじめ》な顔で聞いてくれた。ありがたいなぁ。

「俺《おれ》もアルフレッドの考えに賛成だな。人族の恨みは深い場合があるみたいだからな。特に男女関係のことならなおさらだ。ドワーフにだってある」

「それを言うならエルフも同じですよ。だからこそ、リディルくんの命を狙ってくる可能性があると思っているのですよ。もしかすると、修道院送りになったことも恨んでいるかもしれませんね」

「ええええ、それって逆恨《さかうら》みじゃないですか」

「リディルくんの言う通りではありますが、相手は公爵家《こうしゃくけ》のご令嬢《れいじょう》なのでしょう？　自分がこんな目に遭《あ》うのは不当だと思っているかもしれません」

そんなバカな。でもアルフレッド先生もデニス親方もフェロールも、先ほどから同意するようにしきりにうなずいている。冗談じゃないみたいだ。何それ怖い。

「ミユ！」

「ミューもそう思っているのか～。どうやらボクの考えが甘かったみたいだね。こんな辺境の地まで来れば大丈夫だと思ってたよ」

「ミユ」

何もない辺境の地だもんね。恨みを持っていたとしても、こんなへんぴなところへ送られたのだから、「ざまぁ見ろ」という気分になっているだろうと思っていた。

「よし！　こうしちゃいられねぇ。一刻も早く要塞《ようさい》を造らないとな」

「ええええ……」

お城が要塞になってる。デニス親方は一体何と戦うつもりなのか。もしかして騎士団《きしだん》が送られてきたりすると思っているのかな？　そんなバカな。

思わずアルフレッド先生を見た。何やら考え込んでいるみたいなんだけど。

「アルフレッド先生？」

「デニスの言う通りですが、暗殺者が送られてくる可能性も考えなくてはいけません。少人数相手にカノンは不向きですからね」

「カノン！」

待って、待って、待って！　本当に何を作るつもりなの⁉　カノンってあれだよね？　大砲だよね？　お城でも見たことないんですけど。というか、作れるの⁉　ああ、でも、鉄の玉を飛ばすだけなのか。爆発《ばくはつ》もしないし、そこまで脅威《きょうい》ではないかもしれないな。

ビックリするかもしれないけど、効率よく相手に損害を与えることはできないと思う。それなら魔法を使った方が早いし効率《こうりつ》がいいんじゃないかな。

どうせならレーザー兵器を使ったらどうかな。それなら跡形も残らないし掃除も楽だ。遠距離は収束レーザー、接近されたら拡散レーザーに切り替えて対応……いかんいかん！　いつかどこかの記憶が暴走している！　鎮《しず》めなきゃ。

「リディルくん？」

「おい、坊主？」

「ミュ？」

「ダメですね。完全に別世界へ行っているようです」

「そのようだな」

「ミュ」

ボクは今、悟《さと》りを開くべく瞑想《めいそう》状態に入ることにした。アー、アー、キコエナイ、キコエナイ。何も聞こえないよー？　鎮まりたまえ、ボクの謎《なぞ》の記憶。

それにしても、ボクのこの記憶ってどうなっているのかな？　普段は意識の奥底に眠っているみたいなんだけど、何かのはずみでブワッと表面に湧《わ》き出《で》てくるんだよね。

その内容がとても現実的で、まるでついさっきまでその場にいたかのような、不思議な感覚になるのだ。

だからと言って、自分の持っている技術力が急に向上するわけでもなく、その記憶も短時間で見失ってしまう。本当によく分からないな。

ボクが瞑想しているうちに、アルフレッド先生とデニス親方がこれからの予定を決めてくれたみたい。しばらくすると、「いい加減にしないか」とばかりに肩を揺《ゆ》さぶられた。

「さっそく川へ行って、ポンプの魔道具を試してみようぜ」

「そうしましょうか。そこでリディルくんに土魔法を教えてあげますよ。本当はすぐにでも要塞の建築に着手してほしいところですが、図面を引き直さないといけませんからね」

どうやらアルフレッド先生は本当に要塞にするつもりのようである。

お城と要塞、どっちがいいかと聞かれたら、どっちも嫌ですと答えるだろう。どうしてこうなった。

「川へ行く前に、世界樹《せかいじゅ》さんに朝のあいさつをしてもいいですか？」

「もちろんですよ。それでは私たちも一緒に行きましょう」

「ミュ」

「そうだな、あいさつは大事だな」

どうやらアルフレッド先生とミュー、デニス親方が一緒に来てくれるようである。フェロールたちはどうするのかな？

「それではわたくしとヨハンさんは先に行って、水路建設予定地を決めておきますよ」

「こちらの準備は任せて下さい」

「分かったよ。終わったらすぐにそっちへ行くよ」

フェロールたちと別れたボクたちは、屋敷《やしき》建設予定地のすぐ隣《となり》にある世界樹さんのところへと向かった。今日も青々とした葉が生《お》い茂《しげ》っているね。とても気持ちよさそうである。

「おはようございます、世界樹さん」

『おはようございます、リディル。デニスが日の出と共に何やらやっていましたよ』

「やっぱり」

ジト目でデニス親方を見ると、ブンブンと左右に首と手を振ったデニス親方。

「違うぞ、坊主。ちゃんと日が出てから動き出したからな？　夜のうちから作ったわけじゃねぇから」

「アルフレッド先生、どう思います？」

「うーん」

考え込むアルフレッド先生。デニス親方の顔は青くなっている。もう、しょうがないな。デニス親方をいじめるつもりはないし、今回は見逃してあげることにしよう。

「デニス親方、無理をするのだけはやめてよね。倒れたりしたら、本当に怒るからね」

「分かってる、分かってるって」

この通りと拝《おが》むデニス親方。どうやらちゃんと反省しているみたいだね。まあ、ポンプを提案したボクも悪い。今度から気をつけないと。

「世界樹さん、これから川の近くに水路を掘ることになりました。うまくいったら、その近くに畑を作る予定です」

『そうでしたか。あの辺りは川からの栄養がたくさん蓄《たくわ》えられている場所ですからね。きっと立派な畑になりますよ』

「作物が育ったら、持ってきますね」

『ええ、楽しみにしてますよ。ああ、私も一緒に見に行けたらよかったのですが』

残念そうにしている世界樹さん。世界樹さんが歩いたら、それはそれで大変なことになるぞ。地面から根っこを引っ張り出して、それを足にして歩くのかな？　想像するとちょっと不気味である。

『リディル、それができたらいいなという話ですからね？』

「も、もちろん分かってますよ！」

もしかして、ボクのイメージが世界樹さんに伝わっちゃった⁉　それはちょっと悪いことをしてしまったかもしれない。世界樹さんは女性みたいだからね。不気味なんて言ったら失礼だよね。ごめんなさい。

「さてと、あいさつも終わったことだし、フェロールたちのところへ向かおうぜ」

「そうだね。それじゃ世界樹さん、また来ますね」

『いつでも待ってますよ』

世界樹さんと別れたボクたちは、急げ急げと背中を押すデニス親方にせかされて川へと到着した。

そこではフェロールとヨハンさんが、今も忙しそうに、何やら地面にロープのようなものを張っている。どうやら水路設置予定場所に印をつけているようだ。きっと昨日の話を元に、どこに水路を引くのかをしっかりと決めてくれているのだろう。

「リディル様、こちらの準備は順調に進んでおりますよ」

こちらに気がついたフェロールが声をかけてきた。その近くでヨハンさんも手を止めてこちらを振り返った。

そんな二人の前にデニス親方が進み出た。そして手に持っていたポンプを空へかかげた。

「さっそくコイツの試験をやろうぜ！」

「それはもちろん構わないのですが、こちらはようやく地面に印をつけ始めたばかりでして。まだ何もできていませんよ？」

「心配はいらないぜ。これからアルフレッドと坊主が水路を作ってくれるからな」

そうだよな、といわんばかりの顔でこちらを振り返ったデニス親方。それに対して、ボクとアルフレッド先生は大きくうなずいた。

さあ、新しい魔法を教えてもらう時間だね。どんな魔法を教えてもらえるのか楽しみだ！

「それではさっそく水路を作ってみましょうか。このロープの張られている場所の内側を掘ればいいのですよね？」

「ええ、そうなのですが……どうもこの辺りの地盤は少し軟らかいようです」

ちょっと困ったかのように眉《まゆ》を下げたフェロール。どうやらこの辺りの測量をしているときに、地盤の状態も確認したみたいだね。

「なるほど。畑を作るのには適しているようですが、水路を作るのには少し不向きみたいですね」

そう言ってから、アゴに握った手を当てて考え始めたアルフレッド先生。どんな魔法にするか、検討しているようだ。

「今回、リディルくんに教える精霊魔法はトレンチという魔法です」

「確かにその精霊魔法なら、水路を掘るのに適しているな」

納得しているデニス親方。名前からして、堀を掘る精霊魔法みたいだね。確かに適しているような気がする。敵が攻めてきたときにも使えそうだ。それに町の周りをグルリと堀で囲めば、防御力も高くなるに違いない。何と戦うつもりなんだと言われると困るけど。

「この精霊魔法は横穴を掘ることに特化しています。ですが、縦穴を掘るのには適さないといった特徴も持っています。縦穴を掘るときは、ピットという精霊魔法を使うのが一般的ですね」

ピットか。落とし穴を作るときにでも使うのかな？　色んな用途に応じた精霊魔法があるみたい。でも、ちょっと待てよ。

「アルフレッド先生、この間デニス親方が使ったガイアコントロールの精霊魔法ではダメなのですか？」

「ダメではないですが、あの精霊魔法を使うには正確な完成図が必要なのですよ。大量の魔力を消費して、何も起こらなかったということがよくあるのです」

「なるほど。だからデニス親方はあの謎の儀式《ぎしき》をする必要があったのですね」

「謎の儀式⁉　おいおい、坊主はそんな目で見てたのかよ。あれはドワーフに伝わる、神聖《しんせい》な精神統一方法だぞ」

憤慨するデニス親方。まさかそんな神聖なものだとは思わなかったので、つい、アルフレッド先生の顔を見てしまった。

アルフレッド先生は完全に表情を消していた。無だ、無。きっと笑わないようにこらえているのだろう。なんの意味もないポーズだったみたいだからね。

「ごめん、デニス親方。まさかそんなすごいものだとは思わなくてさ。それじゃ、ボクもそれをまねすれば、同じようなことができるのかな？」

「う～ん、難しいだろうな。アルフレッドが言ったように、ガイアコントロールを使うにはどうするかをしっかりと決めておく必要があるからな。坊主は穴を掘ったことがあるか？」

「そう言えばないね。穴を掘る道具を持ったこともないよ。ああ、でも、昔の記憶の中にはあるかな？　ドリルを使って、ズモモモモってね」

「ドリル⁉」

あ、しまった。また余計なことを口走ってしまった。ドリルで穴を掘って、小惑星から資源を採《さい》掘《くつ》してました、なんて言わない方がいいよね。

だがしかし、少し遅かったようである。スッと音もなく近づいてきたデニス親方がボクの両肩をつかんだ。ちょっと痛い。

「坊主、その話、もっと詳しく」

「ええと……」

「はいはい、デニスそのくらいにしておきなさい。そうでないと、いつまでたってもポンプの試験ができませんよ」

「そうだった！　それじゃ坊主、あとでな」

「う、うん。あとでね」

それまでにデニス親方が忘れてくれることを願うばかりである。鶏《にわとり》みたいに、三歩、歩いたら忘れたりしないかな？

ひとまずは助かったと思いつつ、アルフレッド先生からトレンチの精霊魔法を教えてもらう。

「トレンチはリディルくんの身長ほどの高さを横に掘ることができる精霊魔法です。さらに深く掘ろうと思えば、掘った場所にもう一度、トレンチを使う必要があります」

「何度もトレンチを使うことで、少しずつ深くしていくのですね。でも深く穴を掘りたいなら、ピットを使った方がいい？」

「その通りです。逆にピットだと、横幅を広げようと思ったら、すぐ隣にピットを使う必要があります」

トレンチもピットも一長一短だな。もしかすると、なんでもできるガイアコントロールが特別なのかもしれないね。使うのは難しいみたいだけど。

「それではまずは私が使ってみますね。フェロールたちが印をつけたところをしっかりと意識して、トレンチ」

ザザッと砂が動くような音がして、まっすぐな直線状の横穴ができあがった。横穴の左右には土の山が続いている。どうやら掘った土は地上に放り出されるみたいだな。土の山を確認すると、なかなかフカフカな土質をしていた。うまくすれば、そのまま畑で使えそうだぞ。

「これはすごいですな。こんなにきれいにまっすぐ掘ることができるとは思いませんでした。それもこんなに速く。手で掘ろうと思ったら、どれほどの時間がかかることか」

「素晴らしい！　これが精霊魔法ですか」

フェロールとヨハンさんがものすごく驚《おどろ》いている。もちろんボクも驚いた。魔法を使うと、こんなに簡単に穴を掘ることができるんだね。

「同じものを精霊魔法を使わずに作ろうとしたら、それは確かに時間がかかるでしょうね」

「さすがですな。これなら予定していたよりもずっと早く、水路の設置が完了することでしょう。こうしてはいられませんな。急いで続きの測量《そくりょう》をせねば」

「急ぎましょう！　私たちの測量の遅れで、水路の設置を遅らせるわけにはいきませんからね」

そうしてフェロールとヨハンさんが動き始めた。もしかしなくても、二人の負担を増やしてしまったようである。ボクもできる限り、手伝うようにしないといけないね。

さて、次はボクが精霊魔法を使う番だな。そう思っていると、アルフレッド先生が待ったをかけた。

「リディルくん、トレンチの魔法を見て、何か気がつくことはありませんか？」

「気がつくこと？　ええと、深さが一定になっていることですか？」

「それもありますが、もっと重要なことです」

「うーん、もしかして、まっすぐにしか掘れないとか？」

よく見ると、アルフレッド先生が掘った溝《みぞ》はきれいな直線になっているんだよね。精霊魔法を使ったとはいえ、少しくらいは蛇行《だこう》してもおかしくないのに。

でもまさか、そんなことってないよね？　それじゃさすがに使い勝手が悪いような気がするぞ。

「よくできました。その通りです。トレンチは土魔法の中でも比較的簡単に使えるようになる精霊魔法なのですが、まっすぐにしか掘ることができません」

「ええええ！　それじゃ、曲がるときはどうするのですか？」

「何度もトレンチの魔法を使って、少しずつ曲げることになりますね。そのため、しっかりとした下準備が必要になります」

「下準備？」

一体、ボクは何をすればいいんだ？　わけが分からなくて震えていると、そんなボクを見てこらえられなくなったのか、ブフッとデニス親方が噴き出した。何よ。

「悪い、悪い。まさかそんなに困惑《こんわく》した顔になるとは思わなくてな。簡単なことさ。設計箇所に足を運んで、カーブが急な角度になっていないかを確認するだけだ。それができれば問題ない」

「もし急な角度になってたら？」

「下手すりゃ最初から設計のやり直しだな」

「うわぁ……さすがにそれは嫌だな」

そんなボクの顔を見て、今度はアルフレッド先生が笑った。どうやらとても嫌そうな顔をしていたようである。ミューが心配そうな顔でボクの足にしがみついていた。そんなミューを抱きかかえていると、アルフレッド先生が説明を付け加えてくれた。

「だからこそ、下準備として実際に自分の目で確認する必要があるのですよ。それでは、これからリディルくんが手を加える場所を確認しに行きましょうか。一緒にその先も見に行きましょう」

　そうしてみんなで先へ進む。そこではフェロールとヨハンさんが縄張《なわは》り中だった。む、カーブがあるな。見た感じ、結構、急な気がする。

「アルフレッド先生、あの角度は曲がれますか？」

「曲がれるとは思いますが、負担が大きそうですね。あのままだとすぐに壊《こわ》れるかもしれません。少し変更してもらいましょう」

　そうしてフェロールたちに頼んで曲がり具合を変えてもらった。まだ始まったばかりだからこれくらいですんでいるけど、大規模な水路になっていたら、そうはいかないかもしれない。

　これならやっぱり綿密な水路の設計図が必要だな。

「フェロール、ヨハンさん頑張ってね」

「おまかせ下さい。リディル様も無理せず頑張って下さいませ」

　ニッコリと笑ってフェロールがそう言った。どうやらボクを止めるつもりはないみたいだな。

　それじゃボクは精霊魔法をバンバン使って、町のみんなの役に立ってみせるぞ。目指せ、みんなから尊敬される領主《りょうしゅ》！　ボクはやるぞ。

「それじゃ、アルフレッド先生、さっそくトレンチの魔法を使ってみます！」

「はい。頑張《がんば》って下さいね」

先ほどアルフレッド先生が掘った場所へと戻ってきた。その溝に続くように、今度はボクが精霊魔法で掘るのだ。ミューをアルフレッド先生に渡して、魔力を両手に集める。ポーズはもちろん、デニス親方と同じである。四股《しこ》を踏むように腰を低くする。

「はぁぁ！　トレンチ！」

しかし何も起こらなかった！　あれれ、おかしいな。集めた魔力も使った形跡《けいせき》がないので、完全に失敗のようである。位置よし、場所よし、角度よし。何が悪かったんだろうか。もしかして、ポーズが悪かった？

「ええと、これは……」

アルフレッド先生が額《ひたい》を指でトントンしている。どうやら何が起こったのかを解析《かいせき》してくれているようである。アルフレッド先生のあの目は色んな物が見えるみたいだからね。きっと魔眼《まがん》に違いない。かっこいい。

「坊主、踏《ふ》ん張《ば》りが足りなかったんじゃねぇか？」

「違いますよ、デニス。リディルくん、掘ったあとの土がどこに行くかを想像しましたか？」

「そう言えばそこまで考えていませんでした。勝手に左右に分かれて山になるのかと思ってました」

「おそらくそこで引っかかったのでしょうね。うっかりしてました。精霊魔法によっては、今回のように、精霊魔法を使ったあとの変化まで気を配らないといけないことがあるのです」

うん、確かにアルフレッド先生の言う通りだな。掘ったあとの土は消えるのではなく、ちゃんと残っているんだったね。デニス親方がガイアコントロールを使ったときも、掘ったあとの土は、壁面の強化に使われていたもんね。

「それではアルフレッド先生、横穴を作ったときに出た土は、左右に分かれて山になる、でいいですか？」

「それでも問題ないと思いますが、せっかくですから、溝の壁面が崩《くず》れないように補強《ほきょう》させて、そのあとのいらない土が山になるようにしてみてはどうでしょうか？」

「なるほど、それはいい考えですね。そうしてみます」

きっとアルフレッド先生は無意識のうちに、今言ったことをやっているんだろうな。精霊魔法初心者のボクでは、まだまだそこまでの気配りができない。

少しでもアルフレッド先生に追いつけるように、今日からブリーズの魔法と一緒に練習だな。自転車に乗るように、無意識で同じことができるようにならないと。

気を取り直して、もう一度、四股を踏んで構える。今度こそ、うまくいくはずだ。できる、できる、絶対できる。気持ちの問題だって。偉い人がそう言っていた。

「しっかりと精霊魔法を使ったあとの結果まで想像して……トレンチ！」

スッと集めた魔力が抜ける感触。どうやら今度は精霊魔法を発動するところまではうまくいったようである。

結果は？　結果はどうなった？

「うーん、予定したよりも短いですね」

「こりゃ、もう一度、やらないといけなそうだな」

「どうして」

そこには予定の半分にも満たない横溝ができあがっていた。完成した場所には問題なし。さっきアルフレッド先生が精霊魔法で掘った溝と同じ幅、同じ深さである。でも短い。なんで。

原因を考えているのか、アルフレッド先生の握《にぎ》った手がほほの当たりをポンポンしている。それに対して、デニス親方は何かが分かったかのようにニヤニヤしている。

「坊主、ビビったんじゃないのか？」

「う、確かにそうかも」

「勢いあまって、向こうの曲がる場所までまっすぐ掘ったら、大変なことになりそうだからな」

そう言って、ハッハッハと笑うデニス親方。そのあと、「間違ってまっすぐ掘りすぎても、精霊魔法で埋《う》めればいいだけだから気にするな」と言われて、頭にポンと手を置かれた。

なるほど。確かにさっきのボクはそのことを気にしていたな。デニス親方に言われたことで納得した。無意識にそう思っていただけなのに、精霊魔法を使ったあとの結果として、ここまでハッキリと形として表現されるだなんて。精霊魔法って怖い。

「なるほど、そうでしたか。リディルくんが使った精霊魔法にはまったく何も問題がなかったので、少々困惑しているところでした。それだけリディルくんが水路を作ることを真面目《まじめ》に考えているということですね」

ボクを見て優しくほほ笑むアルフレッド先生。その様子はまるで天使。みんなのいいところをしっかりと見つけてくれる、とっても頼れる先生だ。

そんな先生をガッカリさせないためにも、次は絶対にうまくやるぞ。

そうして気合いを入れ直したのがよかったのか、それからはうまくトレンチを使えるようになってきた。でも、溝の幅や深さに多少ばらつきがあるようだ。間違いなく直線には掘れているんだけどね。

「トレンチって難しいですね」

「このくらいのズレなら、誤差の範囲ですよ。むしろこれくらいですむということは、リディルくんがかなりの実力を持っている証拠です」

「本当ですか?」

「本当です」

どうやら本当のようである。アルフレッド先生がボクの目をしっかりと見つめてからそう言ってくれた。ボクも少しは精霊魔法が使えるようになってきたみたいだね。なんだかとってもうれしいぞ。

「恋人みたいに見つめ合っているところ悪いが、そろそろポンプの性能試験をしたいんだが」

「おっとそうでしたね」

先ほど掘った水路からほど近い場所にある川に、デニス親方がポンプを設置する。そして水路までの間を配管でつないだ。この金属製の配管、いつの間に作っていたんだ?

「ずいぶんと準備がいいね」

「当たり前だ。変なところで俺の作った魔道具にケチがつくのはごめんだからな」

「それもそうだね。この配管ならポンプの勢いがすごくても大丈夫そうだね」

「そうだろう、そうだろう」

ボクの率直な感想に、デニス親方が満足そうにうなずいている。ドワーフだって、ほめられたらうれしいみたいである。

「よし、準備ができたぞ。あとはポンプのスイッチを入れるだけだ。俺の設計通りにこの配管を通って、川からこの水路へ水が運ばれてくるはずだ」

ザブザブと川の中にデニス親方が入って行った。どうやらドワーフは体を洗うのは嫌いだが、水に入るのは大丈夫のようである。これでまた一つ、賢くなったぞ。もしかすると、水浴びくらいはするのかもしれない。

「それじゃ、スイッチを入れるぞ！」

「いいよー！」

「ミュー！」

「ポチッとなぁ！」

楽しそうにデニス親方がスイッチを押す。その瞬間、ドドド、となんだか鈍《にぶ》い音が聞こえてきた。配管の中を水が通る音に違いない。よく見ると、金属製の配管が小刻みに揺《ゆ》れている。

そう思っていると、配管の末端《まったん》から勢いよく水が噴き出した。

「すごい勢いですね。これだけすごいと配管が大丈夫なのかちょっと心配になります」

「確かにそれは言えてますね。これだけ勢いがすごいと、何かあったときに大変です」

「その心配はいらないぜ。今のところ、水漏《も》れ箇所はねぇからな。それに、俺の設計は完璧《かんぺき》だ」

ずいぶんと自信があるようだ。デニス親方が胸を少し反《そ》らせながらそう言った。きっと満足のいく出来栄えだったんだろうな。

それにしても、まさかあれだけの話で本当にポンプを作り出すとは思わなかった。これなら設計図があれば、どんなものでも作り出せるんじゃないかな？　それこそ、飛行船とか宇宙船とかも作れそう。

「すごいね。これならこのポンプ一つでも十分に水路の水を満たすことができそう」

「今のところは十分そうですね。あとはなるべく早く、水路を完成させなければなりませんね」

そのあとは、ポンプを一度止めてから水路の続きを掘った。精霊魔法を使うので、とっても楽だし、ペースも速い。

そうして調子に乗って水路を掘っていると、だれかがやって来たようだ。アルフレッド先生とデニス親方が急に作業を中断し、クルリと振り返った。それにつられてボクも振り返る。

足元にやって来たミューがボクの足につかまった。

「あの、領主様ですよね？　ここで何をされているのでしょうか」

どこかおそるおそる聞いてきたのは、ノースウエストの住人のようである。見覚えがあるぞ。

その人はエルフのアルフレッド先生とドワーフのデニス親方を見て、目を丸くした。この反応からして、初めてエルフとドワーフを見たのだろう。

「水路を建設しているんだ。そのうち町の中にも水路を通す予定だよ。水路が完成すれば、みんなの水やりも楽になると思う。他にも色々と計画しているから、楽しみにしててね」

ここでハッキリとボクが考えている計画を言わないのは、町のみんなをガッカリさせないためである。トイレやお風呂を作ると言って、それが実現しなかったら、間違いなく領主としての信頼を失うことになるだろう。

「それはすごい！　みんながこの話を聞いたらきっと喜びますよ。毎日の水やりは本当に大変ですからね」

うれしそうにしているな。どうやらボクが思っていた以上に水やりは大変だったようである。畑から川まではかなり距離があるからね。井戸の水を使っているとしても大変だろう。

ついでと言うわけではないが、ちょうどよい機会なので、アルフレッド先生とデニス親方を紹介する。きっと水路のことを町の人たちに話すときに、二人のことも話すはずだ。そうなれば、二人が町へ行ったとしてもそこまで驚かれることはないだろう。

「領主様はすごい方なのですね。まさかエルフとドワーフをこの目で見る日がくるとは思いませんでした」

「あはは、ありがとう」

ボクがノースウエストに来てから、アルフレッド先生とデニス親方がここへ来たからね。そう思われても仕方がないとは思う。でも、ボクが呼んだわけじゃないぞ。二人を呼んだのは世界樹さんだ。本当にすごいのは世界樹さんである。

ちょっと後ろめたい気持ちになりながらも、トレンチで水路の続きを掘っていく。

「今のが魔法ですか。領主様はこんなにすごいこともできるのですね。さすがです」

うーん、尊敬のまなざしではあるんだけど、なんだか作業がやりにくいな。


今日の作業を終えて、屋敷へと戻ってきた。水路を掘る作業は順調だ。そうなると、ちょっと気になることが出てきた。

「フェロール、どのくらいで水路の設計が終わりそう?」

「測量自体はあと数日かかると思います。ですが、リディル様たちの水路を掘る速度が速すぎるため、設計が間に合っておりません」

フェロールが地図の上を指差した。この設計に従って水路を作れば、最終的に川の下流で合流するみたいだね。そこまで到達すれば、水路を水が通り抜けられるようになる。ポンプも動かし続けることができるはずだ。

二人をせかすのはよくないな。あせってケガでもしたら大変だ。

「それなら、しばらくはマジックバッグを作ることにするよ。フェロールとヨハンさんはあせらずに水路の設計を進めてほしい」

「分かりました。お任せ下さい」

「ありがとうございます」

フェロールとヨハンさんがしっかりと請《う》け合ってくれた。これなら大丈夫そうだね。

水路の設計が完成するまではマジックバッグ作りに専念することにしよう。その間にデニス親方は屋敷を建てることにしたようだ。とても張り切っていたので、思ったよりも早く屋敷が完成するかもしれないな。どんな屋敷になるのか、とても楽しみだ。

翌日から、さっそくアルフレッド先生と一緒に、マジックバッグ作りに取りかかる。とても難しい魔道具なので、まだまだ時間がかかりそうだ。がんばらないといけないね。

「それではマジックバッグ作りを始めましょう。まずは前回と同様に指先に意識を向けて、それから握《にぎ》っている針が、自分の体が変化したものだと考えるようにして下さい」

「自分の体がですか？」

「そうです。リディルくんの体の一部がとがってその形になっているのです」

アルフレッド先生はそう言うけど、結構難しいことを言っているぞ。色も手触りも大きさも、全然違う。ボクがアメーバだったり、無形型宇宙人だったりしたら、自由に姿を変えることができるとは思うけどさ。

言われた通りに「体の一部、体の一部」と念じる。これでうまくいったらいいんだけど。これができないと、マジックバッグ作りに必要不可欠な大いなる第一歩が刻めないのだ。頑張れ、ボク。

「そして針と一つになったところで魔力を集めてみて下さい。どうですか？」

「ぐぬぬ……できてます？」

「できてないですねー」

「できてないですかー」

ですよね。全然、手応《てごた》えがないもん。ミューは早くも飽《あ》きてきたのか、足で頭をカキカキして、おねむモードである。そのままお昼寝してもいいんだよ。ボクは静かにしておくからさ。

さて、このままではよくないぞ。何かヒントになる記憶はないだろうか。思い出せ、思い出すんだ。いつ、昔の記憶を思い出すのか。今でしょ?

うーん、体の一部がとがるのは無理だけど、腕の部分だけをサイボーグ化して、パーツを取り替えるイメージならいけそうかな?

サイボーグ化した方が生身よりも丈夫だし、パワーもスピードもあるのだ。「まだサイボーグ化してないの?」とか言って、笑われたこともあったっけ。懐かしい思い出だな。いつの時代のものかはサッパリ分からないけど。

自分の腕のパーツを手と針が一体化した物へと取り替えたイメージで。そしてその状態で魔力を集める。針を持った状態になっている腕のパーツとか、絶対に需要はないよね。

おや、なんだか針にも魔力が流れているような気がするぞ。

「いいですよ、リディルくん。その調子です。まさかこんなに早くできるようになるとは思いませんでした」

それってもしかして、この物に魔力を流す技術は難しかったってこと⁉

「アルフレッド先生、物に魔力を流すのが難しいなら、難しいって言ってくれたらよかったのに」

「それは申し訳ないことをしました。何はともあれ、次の段階へ進みましょう。次はその状態を維《い》持《じ》しつつ、魔法文字を書いてみましょう」

「分かりました」

いきなりボクが作った巾着袋《きんちゃくぶくろ》に魔法文字を書き込むようなことをせずに、まずはただの布に魔法文字を書く練習をする。針の先に魔力を集めた状態で、引っかくように線を書いてみた。

おお、書ける、ボクにも文字が書けるぞ！　ザリザリと布を引っかく音を立てながら、お手本の魔法文字を見ながら書いていく。

そんなボクの手元をアルフレッド先生が見つめていた。

「問題なさそうですね。しばらくは魔法文字を書くのに慣れた方がいいでしょう」

「これでマジックバッグを作れるようになりましたか？」

「今のままではちょっと難しいですね。見て下さい。線の太さが違うでしょう？　それに、曲がっている場所が滑《なめ》らかになっていません」

「確かに言われてみれば……」

元々書かれている魔法文字がミミズがのたくったような感じだったが、ボクが書いたものは、ミミズが大運動会をしているかのようである。躍動感がすごいな。でもこれだとダメのようである。

「なるべく線の太さは均一に、文字の曲線は滑らかに。そうでないと、ときどき不具合を起こすことがあるのですよ」

「例えばどんな不具合があるのですか？」

「マジックバッグを開けたのに中身が取り出せないとか、別の場所につながってしまっていたりとかですね。あとはすぐに壊れて使い物にならなくなるとかでしょうか」

「それはまずいですね」

マジックバッグの中に入れたものが取り出せなくなったら、損失がものすごいことになりそうだ。貴重な物とかを入れていて、二度と取り出せなくなるんでしょう？　そんなマジックバッグには物を入れられない。

これは慎重に魔法文字を書かないといけないぞ。失敗は許されない。頑張って魔法文字の練習をしないとね。


次の日からはしっかりと魔法文字を書く練習を行った。その成果はあったようで、ミミズがのたくったようだった文字も、ミミズが土の中を進むくらいになってきた。

「そろそろリディルくんが作った袋に書き込むことができそうですね」

「頑張って練習してよかったです。これでフェロールとヨハンさんにマジックバッグをプレゼントすることができますね」

「それは構いませんが、二人には改めて口止めしておく必要がありそうですね」

ものすごく渋い顔になっているアルフレッド先生。本当はダメだと言いたかったのかもしれない。マジックバッグは人族の間では「超」がつくほどのレアな魔道具だからね。持っているだけでも危険なのだろう。

そして「だれが作ったんだ」ということになれば、次はボクの身が危ない。だからアルフレッド先生はあんな顔をしたんだと思う。

でも、心配はいらないと思うんだよね。二人ならそんなうかつなことはしないはずだし、こんな辺境の地にマジックバッグがあるなんてだれも思わないはずだ。

デニス親方と一緒にフェロールたちが戻ってきた。みんなが一息ついたところで、これから本格的にマジックバッグを作ることを話しておく。

「そうか、針作戦がうまくいったか！　よかったぜ。これで坊主も魔道具が作れるようになるな。ここからは坊主のひらめき次第だぜ。坊主には前世の記憶があるからな。どんな物ができるか楽しみだ」

ガッハッハと笑うデニス親方。どうやら魔道具作り仲間ができたと思ってくれているようだ。

確かにその通りではあるけど、なんだかやけに、大げさに祝ってくれているような気がする。まさか、ボクに面倒そうな仕事を回すつもりじゃないよね？

「リディル様のお気持ちはとてもうれしいのですが、よく考えると、そのような物を持っていたら問題になるのではないでしょうか？」

「だれかに見つかったら問題になるかもしれないけど、ノースウエストで使うのには問題ないんじゃないかな？　そもそも、マジックバッグの存在を知らないと思うよ」

「確かにそうかもしれませんな」

うぬぬ、と考え込むフェロール。そうなんだよね。目の前でマジックバッグを使ったとしても、そんな便利な魔道具が世の中にあることさえ、相手が知らない可能性があるのだ。

何も知らない人が見れば、たぶん魔法だと思うだろう。魔法だと思えば、それ以上は追及してこない可能性の方が高い。

だってほとんどの人族は魔法が使えないからね。知ったところでどうしようもないのだ。

「マジックバッグがあれば、交易の効率がよくなることは間違いありませんね。一度に運べる荷物の量が増えれば、ノースウエストにも色んな品物を持ってくることができるはずです」

ウンウンとうなずいているヨハンさん。どうやら好意的に受け取ってくれたみたいだ。それほど容量が大きなマジックバッグではないけど、これまでよりかはたくさん物を運べるようになるのは間違いない。物を隣町へ売りに行くのも楽になることだろう。

「分かりました。リディル様、ありがたくちょうだいいたします」

「ありがとうございます、リディル王子殿下」

二人が深々と頭を下げた。どうやら二人の中では、ボクは今でも雲の上の存在のようである。もう地に落ちているので、そんなにかしこまらなくていいのに。これればかりはジェラルタン王国の国民である限り、どうしようもないのかもしれない。

そのまま夕食の時間となり、今度はデニス親方たちの進捗状況の話になった。

「砦《とりで》の一階部分はひとまず完成したぞ。建物の拡張はあとからでも十分間に合うだろう。明日にでも移り住めるぜ」

「さすがはドワーフ。結構な広さがあったはずなのに、この短期間で作ってしまうとは」

「砦……」

喜ぶアルフレッド先生。その顔はとてもうれしそうだ。だがしかし、今のボクの顔はチベットスナギツネみたいになっていることだろう。

砦って……要塞よりはマシかもしれないけど、拡張していけばそのうち要塞になるよね？

「わたくしたちも見てきましたが、あれなら大丈夫です。リディル様、明日にでも荷物を移すべきかと思います」

「寂《さび》しくはなりますが、あれに比べるとさすがにここでは心もとないでしょう。一刻も早く移るべきかと思います」

フェロールとヨハンさんがすぐに移り住むべきだと主張する。

二人は一体何を見たのか。それだけすごい砦ができあがっているということなのだろう。明日、見るのが怖い。

昨日は世界樹さんへの朝のあいさつをすませるとすぐにここに戻ってきたからね。それからはずっと魔法文字の練習をしていた。それがあだとなってしまったようである。こんなことなら、様子を見に行けばよかった。

そんな二人の意見に、アルフレッド先生が満足そうにうなずいていた。どうやらこの中で納得していないのはボクだけのようである。

ここでボクだけがイヤイヤ言っていてもしょうがないな。しっかりとした屋敷になるのは既定路《きてい》線みたいだし、素直に従うことにしよう。

「分かったよ。それじゃ、明日はお引っ越しだね。マジックバッグ作りはそれからにしよう。フェロール、水路の設計はどうなった？」

「今少し時間をいただきたいです。おそらく明日中には第一区画の縄張りが終わるかと」

「了解だよ。あせらず無理せずにね。最初がうまくいけば、きっとそのあともうまくいくはずだからさ」

「お任せ下さい」

＊＊＊＊

「おいおい、なんだかとんでもないことになってないか？」

「そう思うか？　俺もだよ。領主様々だな。まさか水路を作ろうとしているとは」

「俺はその話を聞いたことがあるぞ。前に同じように水路を作ろうという話があったんだが、金と人手不足でどうにもならなかったらしい」

「それを領主様は実現しようとしているのか。しかも魔法まで使ってくれてさ。魔法なんてめったに使わないいんだろう？　それを俺たちのために使ってくれるだなんて。さすがは俺たちの領主様だ」

町へ戻ると、彼らはすぐにその話をみんなに話した。水路のことはもちろん驚いたが、エルフとドワーフの存在にも驚いていた。

新しい住人が増えたことは知っていた。そして人族とはどこか違うような雰囲気があるように感じていた町の人たち。だが、ハッキリとは確証が得られていなかったのだ。

「領主様が連れてきたんだよな？」

「そうに決まってるだろう。今まで一度も見たことがなかったんだぜ？」

「ときどき見かけることがあったけど、本物のエルフだったのね」

そのときの光景を思い出したのか、女性陣の目が輝いた。それを察した男性陣の顔がちょっと渋《しぶ》いものになる。だが、エルフが美男子であるという事実は、受け入れるしかないようだった。

「俺、明日から領主様のところへ、新鮮な野菜を届けるようにしようと思う」

「そうだな、俺も何か持って行こうと思う」

「俺も、俺も。これだけやってもらっているんだ。俺たちも何かできることをしようぜ」

集まっていた町の人たち全員がうなずいた。止まっていた時間が動き出したような気がしたのは、一人だけではなかったようだ。

「何やら騒がしいですな。何かあったのですかな？」

「トルネオさんじゃないですか。実は領主様が水路を建設してくれているのですよ。私たちの水やりが大変だろうって」

「なんですと⁉　水路など、そう簡単にできる物ではないと思いますが」

「それが魔法を使って作ってくれているのですよ。エルフやドワーフと一緒に」

その言葉に目を丸くするトルネオ。エルフもドワーフも、これまで一度も見たことがなかったのだ。いつの間にそんなことになっていたのか。エルフとドワーフが作る品々は、高値で取引される人気商品だ。商人ならば、だれでも一度は手がけてみたい商品である。

商人はさっそくあいさつに行くことにした。教えてもらった道を行き、建設現場へと向かう。

「町の人たちの顔が明るくなっていましたね。少し前までは疲れ切った顔をしていたのに。新しい領主様が来てから、なんだか町の雰囲気《ふんいき》も変わったような気がします。これからこの町からは目が離せませんね」

確認するようにブツブツとつぶやく商人。彼もまた、色あせかけていた日常が、再び彩《いろど》りも鮮やかな日常に変わりそうな気配を感じていた。

第六章　屋敷へのお引っ越し

翌日、朝食をすませると、さっそく引っ越しの準備を始めた。

「ヨハンさん、お世話になりました」

「いえ、とんでもありません。リディル王子殿下《でんか》をお迎えすることができて光栄のきわみです」

「また遊びにくるからね」

「はい。お待ちしておりますよ」

ヨハンさんを新居へ迎え入れようかとも思ったけど、ヨハンさんにはヨハンさんの人生があるからね。この屋敷《やしき》はヨハンさんの一族が代々使っているものだし、勝手にヨハンさんの代でそれを終わらせるわけにはいかないだろう。

ちょっと寂《さび》しさを感じつつも、どんな家ができているのだろうかと、ワクワク感も抱いている。人って罪な生き物だよね。

新居にはすぐにたどり着いた。世界樹《せかいじゅ》さんのすぐ近くに、黒っぽい大きな石と、灰色のレンガで作られた壁と建物がある。昨日の朝の段階ではこんな物はなかったのに。どう見ても砦《とりで》だ。間違いない。

「堅牢《けんろう》なんだろうけど、せめて入り口は普通にしてほしかったな」

「巻き上げ式の鉄の扉みたいですね。あれはきっとエレベーターの機構を利用したものなのでしょう」

「そうみたいですね。ははは……」

ガッデム！　デニス親方に余計なことを教えてしまったばかりに、魔道具の力を借りないと開かないような門が完成してしまった。これはそう簡単には突破できないぞ。

「見て下さい、リディルくん。あれが私たちがこれから住むことになる建物ですよ。どうやら堅いレンガで作ったみたいですね」

「レンガを積むのって大変だと思うんですが、よくあんな地味な作業をデニス親方ができましたね。途中でやめたって言いそうなのに」

首をかしげてそう言うと、アルフレッド先生から変な顔をされた。あれ、間違ったかな？　思わず抱いていたミューに目を向ける。ボクに見つめられたミューが首をかしげた。そうだよね、ミューには分からないよね。

「リディルくん、あのレンガの壁はガイアコントロールで作られたものですよ。ドワーフがレンガを地道に一個ずつ積み上げるだなんて、とんでもない。ドワーフじゃなくても、そんなことはしないと思いますよ」

「言われてみればそれもそうですね。うっかりしてました」

そしてそんな「だれもしない」と言われる行為を人族はやっているんだよね。人海戦術という、エルフやドワーフでは思いつかないような方法で。

どうやらブラックな職場があるのは人族の国だけの話みたいだね。他の種族では魔法を使ってチョチョイのチョイなのだろう。なんという魔法格差。

人族とその他種族の格の違いを感じながら、屋敷ならぬ、砦へ入って行く。もちろん鉄の分厚い門は、今は上へと引き上げられている。下ろすときはスイッチ一つでズドンと下ろすことができるようになっているのだろう。

「おお来たか！　どうだ、新しい家は？」

「すごく丈夫で、安全な建物だと思うよ。さすがはデニス親方だね。これは屋敷と呼んでもいいのかな？」

「屋敷でも、砦でも、城でも、なんでも好きなように呼んでくれ」

「それじゃ、屋敷で。だれがなんと言おうとも、この建物は屋敷だよ」

力説するボク。そんなボクを、苦笑したアルフレッド先生とデニス親方が見ていた。

デニス親方にさっそく屋敷の中を案内してもらった。まだ建設中だそうで、これから一階はもっと広くなるし、上へも伸びるらしい。

「ひとまず必要なものだけを作っておいたぞ。部屋の数も最低限だ。だが、手抜きはしてないぜ」

「そうみたいだね。この部屋は客間かな？」

そこは広い部屋だった。すでに縦長の木のテーブルが置いてある。天井《てんじょう》には何もないな。暗くなったら、魔法で明かりをつけるのかもしれない。シャンデリアなんて、さすがに準備していないだろうからね。

「この部屋は客間と食事をするところを兼ねているぞ。将来的には客間だけになるだろうけどな」

「これだけの広さがあれば十分でしょうね。あとはカーテンなどの装飾品《そうしょくひん》次第でしょうか？」

「そこは俺《おれ》じゃどうにもできねぇ。頼んだぜ、アルフレッド」

そうそうにあきらめてアルフレッド先生に丸投げするデニス親方。確かにドワーフよりかは美的センスに定評のあるエルフが手がけた方がいいのかもしれないね。納得の采配《さいはい》である。

アルフレッド先生もそれが分かっているのか、丸投げされても否定することはなかった。

「次は個室だ。将来的には客室として使うつもりだ」

最初はボクたちが使って、屋敷が大きくなってきたら部屋を移動することになるみたい。今は仮部屋ということだね。

個室の大きさは王城にあったボクの部屋ほどではなかったが、ヨハンさんの屋敷で借りていた部屋よりも大きかった。これならゆっくりと過ごせそう。まだ家具も何も置かれていないので殺風景《さっぷうけい》だけどね。

「天井の高さも問題ないみたいですね。これなら私でも圧迫感なく、生活することができそうですよ」

「そうだろう、そうだろう。ヨハンの家の部屋を参考にしたからな」

どうやらデニス親方はひそかにヨハンさんの屋敷の間取りを調べていたようである。さすが。

それだけ細かいところまで配慮することができるのに、どうして自分の清潔《せいけつ》さについては無頓着《むとんちゃく》なのだろうか。

そのあとはキッチンと倉庫へ案内してもらう。今のボクたちには十分すぎるほどの広さがあるな。いつかは料理人を雇《やと》わないといけないんだけど、きっとそのまだ見ぬ料理人もニッコリだろう。

「次はお風呂《ふろ》場だね」

「……」

「デニス親方？」

「あー、風呂はまだなんだ」

目をそらせたデニス親方がそう言った。始めから作る気はなかったようだが、気まずくは思っているようだ。

ふむ、まだ時間はタップリあるな。それでは前から考えていた作戦を決行するとしよう。

「それならちょうどよかった。実はどんなお風呂にするか考えていたんだ。新しい魔道具を作って設置して、すごいお風呂にしようと思っているよ」

「新しい魔道具だと⁉」

「それは初耳ですね。私にも聞かせてもらっていいでしょうか？」

「リディル様、そのようなことを考えていらっしゃったのですね。さすがでございます」

釣れたぞ。デニス親方が魔道具で釣れた。アルフレッド先生も興味を示してくれたので、これなら思った以上に早く「ボクが考えたすごいお風呂」を形にできるかもしれない。

フェロールは……なぜか泣いているな。どうやら最近、涙もろくなってしまっているようだ。

部屋に荷物を置くのは後回しにして、さっそくお風呂場を作ることにした。フェロールは屋敷の掃除をしておくそうである。

屋敷の裏手へと出たところで、ボクは考えておいた図面を、棒で地面に書いた。

「湯船を置く場所はこんな感じで、ここにサウナと、水風呂を設置するんだ」

「サウナについては聞いたことがありますよ。なんでも暑い部屋に入って、汗をかくとか？」

「さすがはアルフレッド先生。知ってましたか。そうです。そして汗をたくさん出したところで、この水風呂に入ります。そうすると、整《ととの》うことができるのですよ」

「整う？」

「ミュ？」

三人とミューが首をかしげた。どうやらサウナはあるが、整うという儀式《ぎしき》をするまでは知られていなかったようである。そこで「整う」というのがどのようなことなのかを話してあげた。みんなはそれに興味を持ってくれたようである。いい感じだね。

「整うか。そこまで坊主が力説するなら、一度くらいなら試してみてもいいな」

「面白《おもしろ》そうですね。もしかすると、何か新しいひらめきが降ってくるかもしれません」

「体から悪いものを出すのですか。なるほど、それはよさそうですね」

「ミュ！」

うーん、ミューって汗をかくのかな？　ちょっと分からないぞ。神獣《しんじゅう》って、どんな体の造りをしているのだろうか。もし効果がなかったら、そのときはそのときで別の方法を考えよう。

ボクの考えたすごいお風呂はそれだけじゃない。ジェットバスを取りつけようと思っているのだ。

これなら絶対に楽しいことになるぞ。デニス親方もきっと気に入ってくれるはずだ。

「このお風呂には魔道具を取りつけようと思っているよ」

「どんな魔道具だ？」

「浴槽《よくそう》に設置した穴から、お湯を吹き出す魔道具だよ。それで体をマッサージするんだ」

「ほう、それは楽しそうだな」

「なるほど。それでデニスを釣るというわけですね」

感心するデニス親方。そしてすべてを悟《さと》ったアルフレッド先生。アルフレッド先生の言葉にギョッとしたのか、目が大きくなったデニス親方。

だが、ここで「そんな風呂には入らねぇ」とは言わなかった。どうやら興味があるらしい。

作戦通り。まずは大きな一歩を踏《ふ》み出すことに成功したぞ。あとはガッチリとデニス親方の心をつかむだけである。

そのままジェットバスの構造をデニス親方に教える。前回、ポンプを作っているのでその応用だと言うと、すぐに理解してくれた。

次はサウナの構造である。話を聞くと、部屋を暖める暖房の魔道具はすでにあるらしい。その名もヒーター。

そこでそれを強化して、高温にできるように改良してもらう。要するにリミッターを解除してもらったのだ。

当然、デニス親方からは嫌な顔をされた。だが、新しくサウナ室を作るという誘惑には勝てなかったようである。もちろん、ちゃんと安全対策はしてもらうぞ。

「ヒーターで石を温めるようにするのか。なんでそうするんだ？」

「石に水をかけて水蒸気《すいじょうき》を発生させるためだよ。そうすると、室内の湿度が上がって、もっと暑くなるんだ。それによってさらに新陳代謝《しんちんたいしゃ》がよくなるんだよ」

「それはもう、罰《ばつ》の一種なのでは？」

困惑《こんわく》しているアルフレッド先生。だが、一度やってみれば分かるはずだ。そのときを楽しみにしててよね。

みんなでお風呂設置予定地へと向かう。これだけの広さがあれば問題ないね。

「それじゃ、まずは風呂場の設計からだな。それが終われば、簡単に作れそうなサウナ室から作るとしようじゃねぇか」

「それでは私はリディルくんと一緒に湯船と水風呂を作っておきましょう。トレンチを使えば、四角形の湯船なら簡単に作れますよ」

「そう言われてみればそうですね。底から水が抜けないように、しっかりと地面を固めるようにしないと」

そうしてすぐにお風呂場作りが始まった。これがないと、今夜はお風呂に入らずに寝ることになってしまう。

「風呂の大きさはこのくらいにしてくれ」

デニス親方が地面に木の棒で設計図を描いた。さすがは一日で屋敷を建てただけあって、あっという間に設計が終わったようである。

浴槽はそれほど大きくはないが、それでも四、五人がゆっくりと入れそうなほどの大きさはあるようだ。

その向こうにはサウナ室がある。そしてその近くに小さめの水風呂だ。その横には休憩できるようなスペースもあるようだね。

「それでは、まずは先日のおさらいといきましょうか」

「任せて下さい。トレンチ！」

まずはデニス親方が描いた設計図に沿って地面をまっすぐに掘る。それを何度か繰り返して、いい感じの長方形をした穴を掘った。もちろん底と側面は水が漏《も》れないようにギュッと圧縮している。

大人がゆったりと横になれるくらいの深さにしてある。これならボクが溺《おぼ》れる心配はないだろう。

ミューは溺れちゃうかもしれないけど。ちょっと心配になってきた。

「ミューは泳げる？」

「ミュ！」

「そっか～」

たぶん今の返事は「泳げるよ！」のミュのはずだ。ボクには分かるぞ。そしてボクが長方形の溝を掘っている間に、アルフレッド先生が周囲の地面をガイアコントロールでいい感じの大理石《だいりせき》へと変えていた。大理石⁉

「アルフレッド先生、これって大理石ですよね？」

「そうですが何か？」

「いや、ガイアコントロールって、大理石も作れるのですね」

「もちろんですよ。だって耐火性のレンガだって作っているでしょう？」

そう言ってアルフレッド先生が視線を向けた先には、次々と耐火性のレンガっぽいものを積み上げているデニス親方の姿があった。

速い。もうサウナ室が完成しつつある。ちょっと目を離していただけなのに。

「精霊魔法って、すごいんですね」

「そうでしょうか？　そうですよね。人族にとってはそうかもしれませんね」

疑問形から、納得形になったアルフレッド先生。色々と人族の事情を察してくれたようである。

そうしてアルフレッド先生と二人で浴槽を作っているとデニス親方がやってきた。

「坊主、サウナ室ができたぜ。内装はどうする？」

「できれば木のベンチを設置したいかな？　石だと熱くなりすぎて、座れないだろうからね」

「了解だぜ」

そう言ってデニス親方がマジックバッグから何本もの木材を取り出した。前回切り出した木材はまだまだあまっているようだ。これなら屋敷の家具もすぐにそろいそうだね。

「アルフレッド先生、浴槽に縁《ふち》をつけてもらえませんか？」

「分かりました。高さは低くても大丈夫そうですね」

アルフレッド先生がボクが掘った浴槽の周りを拳《こぶし》二つ分くらい高くしてくれた。これでお湯が外にあふれることはないだろう。お風呂のお湯は魔法で出し入れすることになるので、排水溝《はいすいこう》を設置する必要がないのはありがたい。

そうして浴槽が完成した。次は水風呂だ。先ほどと同じようにトレンチを使って、小さめの長方形の穴を掘る。

浴槽も、水風呂も、壁面と底の部分はアルフレッド先生に頼んで大理石にしてもらった。統一感があった方がいいよね？

「これでお風呂場は完成ですね。あとは壁を作らないと」

「リディルくんにはまだガイアコントロールは早そうですね。まずはトレンチ、それからブリーズを手足のように使えるようになって下さい」

「頑張ります」

目の前でアルフレッド先生がガイアコントロールの魔法で壁を作っていく。地面からニョキニョキと生える、ツルンとした石の壁。なんとも不思議な光景である。

「坊主、イスの設置が終わったぜ。中を確認してもらえないか？」

「分かったよ。ミューも一緒に行こう」

「ミュ！」

サウナ室には小さな窓がついており、自然光を取り入れられるようになっていた。設置された木でできた長椅子《ながいす》もよさげである。そうなるとやっぱり室内の明かりも気にしたいところだね。

「デニス親方、オレンジ色の光を放つランプってある？」

「オレンジ色か。どうしてだ？」

「その方が雰囲気が出るからだよ。これだけ素敵なサウナ室だもん。ちょっとこだわりたいんだよね」

「素敵なサウナ室か……そうか。分かったぜ。なんとかしてみよう」

デニス親方がマジックバッグからランプを取り出した。ランプの光は白に近い。それをなんとか違う色にしようと、デニス親方が魔法文字を書き換えていた。

苦戦しているようなので、横からのぞかせてもらう。フムフム、なるほど、なるほど。

「デニス親方、ここの部分を変えると色が変わるみたいだよ」

「ここか。それならこうして……どうだ！」

魔法文字を書き換えて、あっという間にランプを組み立てたデニス親方。その魔道具のスイッチを入れる。パッとオレンジ色の明かりがついた。

「おおお！　これだよこれ。なんだか心が落ち着く色じゃない？」

「まあ、そうだな。夕焼けの色だからな。落ち着いた感じになるかもしれない。それにしても、本当に魔法文字を解読できるんだな」

「解読というよりかは、文章の構造が分かると言った方が正しいと思うけどね」

「それでも十分すげぇぜ」

これで味をしめたのか、デニス親方は他にも赤色や緑色、青色のランプを作っていた。一体、なんの役に立つのかは不明である。かろうじて赤は、緊急時に点灯すれば目立つかな？

できあがったオレンジ色の光を放つランプをサウナ室に設置する。スイッチを入れると、ボンヤリとしたオレンジ色の光が、赤茶色のレンガをいい感じに照らしてくれた。ちょっと哀愁漂《ただよ》う様子がいいね。

「なるほどな。これは思ったよりもいいな。ゆっくりできそうだ」

「そうでしょ？　あとはヒーターを設置して、石を置くだけだね。今日中に試すことができるかも」

「そっちは俺に任せとけ」

いい感じのサウナ室ができたところで外に出ると、すでにお風呂場の壁が完成していた。真っ白で平らな壁で、とっても掃除がしやすそうだ。

今はアルフレッド先生がそこに屋根を張ろうとしているところだった。三角屋根だね。四角四面のお豆腐《とうふ》建築にならなくてよかった。

「もう天井を作っているんですね。今日中には天井はつかないだろうと思っていました」

「精霊魔法を甘く見てはいけませんよ。やる気さえあれば、大抵のことはできてしまいますからね」

「それじゃボクは邪魔《じゃま》をしないように、ミューと一緒に外で精霊魔法の練習をしておきます」

お風呂場はアルフレッド先生とデニス親方に任せて、邪魔になりそうなボクたちは外へと向かう。この感じだと、お昼までにはお風呂場が完成するな。これには建築の匠《たくみ》もビックリだろう。

「ミュー、世界樹さんのところに行ってから精霊魔法の練習をしよう」

「ミュ」

そんなわけで、屋敷のすぐ隣にある世界樹さんのところへと行く。そう言えば、朝のあいさつをするのを忘れてたね。世界樹さんとの距離が近くなったので、これからはおはようのあいさつをするのが楽になったぞ。

「世界樹さん、こんにちは」

『こんにちは、リディル。何やらすごい砦ができあがっているみたいですね』

「やっぱり砦に見えますよね？　でもあれ、屋敷ですからね」

『え』

グラリと世界樹さんが傾《かたむ》いたような気がした。やめて。木が傾くとか、ちょっと怖い光景だからやめて。町の人たちが見たら、たぶんビックリすることだろう。

疑う世界樹さんにちゃんと話をしておいた。あれは屋敷。だれがなんと言おうとも屋敷なのだ。

『そうでしたか。てっきりそのうち、立派な要塞か城ができるのだと思っていましたよ』

「大丈夫です。そんなことにはならないし、させませんから」

頼むよ、アルフレッド先生、デニス親方。いくら王都から離れた辺境の地とはいえ、時間をかければ王都まで情報が伝わる可能性だってあるんだからさ。国家反逆罪《こっかはんぎゃくざい》で騎士団《きしだん》を差し向けられるとか、嫌だからね。

そのままそこで精霊魔法の練習をしていると、昼食の準備ができたとフェロールが呼びにきた。屋敷の中の掃除も終わったみたいで、その顔は満足そうだ。

昼食が終わったところでさっそくサウナの試験を開始することにした。ヨハンさんも呼ぼうかと思ったけど、完成してから招待することにしよう。水路の設計で忙しいだろうからね。

サウナ室のヒーターにスイッチを入れて、部屋が暖まるまでの間に水風呂へ水を入れてもらう。

「リディルくん、本当にお湯じゃなくて、ただの水でいいのですよね？」

「はい。いいです。サウナ室で熱くなった体を、この水風呂に入って冷ますんですよ」

「冷えたところでここのイスに座るわけだな？　これは、やってみないとなんとも言えないな」

困り顔になっているデニス親方。アルフレッド先生とフェロールも、いまいちよく分からないような顔をしている。

こればかりは実際に体験してもらうことでしか分からないからね。おっとその前に、やってもらわないといけないことがあったな。

「まず、体を洗います」

あ、デニス親方が微妙《びみょう》な顔をしてる。そんなに嫌なのか。別にだましてないからね？　だって計画通りだからさ。アルフレッド先生もいい顔をしている。

アルフレッド先生に水風呂へ水を入れてもらい、脱衣所で服を脱いだ。もちろん腰にはタオルを巻いている。これがないと、サウナ室のイスに座るときにやけどしちゃうかもしれないからね。

「それでは、ザッと体を洗うことにしましょう。リディルくんとフェロールさんには私が魔法でお湯をかけますよ。デニスはどうしますか？」

「自分でできるから大丈夫だ」

そう言ってから、頭からお湯をかぶっていた。ザバンと。ずいぶんと雑な感じだが、これがドワーフのやり方なのだろう。なんというか、本当にカラスの行水《ぎょうずい》である。

そんなデニス親方を横目に、ボクたちもアルフレッド先生が出してくれたお湯で体を洗う。

「デニス親方、背中を流してあげるよ」

「ん？　そうか。悪いな」

まんざらでもなさそうな顔をしたデニス親方の背中をゴシゴシと洗ってあげる。背中ももちろん、毛むくじゃらである。この毛が絡《から》むのでお風呂に入るのが嫌なのかな？　それなら何か対策を考えた方がいいのかもしれない。ミューの毛をブラッシングするのと同じようなブラシが必要だね。

ボクがデニス親方の背中を洗っている光景を、フェロールが微妙な顔で見ていた。気持ちは分かる。王族がするようなことではないって言いたいんでしょう？　でもね、ここはお城じゃないんだ。そんな考えはもう捨ててしまっていいと思っている。フェロールにはまだまだ無理そうだけどね。

そうしてみんなの体を洗っている間に、サウナ室はいい感じの温度になったようである。サウナ室に取りつけてある温度計を見ると、かなりの高温になっていた。それを見て、ちょっと引きつった笑顔になるみんな。

「リディルくんを疑《うたが》うわけではないですけど、本当にこれで大丈夫なんですか？」

「大丈夫ですよ。長時間、中にいるわけではないですからね。さあ、入りましょう！」

「ミュ？」

「ミューは……外の水風呂で待っててね」

「ミュ！」

さすがに毛皮をまとったミューには酷《こく》かもしれない。ここは様子を見ておいた方がいいだろう。

ミューが水風呂に飛び込んだところでサウナ室へと入った。

モワッとした熱気がすぐにボクの体を包み込む。

「これこれ、これだよ！」

「これは……砂漠《さばく》を歩いた日のことを思い出しますね」

「うお、思ったよりも暑いぞ」

「なんと……これは真夏の調理場よりも暑いですな」

困惑するみんなを連れてベンチに座る。もちろんやけどをしないように、お尻《しり》の下にはタオルを敷いているぞ。

扉を閉めてから少しするとジワリと汗が出てきた。いい感じだね。

「本当に暑いな、ここは」

「汗が止まることはなさそうですね」

「汗を流すと新陳代謝がよくなるんですよ。それに加えて体の細胞を活性化させることができます」

「細胞の活性化ですか。リディルくん独特の発想によるものみたいですね」

どうやらアルフレッド先生は色々と察してくれたようである。これがボクの前世の記憶なのかってね。

話がかみ合わないのはこういうことなのかと思ったはずだ。だって、フェロールが苦笑いしているからね。デニス親方は気にしないことにしたようである。

「それじゃ、このあたりで石に水をかけます」

そう言ってから石に水をかけた。すぐにジュワジュワと水が蒸発《じょうはつ》する音が聞こえて、サウナ室の湿度が一気に上がった。まるで地獄のような状態になるサウナ室。

「おいおい、大丈夫かよこれ」

「すごいことを考えますね。これはなかなか体験できないですよ」

「ふむ、どこかの国の刑罰と言われても、疑わないでしょうな」

「そんなんじゃないから。大丈夫だから」

湿度が急上昇したことで、体の温度も上がってきた。暑いを通り越して、なんだか息苦しい感じだな。体中の汗腺《かんせん》から汗が噴《ふ》き出してくるような感覚だ。こんな状況だけど、生《せい》を実感するね。

「それじゃ、そろそろ外に出ましょうか」

「そうですね。これ以上は危険かもしれません」

外に出たボクたちは一目散《いちもくさん》に水風呂へ入った。みんなが一斉に水風呂へ入ってきたのでミューは大はしゃぎだ。遊んでもらえると思ったみたいだね。

「ミュ、ミュ！」

「冷たくて気持ちがいいね、ミュー」

「ミュ！」

アルフレッド先生たちも地獄から解放されたような顔をしている。この解放感がたまらないんだよね。

そのあとはアルフレッド先生からもらった水を飲んで、休憩スペースにあるリクライニングチェアに座った。

「おお、なかなかいいな。なんだか気持ちがスッと整ってきたような気がするぜ」

「確かに。なんだか森の中にいるようです」

「これは……いいですな」

どうやら三人ともしっかりとくつろぐことができたようだ。デニス親方にいたっては、すでに整いつつあるようだ。ボクもミューと一緒にリラックスする。でもミューは遊び足りなかったみたいで、再び水風呂の中へと飛び込んだ。元気だよね、ミュー。

そうして何度かサウナ室と水風呂を往復していると、体の芯《しん》にこびりついていた疲れやモヤモヤした思いがどこかに飛んで行ってしまった。

「これが整うか……整ったな」

「ええ、整いましたね」

「どうやら、少し張り切りすぎていたようですな……」

デニス親方たちが整っている。ボクも元気になったし、ミューもしっかりと遊べたみたいだ。

ミューは水遊びが好きなのかな？　モフモフの毛がある生き物はあまり水が好きじゃないと思っていたけど、ミューは違ったみたいだ。


サウナ体験を終えて屋敷へ戻ったボクとアルフレッド先生は、休憩《きゅうけい》を入れたのちに部屋へ家具を置いていった。

ん？　何か変だぞ。ヨハンさんの屋敷でお世話になっていたときよりも、家具が多くなってない？　こんな色のソファー、ボクの部屋にはなかったはずだ。

そう思ってよくよく見てみると、アルフレッド先生が次々とマジックバッグから家具を取り出していた。どうやら犯人はアルフレッド先生だったようである。

「あの、アルフレッド先生？　ずいぶんと家具が多いような気がするのですが……」

「気にしてはいけませんよ。殺風景な部屋よりも、華《はな》やかな方がリディルくんもいいでしょう？」

「それはそうですが」

「ミュ！」

ミューはご機嫌《きげん》でソファーの上を飛び回っている。気に入ったんだね、そのソファー。まあ、アルフレッド先生がいいならそれでいいか。そのうち何かお礼をすることができるように頑張らないといけないな。

アルフレッド先生と相談しながら、屋敷の中に物を置いていく。殺風景で風通しのよかった屋敷が、今では王侯貴族が住んでいてもおかしくはないような装飾品の数々で彩《いろど》られていた。

屋敷に戻ったボクたちが家具を配置し、部屋の模様替えをしている間、デニス親方はずっとお風呂場で作業をしているようだった。

どうやらサウナで整ったことで、いいアイデアが浮かんだみたいだね。それに疲れも取れて、やる気もモリモリになったようだ。どんなお風呂ができあがるのか楽しみだ。

そしてフェロールはヨハンさんと合流して、水路設計の続きをするみたいである。こちらも設計が終わる日が楽しみだね。早く町の中まで水路を引きたいな。

夕食の時間になり、アルフレッド先生とフェロールが作ってくれた食事をみんなで食べる。その間も、デニス親方はとてもご機嫌だった。どうやらかなりの自信作が完成したみたいだね。

食事が終わると、いよいよお待ちかねのお風呂である。なんとデニス親方が率先してボクたちをお風呂場へと連れていってくれた。これにはアルフレッド先生もビックリだった。

「ドワーフも、変われば変わるものですね」

「いいことじゃないですか。このままデニス親方が毎日お風呂に入るように、習慣化させたいところですね」

「それならデニスが作った新しい魔道具をしっかりとほめてあげないといけませんね」

「ふふふ、アルフレッド先生もビックリすると思いますよ？」

ジェットバスを教えたのはボクなので、その新しい魔道具がどんな物なのか大体分かるのだ。ボクの想像した通りなら、きっとミューも喜んでくれるはずだぞ。

みんなと一緒に脱衣所で服を脱ぐと、デニス親方自慢の湯船へと向かう。そこにはボクとアルフレッド先生が掘った浴槽のすぐ隣に、何やら新たに大理石でできた箱のような物が置いてあった。

これがそれなのだろうか。

「これは期待できそうだね、デニス親方」

「フッフッフ、期待していていいぜ。この魔道具のスイッチを入れると、浴槽の壁面《へきめん》から、すごい勢いで水が出る仕組みになっている。この穴からだな」

よく見ると、浴槽の壁面に等間隔《とうかんかく》で穴があいていた。もちろんこの穴も、ボクたちが浴槽を作ったときにはなかったものである。

デニス親方はボクの話をよく聞いていたようで、非常に高い精度でジェットバスを再現してくれているみたいだった。これはますます期待できそうだぞ。

「デニス、実際にスイッチを入れてもらってもいいですか？　さすがにいきなり謎《なぞ》の魔道具を使われるのはちょっと」

「アルフレッドは慎重《しんちょう》だな。いいぜ。驚かせてやろうかと思ったが見せてやるよ。ここのスイッチを押すんだ。もう一度押せば、ジェットバスが止まるぜ」

どうやらこの魔道具の名前はそのままジェットバスになったようである。ボクとしては分かりやすくていいんだけど、それでいいのかとちょっと疑問だ。

デニス親方がスイッチを入れる。すると響《ひび》くようなモーター音がして、浴槽の壁面から、泡のようにお湯が吹き出てきた。結構な勢いだね。たぶんだけど、お風呂のお湯を循環《じゅんかん》しているのだと思う。お湯の量が増えもせず、減りもしていないからね。

アルフレッド先生も気になるのか、ちょっとワクワクしたような目をしていた。ジェットバスの真価はお風呂に入ったときに分かるだろう。さっそく体を洗ってから、湯船に入るとしようじゃないか。

「ミュ！」

「ちょっと、ミュー、まだダメだからね。ちゃんと体を洗ってからにしないと」

湯船に飛び込もうとしたミューを慌《あわ》てて止めた。さすがにミューだけだと、危険かもしれない。ミューがケガでもしたら大変だ。

体を洗い終わったら、いよいよジェットバスの出番である。

すでにスイッチが入って、すごい勢いで泡が噴出している湯船へと入った。

「おおお、すごい勢いだね。これは気持ちいい。硬くなっていた体がほぐれるみたいだよ」

「ミュ！」

「ふふふ、リディルくんはまだそんな年齢ではないでしょう？　おお、確かにこれは体の凝《こ》りをもみほぐしてくれそうですね」

一緒に入ったアルフレッド先生もニッコリである。そしてどうやら、ボクの先ほどの発言はじじ臭《くさ》いと思われたようである。いいじゃない、じじ臭くたって。続けてデニス親方とフェロールが湯船に入る。

「ほほうほう。これは手で触って確認したときよりもずっといいな！　これは体に直接当てるべきだぜ」

「これはいいですね。疲れた体にはピッタリですよ」

そう言ってそれぞれが体の気になる部分にジェットが当たるように体を動かしていた。ミューはそのお湯の流れが気に入ったのか、穴の近くに行っては流されて、穴の近くに行っては流されてを繰り返していた。

ウォータースライダーとか作ってあげたら喜びそうだな。

「さすがはデニス親方だね。こんなに簡単に再現することができるとは思わなかったよ」

「簡単じゃなかったぜ？　かなり苦労した。だがそのかいあって、満足できる魔道具が完成したぜ」

楽しそうに、ガッハッハと笑うデニス親方。本当に満足しているみたいだね。

大満足のお風呂を終えて、あとは寝るだけの時間になった。砦のような立派な屋敷に、ちょうどいい大きさのお風呂。しかもそのお風呂には最新設備が整っているのだ。これはもう、ここに住み続けるしかないよね。

屋敷もまだまだ進化するようだし、これからが楽しみだ。さすがにお城になるのは困るけど、色んな設備が整うのはいいことだよね。

「屋敷の形ができあがったことだし、次は守りを固めないといけないな」

「真面目《まじめ》な顔して何を言ってるの、デニス親方。一体、何と戦うつもりなの？」

「坊主は気楽でいいな。見ろ、フェロールの顔を」

「え？」

デニス親方にそう言われてフェロールを見ると、どこかちょっと陰のある顔をしていた。どうしたの、フェロール。何かあったの？　もしかして、のぼせちゃった？　わけが分からずに、ミューと一緒に首をひねる。だが、アルフレッド先生も何かを察《さっ》していたようである。

「フェロールさん、何か気になることがあるようですね。城から追放された、元第二王妃《おうひ》が気になるのですか？」

「それは……！　そう、ですな。気になりますな。リディル様の命を狙《ねら》ってくるのではないかと、心配しております」

「やっぱりか。フェロールが坊主から離れて、やたらと町の外の水路作りに精を出していたのはそのためだな？」

無言でうなずくフェロール。何？　なんなの？　ボクの知らないところで一体何が起こっているのか。フェロールが水路作りを頑張ることが何か悪いことだったりするのかな。

ますます頭が混乱してきた。責めるつもりはないけど、フェロールの顔を見てしまった。

「リディル様、実はわたくしは陰《かげ》としての能力を持っているのです」

「陰？　それって、闇《やみ》に紛れて生きる人たちのこと？」

「そうです。人に見つからないように、陰で色々と動く者たちのことを指しますな。リディル様には縁《えん》のない人です」

「そんなことないよ。だって、フェロールと縁があるじゃない」

ボクの言葉を聞いて、ハッとした表情になるフェロール。どうやらフェロールがボクについてきたのは、陰ながらボクのことを守るのが目的だったようである。

それを頼んだのは、亡くなったお母様だろうか。それとも国王陛下？　どちらにしろ、フェロールに聞いてはいけないことだろう。

もし本当にフェロールが陰の人物なら、依頼者の名前は決して口に出さないはずだ。それにしても、まさかフェロールが忍者のようなことをしていたとは思わなかったな。ちょっとビックリだ。全然そんな素振りを見せなかったもんね。でも、デニス親方とアルフレッド先生は気がついていたようである。

「もしかして、ヨハンさんもそのことを知っているの？」

「もちろんですとも。ヨハンさんにも協力をしてもらわなければなりませんでしたからな」

「もしかして、知らなかったのはボクだけ？」

「ミュ」

「あ、ボクとミューだけ⁉」

ミューが自己主張してきたので仲間に加えておいた。もしかすると、世界樹さんもボクの仲間かもしれない。明日、聞いてみよう。

「フェロールさんがずいぶんと新しい屋敷作りに熱心でしたので、そのときに確信しましたよ。まあ、その前から、身のこなしが普通ではないと思っていましたけどね」

「お気づきでしたか。うまく隠《かく》していたと思っていたのですが」

「全然気がつかなかったよ。歩くときも足音がしていたもん」

「まあ、その足音がわざとらしかったのですけどね」

「なるほど、そうでしたか」

どうやらフェロールは足音を消す技術に熟達しすぎて、普通に足音を立てて歩くことができなくなっていたようである。それってフェロールがすご腕だってことだよね？　暗殺術とかをきわめていたりするのかな。ピアノ線で人をつり上げたりとかさ。

「デニス親方はどうしてフェロールが陰の人だって分かったの？」

「フェロールがやけに坊主が食べる物には慎重だったからな。それに酒もほとんど飲まねぇ。ドワーフの酒を飲んでも普通でいられるやつはほとんどいねぇはずだぜ」

「食べ物はともかく、お酒かぁ。さすがはドワーフってところだね。目の付け所が違う」

そしてさすがは世界樹さんが呼び寄せた、ボクの護衛なだけはあるな。これはもしかして、世界樹さんはボクが狙われる恐れがあることを知っていたのかもしれない。そうなると、当然フェロールの裏事情も知っているわけで。

どうやら知らなかったのはボクとミューだけだったらしい。無知トリオ、即、解散。今日からは無知ブラザーズだね。

「まあ、そんなところだな。フェロール、俺たちはもう一蓮托生だろう？　もっと信頼してくれてもいいんじゃないのか？」

「デニスの言う通りですね。フェロールさんは自分の命を捨ててでも、と思っているかもしれませんが、そんなことをすればリディルくんが悲しみますよ。それくらいはあなたも分かっているでしょう？」

「そうだよ、フェロール。フェロールはボクの大事な家族なんだからさ」

「リディル様……」

フェロールの目がなんだかウルウルとしている。なんだかつられてボクまで泣きそうになってきたぞ。なんとかこらえないと。またみんなを心配させてしまうことになる。

「それじゃ、フェロールは具体的にはどんな風に守りを固めたいと思っているの？」

「部外者が簡単にこの屋敷へ入り込めないようにしたいところですな」

「なるほど。でも、この屋敷が大きくなると、それだけ新しい人を雇わないといけなくなるよね？」

ノースウエストの発展と共に、これからこの屋敷は進化していくことになるのだろう。そうなると当然部屋数は増えて、それに比例するかのように使用人が必要になってくるはずだ。

「その辺りは大丈夫ですよ。面接官は私が務めましょう。どんなに偽装していても、私の目はごまかせませんからね」

ほほ笑むアルフレッド先生。あの目は一体どうなっているのか。そしてどうしてそのことについてだれも聞かないのか。だれも聞かないからボクも聞きにくいんだよね。だれか聞いてくれないかな？

「それなら間違いはないな。あとは侵入者か。それについては俺に任せてくれ。ドワーフ流のお出迎え魔道具を設置しておくからよ」

「何それ。どんな魔道具なの？」

「しびれ罠《わな》だったり、動きが遅くなる罠だったり、恐怖で失神したりする罠だな」

「何それ怖い」

「ミュ」

あまりの恐ろしさにミューと抱き合った。それって、ボクたちは大丈夫な罠だよね？　これは「一人でお屋敷探検」とか、絶対にやらない方がよさそうだ。気をつけないと。

だが、これらの罠の名前を聞いて、フェロールはどこか感心するような顔をしていた。気に入ったのかな？

「そんな罠、何に使うつもりだったの？」

「工房に入る泥棒《どろぼう》対策だ。それでも罠を解除して入ってくるやつらもいるけどな。おかげでさらなる改良を重ねることになっちまう」

どうやらドワーフの社会ではいたちごっこが繰り返されているようである。それなら罠も強力な物がそろっているんだろうな。

そのときの攻防を思い出したのか、フェロールが感心したのはそこなのかもしれない。目をつぶり腕を組んでうなずくデニス親方。

「あとは敵が大軍で来たときに備えないといけないな」

「大軍って、盗賊団《とうぞくだん》が襲ってくるみたいなことがあるってこと？」

「可能性はあると思うぜ。金さえあれば雇えるだろうからな。人族は数が多いだろう？」

「確かにそれはそうだね」

人族は他の種族に比べて圧倒的に人口が多い。それだけが人族の強みと言えるだろう。だからこそ、自分たちの種族同士で戦争をしたりするんだよね。お金さえ積めば、どんなことでもする人たちは大勢いる。それは間違いないだろう。

「場合によっては騎士団がくるかもしれません」

「騎士団って……それ本当なの、フェロール？」

「ありえると思います。ここは辺境《へんきょう》で、町の住人も少ない。町ごと消そうとするかもしれません」

フェロールの言葉にその場が静まり返った。どうやらアルフレッド先生とデニス親方もそこまでするとは思ってもみなかったようである。フェロールが言ったことはあくまでも可能性があるというだけの話で、実際にそれが起こる可能性はきわめて低いだろう。だが、どうやらゼロではなさそうだ。

「そのときは、魔法で迎撃するしかないですね」

「そのためにも、事前にそれを察知できるようにしておかないといけねぇ」

「デニス親方、事前に察知するって、どうするの？」

「もちろん魔道具を使う。そういった感知系の魔道具もあるんだぜ？　まあ、坊主には使う機会はなかったかもしれないがな」

「知らなかった」

「それはそうでしょうね。主に使っているのは、人族以外の種族でしょうから」

それってもしかして、人族が来たらすぐに分かるようにしていたのかな？　ありえるぞ。人族以外の種族がだんだんと発見されなくなってきたのは、その魔道具があるからなのかもしれない。人族が来たら、きっと見つからないように隠れていたんだと思う。

……もしかすると、だれにも気づかれないように人族を処分していたのかもしれないけど。

「それを設置すればフェロールも少しは安心できるようになるのかな？」

「まさかそのような魔道具があったとは。それはぜひとも備えつけていただきたいところですな」

「ところでさ、フェロールはこれまでどうやって調べてたの？」

「それは……申し訳ありませんが、教えることはできません」

「分かった。もう二度と聞かないから、そんな顔しないで」

フェロールが下唇をグッとかんでこらえている。明らかに心苦しいと思っている顔だな。きっとフェロールが学んだ陰としての掟《おきて》があるのだろう。フェロールには、その掟を破ると死んでしまうような呪《のろ》いがかけられているのかもしれない。

これからは二度と、フェロールの過去について詮索《せんさく》しないようにしよう。ボクは何も見なかったし、何も知らない。フェロールはこれまで通りの好々爺《こうこうや》のままである。

「ミュ」

「え？　ミューはそれがなんなのか気がついてるの？」

「ミュ」

「でもね、ミュー、それは言っちゃダメなことだから、みんなには内緒だよ」

「ミュ」

まあミューはしゃべれないんですけどね。よかった、ミューがおしゃべり大好きな神獣じゃなくて。

その日の夜は、新しい屋敷のベッドでミューと一緒に眠りについた。ミューはフワフワでモフモフで抱きしめて寝るととても気持ちがいい。間違いなく、ヒーリング効果があるね。

そしてアルフレッド先生が用意してくれたボクのベッドはとても豪華で寝心地がよかった。お城で使っていたベッドよりも。

いいのかな、こんなにすごいベッドを使っちゃって。ミューは気に入ったみたいなので、まあいいか。お休みなさい。

朝食が終わると世界樹さんに朝のあいさつへ向かった。今日はそのまま、世界樹さんの近くで朝練をすることになっている。

「世界樹さん、おはようございます」

「ミュ」

『おはようございます。今日は朝からおいしそうな香りがしていましたね』

「アルフレッド先生がパンを焼いてくれたんですよ」

『そうでしたか。エルフパンでしたか』

あれ、エルフパンって言うんだ。いつも食べているパンとは別物だと思ったけど、どうやら由緒正しいパンだったようである。

そしてどうやら、世界樹さんは匂《にお》いも感知することができるみたいだ。そう言えばボクたちの姿も見えているみたいだし、どこかに目があるんだよね？　どこにあるのか全然分からないけどね。

「世界樹さん、ここで剣術の練習をしてもいいですか？」

『もちろん構いませんが、何かあったのですか？　なんだかアルフレッドの様子が変ですが』

「ああ、えっと……」

そんなわけで、世界樹さんにもボクの命が狙われているかもしれないという話をしておいた。

世界樹さんの周辺が騒《さわ》がしくなるようなら、どこか遠くへ行った方がいいかもしれないな。そうなると、国を捨てることになるのか。いっそのこと、その方がいいのかもしれない。そうすれば、すべてのしがらみから解放されることになるよね？

『そうでしたか。リディル、何も心配はいりませんよ。私の力はまだ万全ではありませんが、この周辺のことであれば、それなりに知ることができますからね。何かあれば、アルフレッドとデニスに知らせましょう』

「ありがとうございます。あの、ボクには教えてくれないのですか……？」

『……』

なんだか分からないけど、頭の中にニッコリとほほ笑む世界樹さんの姿が映ったような気がした。

この映像は一体……？

アルフレッド先生と一緒に剣術の鍛錬をして、お風呂で汗を流したあとは、水路建設の続きに取りかかった。

水路建設予定地ではフェロールとヨハンさんがどこかやりきったような、いい顔をしていた。

「フェロール、水路の設計はどう？」

「問題なく終わりましたよ。あとはみなさまに掘っていただくだけです」

「さすがはフェロール。よくやってくれたよ。ヨハンさんもお世話になりました。あとはボクたちに任せて下さい。アルフレッド先生、デニス親方、よろしくお願いします」

「ミュ」

「え、ミューもやるの？」

「ミュ」

そう言ってから胸を張るミュー。ミューが手伝うのは難しそうなんだけど、ここでミューだけ、仲間外れにするわけにはいかないよね。そんなわけで、ミューも仲間に加えておこう。

「それじゃ、ミューもよろしくね」

「ミュ！」

「ふふふ、それでは、ミューに負けないように頑張らないといけませんね」

「ああ、そうだな。お互いにできることをやって、補っていこうじゃないか」

「水路が完成すれば、町の人たちも喜ぶと思いますよ」

みんなもやる気みたいだね。もちろんボクもだ。この水路を作る試験が終われば、今度はノースウエストの町の中を水路が通ることになる。

フェロールとヨハンさんには、また水路の設計をしてもらうことになるけど、今度は町の人たちも手伝ってくれると思う。

これからできあがる水路を見れば、きっと町の人たちも協力してくれるはずだ。そうなれば、加速度的に町に水路を張り巡らすことができるぞ。

あとはボクたちの頑張り次第だね。ここでしっかりとトレンチの魔法を身につけて、本格的な水路作りに備えておこう。


水路作りを開始した。まずは前回作っていたところから、川までつなぐ水路を掘り進めていく。今回はボク一人が魔法を使うわけではないので、サクサクと水路作りが進んでいくはずだ。

水路の設計を確認し、問題がないことをチェックしてから、それぞれが担当する区画を決める。もちろんボクが手がける範囲が一番短い。この区画はボクとミューが担当することになる。その区間の中には緩やかなカーブがあった。

「水路が曲がっている箇所は、いつも以上に気をつけて下さいね。掘りすぎたり、深すぎたりしたときは遠慮《えんりょ》なく、私かデニスを呼ぶように」

「分かりました！」

「ミュ！」

さあやるぞ。フェロールとミューを連れてその区画まで移動する。直線からのカーブ。そしてまた直線である。深さと幅を間違えないように慎重に掘り進めていく。ボクたちの区画は前回掘った場所のすぐ隣なので、深さも幅も、とても分かりやすくなっている。

水路にたまっていた水は、先ほどデニス親方がポンプを使って抜いてくれた。やっぱり便利だよね、ポンプ。

「それじゃ、まずはこの辺りまで掘ろう。ミューはしっかり見ててね」

「ミュ」

ミューが首を左右に振った。え、嫌なの？　どうして。

フェロールと二人で困惑していると、ミューがトコトコと水路建設予定地へと歩いて行く。

一体、何をするつもりなのだろうか。ミューの邪魔をしないように、なるべく忍び足でミューの後ろをついて行く。

フェロールは……フェロールもボクの後ろからついて来てた！　足音が全然しなかったから、気がつかなかったよ。

これがフェロールの陰としての力なのか。なんとなく、気配も希薄なような気がする。本当にそこにいるよね、フェロール？　ボクの見間違いじゃないよね？

ミューがテシテシと、水路建設予定地を足で踏《ふ》んでいる。結構、入念に行っているようだ。まるでこれから掘る場所を確認しているかのようである。

そして狙いが定まったのか、ミューが一歩下がった。

「ミユ！」

ミューの角が一瞬だけ光った。あっと思った瞬間には、ズモモモとミューが確認した部分がきれいに掘られていた。どうやらミューは精霊魔法が使えるようである。その出来具合を確認して、ミューがうなずいている。満足のいく結果だったようだ。

「すごいよ、ミュー！　精霊魔法も使えたんだね」

「ミユ」

「よ～し、これならミューと二人で水路作りができるぞ。穴掘り速度も倍になったはずだ。やるぞ～」

そうしてボクとミューは交代しながら水路を掘っていった。魔力を集めて、イメージを固めるのにはまだまだ時間がかかるからね。その「ため」の時間にミューが続きの穴を掘ってくれるのだ。

「よしよし、いい感じに進んできたぞ。次はいよいよ難関の曲がっている部分だね」

「ミユ」

「慎重に、ちょっとずつ、掘り進めないとね」

「リディル様、このくらいの距離で掘り進めれば大丈夫でしょうか？」

フェロールがカーブの部分に追加の補助線を入れてくれた。これなら問題なく曲がれそうな気がする。

急な角度にならないように気をつけながら、慎重にトレンチを使う。こんなとき、ガイアコントロールが使えたらよかったのにね。でもあれは難易度の高い魔法だ。きっと今のボクがマスターするのは無理なんだろうな。それよりも、今はトレンチをしっかりと使えるようにならないとね。

なんとかカーブ区間を通過することができた。見た目は少しカクカクしているけど、実際に水が流れ始めれば、角張った部分が削《けず》れて、いい感じのカーブになるのではないだろうか。あとはこのまま直線で掘って、デニス親方が掘っている水路へとつなぐだけだね。

「ゴールが見えてきたぞ。もうちょっとだね、ミュー」

「ミュ！」

「やはり精霊魔法は便利ですな。これを人力でやろうと思ったら、どれだけの人手が必要になることやら。少人数でも作業はできますが、それだといつ完成するか分かりませんからな」

ボクとミューに感心しているフェロール。この感じだと、やっぱりフェロールは魔法が使えないみたいだね。フェロールの持つ、「陰の力」は、どうやらボクの知らない、何かしらの力を利用するみたいだ。忍術みたいなものなのだろう。きっと。

「おう、坊主、思ったよりも早かったな」

「フッフッフ、ミューが手伝ってくれたからね！　それにフェロールも」

「ミュ！」

「なんだと⁉」

「わたくしは線を書き足しただけですよ」

驚くデニス親方にカラクリを説明する。神獣が精霊魔法を使えることを知って驚いていた。どうやら神獣の生態については、まだまだ知られていないみたいだね。

もしかすると、ミューの観察日記をつければ、貴重な研究資料として何かの役に立つかもしれない。

「ミユ？」

「ミューのそのかわいらしい姿を残しておきたいな～。あーあ、こんなときにカメラがあればよかったのに」

言ったところでしょうがないな。ない物はないのだ。でもどうせなら、カメラよりもホログラムの方がいいかな？

この話をデニス親方にすると、きっと目の色を変えることだろう。言わない方がよさそうだ。水路の建設をそっちのけで作りそう。今は我慢して、ミューの姿を絵に描くだけにとどめておくとしよう。

そうしてデニス親方と一緒に作業をしているとアルフレッド先生がやってきた。どうやら向こうはもう終わったようである。

さすがはアルフレッド先生。ボクの手がけた場所の倍以上はあったはずなのに、もう終わっているだなんて。

「どうやらリディルくんの方も、無事に完成したようですね」

「はい。ミューに手伝ってもらったおかげです」

「ミユ！」

後ろ足で立ち上がり、鼻をツンと上げて、どうだと言わんばかりに胸を張るミュー。鼻高々だね。

かなりのご機嫌だ。ミューに手伝ってもらってよかった。そうでなきゃ、今のドヤ顔のミューを見られなかったかもしれない。この姿も残しておかないとね。

「さすがはミューですね。デニスの方ともつながりましたし、これで水路は完成と言ってよいでしょう。あとはグルリと見て回ってから、実際に水を流してみるだけですね」

そんなわけで、みんなで水路の確認を終えてから、ポンプを設置してある場所へと向かう。もちろん問題はなし。ボクが苦戦したカーブの部分も、アルフレッド先生とデニス親方が手がけたところではとてもきれいな曲線を描いていた。いつかボクも、同じようにできたらいいな。

川に設置してあるポンプのスイッチをオンにする。配管を流れる「ドドド」という水の音がしたかと思うと、排水口から勢いよく水が飛び出してきた。思わずミューを抱きしめる。

「相変わらず勢いがすごいですよね」

「それは言えてますね。もう少し緩《ゆる》やかでもいいのではないですか、デニス？」

「ガッハッハ！　そうだな、それじゃ、ちょっと改良して、もう少し水の勢いを弱くすることにしよう」

デニス親方がポンプをどうにかしたらしく、水の勢いが先ほどよりも弱くなった。それでも結構な勢いがあるので、排水口には注意する必要があるだろう。

しばらくすると、水路に水が流れ始めた。問題なく水は流れているみたいだね。

「問題なさそうだね」

「これなら大丈夫でしょう」

「ここから畑作りか。酒が飲めるようになるまでにはまだまだかかりそうだな」

デニス親方の発言にみんなで笑い声をあげた。もちろんデニス親方も笑っている。早くノースウエスト産のお酒ができる日がくるといいね。

水路の完成はノースウエストにとって、とても大きな一歩だぞ。ここからみんなの豊かな生活が始まるのだ。

あとはこの水路を町へ通して、どこでも水を使えるようにする。そしたらまずは大浴場を作るぞ。それからできれば水洗トイレも。そうなると下水道も必要だね。やることはまだまだたくさんある。休んでいる場合じゃないぞ。

＊＊＊＊

「おはようございます。領主様はいらっしゃいますか？　畑で採《と》れた野菜を持ってきたのですが」

「おお、今日も来たのか。リディル王子殿下は昨日、引っ越したのだ。新居まで案内するぞ」

「ありがとうございます？」

町の住人は混乱した。初めて聞く話だったからである。新居？　いつの間にそのような物を建てていたのだろうか。それに、領主様が来てから、それほど時間は経過していない。新しく家を建てたにしては早すぎる。

首をかしげながらもヨハンのあとについて行くと立派な屋敷が見えてきた。それはヨハンの家よりも大きく、どこか異様な雰囲気を醸し出していた。

「いつの間にこんな物を建てたのですか⁉」

町の住人が驚く様子を見てうなずくヨハン。デニスが屋敷を建てているところを見ていたので少々感覚がマヒしていたが、やはり建つのが早かったのだと思い直した。

「ドワーフのデニス様が建てたのだ。さすがはドワーフと言ったところだな」

「屋敷、ではなさそうですね」

「いや、これは屋敷だそうだぞ。リディル王子殿下がそう強く主張したのでな。間違ってはいかんぞ」

「は、はぁ」

どう見ても砦にしか見えない屋敷に言葉が詰まった。領主様は一体何をするつもりなのか。ノースウエストをこの国有数の大きな街にでもするつもりなのだろうか。

「リディル王子殿下、町の者が新鮮《しんせん》な野菜を持ってきてくれましたよ」

「ヨハンさん？　あ、いつもおいしい野菜をありがとうございます！」

ヨハンの声に気がついて、リディルが飛び出してきた。礼儀《れいぎ》正しくあいさつをするリディル。身分などまったく気にしないリディルの様子を見て、ヨハンたちはさらに好感度を上げた。

「いえ、とんでもありませんよ、領主様。喜んでもらえてとてもうれしいです。それにしても、なかなか立派な屋敷ですね？」

「そうでしょう？　どこからどう見ても、すごい屋敷ですよね！」

力強くそう宣言したリディルを見て、町の住人は「これは砦ではない。屋敷だ」と心に刻んだ。

もちろん家に戻ってから、家族に領主様が新居に引っ越したことを話した。そして砦みたいな見た目だが、あれは屋敷だとしっかりと言い聞かせたのであった。

その話はすぐに町中に広まり、「まるで砦のようだが、あれは屋敷」という暗黙の了解が定められることになった。

なお、屋敷を見たトルネオはあまりの砦のような見た目に腰を抜かしていた。

「ノースウエストの領主様は一体どこへ向かうつもりなんだ……」

幕間 ✦ リディルの知らない世界

念願の水路を作り上げ、満足そうな表情でリディルが眠りについたころ。

ノースウエストの町の外に、どこからともなく黒い影が現れた。

最初にそれに気がついたのは世界樹《せかいじゅ》だった。すぐにアルフレッドとデニスに侵入者が現れたことを警告する。

「やはり来ましたか。事前にフェロールさんと確認が取れていて、本当によかった。手加減する必要がありませんからね」

怒りの感情を抑《おさ》え込もうと、思わずつぶやいたアルフレッド。この騒ぎにリディルが気づかないように屋敷の周りに防音の魔法を使うと、剣を腰に帯び、静かに窓から外へと飛び出した。

念のためデニスを呼びにいくか？　そう思っていたところで、工房から何者かが出てくる音をその長い耳が拾った。デニスだろうと当たりをつけたアルフレッドはそのまま風のように、ノースウエストの町の外《はず》れへと急いだ。

「おや、アルフレッド殿《どの》ではありませんか。まさか気づいていたとは思いませんでした。さすがはエルフですな」

「違いますよ。世界樹から連絡があったのです。そうでなければ、これほどの距離からでは、さすがに気がつきませんよ」

「そうでしたか」

黒い影はジワジワと距離を詰めつつあった。その動きに乱れはない。念のため、アルフレッドが探知魔法を使うと、やはり町の住人ではなかった。そのわずかな足音から、暗殺者であると結論づけた。

「おう、早いな。俺《おれ》が最後か」

「デニス殿もいらっしゃったのですか。それではリディル様の守りが少々、不安に……」

「心配ないさ。ミューがいるからな。その前に、ここは通さん」

「確かにそうですな」

余裕の表情を見せるアルフレッド、フェロール、そして、デニス。そのことに気がついていないのは、ノコノコとやってきた暗殺者たちである。

「事情を聞きたいところですな。一人は生かしてもらっても?」

「そうですね。精霊魔法で聞けばすぐでしょう。それが終わってから片づけることにしましょう。さすがに屋敷へは連れていけません」

「それもそうだな。坊主に見つかったら大変だ。坊主のことだ。命だけは助けてくれって絶対に言うぜ」

「間違いありませんね。リディルくんならそう言いそうです。悪《あ》しき人には心なんてないのに」

まるで汚物《おぶつ》でも見るかのような目で、アルフレッドが暗闇《くらやみ》の先を見つめた。

エルフにも悪いことを考える者はいるが、人族ほどではない。その考えはドワーフのデニスも同じだった。

「ところでフェロールさん、どうやって侵入者が来たことを知ったのですか？　世界樹から教えてもらったわけではないのですよね」

「それは秘密、と言いたいところですが、お二人になら話してもいいでしょう。これですよ」

そう言ってフェロールが手を振ると、暗闇に紛《まぎ》れてブーンという羽の音がした。その羽音を聞いて、納得するアルフレッドとデニス。

「なるほど、虫を使っているのですか。ウワサでは聞いたことがありますが、実際に見たのは初めてですね」

「アルフレッドはよく知っているな。仕掛けは分かったが、とても信じられねぇな」

「それはそうでしょうな。秘中の秘ですから」

再びフェロールが手を振ると、虫はどこかへと飛び去って行った。そろそろ彼らの防衛ラインに暗殺者が入り込む頃合いである。

フェロールはどこからともなく二本のナイフを取り出し、アルフレッドが剣を抜いた。デニスがマジックバッグから、巨大なオノを取り出した。

「アルフレッド、念のため聞くが、防音の精霊魔法は使っているんだろうな？」

「もちろんですよ。この場所にも、屋敷にも、どちらにも使ってありますよ」

「防音の精霊魔法……便利な精霊魔法があるものですな」

そしてついに暗殺者が防衛ラインを越えた。音もなくフェロールが消えると、アルフレッドとデ

ニスは互いに顔を見合わせて、暗殺者のところへと向かった。

戦いはすぐに終わった。それに気がついた町の住人はだれ一人としていなかった。

「さて、あとはこの方に尋《たず》ねるだけですね」

「くっ、殺せ！」

「もちろんそのつもりですよ。ですが、その前に得られる情報はすべていただきます」

「穴は準備しとくから、そっちはアルフレッドとフェロールに任せたぜ」

すでにオノを片づけたデニスが闇《やみ》に消える。さっそくアルフレッドとフェロールは、その暗殺者から詳しい事情を聞くことにした。


「さて、これは困りましたね。フェロールさん、あなたの能力で情報を集めることはできますか?」

「さすがにここから王都までは遠すぎますな。ですが、ご安心下さい。実行に移されたことを知れば、動かせる人もおりますからな」

「なるほど。それでは私も古い知人を頼ってみることにしましょう」

「こりゃ早いところ、町の外にも魔道具を設置しなくちゃいけねぇな」

それぞれがやるべきことを確認すると、三人はそろって屋敷へと戻って行った。

一方そのころ、屋敷では、スヤスヤと寝息を立てるリディルの枕元《まくらもと》で、ミューが結界の魔法を発動させていた。

「ミュ」

「う〜ん、これならみんなも喜んで……」

「ミュ」

町の外から感じていた殺気は先ほどから消えている。だが、その夜、ミューが眠りにつくことはなかった。

なお、リディルに暗殺者が差し向けられたことを知るのはこの場にいる三人と、世界樹、そしてミューだけだった。

ノースウエストの町は静かに眠り続けている。

第七章 ✦ ブドウとワイン

「う〜ん、ムニャムニャ〜、あれ、ミュー、もう起きてるの？」

「ミュ」

「どうしたの？　今日はずいぶんと早いよね」

カーテンのスキマからわずかに差し込む光は弱々しい。まだそんなに日が昇ってはいないような気がするんだけど。

それになんだか、張り詰めたような空気を感じる。

「ミュー、何かあったの？」

「ミュ」

首を左右に振るミュー。どうやら何もなかったようである。ボクの思い過ごしかな？　カーテンを開けると、山の向こうから日が昇り始めているところだった。

まだ起きるのには早い時間だよね。そんなわけで、なんだかいつもよりキリッとしているミューを抱きしめた。

ああ、なるほど。いつも抱《だ》き枕《まくら》にしているミューがいなかったから、変な感じがしたのか。たぶんそう。きっとそう。

身だしなみを整《ととの》え、食堂として使っている客間へ行くと、そこにはすでにアルフレッド先生の姿があった。フェロールの姿が見えないけど、たぶん朝食を作っているんだろうな。

「おはようございます、アルフレッド先生」

「おはようございます、リディルくん。昨日はよく眠れましたか？」

「はい。よく眠れました」

「それはよかった」

ボクも少しは手伝った方がいいのかもしれない。料理は作れるんだけどね。危ないからと言って、近寄らせてもらえないのだ。もしかすると、ボクが料理できることを証明すれば、これからは手伝わせてもらえるかもしれないぞ。

そう思ったボクは料理場へと向かった。そこにはやはりフェロールの姿があった。

「おはよう、フェロール。ボクも手伝うよ」

「おはようございます、リディル様。大変ありがたいお話ですが、リディル様の手を汚すわけにはいきません。お気持ちだけで十分です」

「ボクだって料理を作れるんだからね」

一歩も引かないぞ、という覚悟が伝わったのか、フェロールがしぶしぶ手伝わせてくれた。葉物野菜をちぎって、お皿の上に並べるだけの作業だったけど。

確かに料理を作っているのかもしれないけど、なんか違う。

アルフレッド先生に頼んで、一緒にパンを作らせてもらおうかな？　アルフレッド先生なら、きっと手伝わせてくれるはずだ。

野菜サラダを食堂へ運ぶと、そこにはデニス親方の姿があった。早いな。普段は起こしに行くまで眠っていたはずだけど。

「おはよう、デニス親方。今日はちゃんと起きられたんだね」

「おはよう。そりゃもちろんだぜ。毎回、坊主に起こされるようなヘマはしないさ」

苦笑いするデニス親方。そんなデニス親方の様子にちょっと首をかしげながら、みんなで朝食を食べ始めた。

「アルフレッド先生、水路が完成したので、次は畑作りですよね？」

「そうなりますね。そうなると、次はガイアコントロールを教えることになりそうです」

「ガイアコントロール！　ボクにも使えるようになりますか？」

「トレンチを使いこなせるようになったリディルくんなら、なんとかなるかもしれません」

アルフレッド先生にそう言われて、思わず転びそうになった。どうやら可能性はあるみたいだけど、確実ではないらしい。

それでもいいか。新しい精霊魔法が使えるようになるかもしれないというだけでも十分だ。

あれ？　よく見ると、アルフレッド先生の目の下にクマができているような気がする。デニス親方にも。フェロールはいつも通りの顔みたいだね。

夜、眠れなかったのかな？　それなら今夜は安眠できるように、ミューを貸してあげようかな。

ミューを抱いて寝ると、ぐっすり眠ることができるからね。

「坊主、昨日の夜はよく眠れたか？」

「え？　うん。よく眠れたけど……デニス親方はよく眠れなかったみたいだね」

「いや、そんなことはないぞ？」

そう言いながらも目を泳がせているデニス親方。これはもしかして……夜寝ずに何か作ってた？

「デニス親方、夜の間に物づくりをしてないよね？」

「し、してないぞ？　そうだよな、アルフレッド」

「どうして私に話を振るのですか。デニスが夜に何をしていたのかなんて知りませんよ」

「た、確かにそうだな」

動揺《どうよう》するデニス親方。これは寝ずに作業をしたに違いない。もう、デニス親方は本当に物を作るのが好きだよね。ヤレヤレだよ。

「デニス親方、あまり夜遅くまで起きているのは体によくないよ」

「そ、そうだな。これからはちゃんと気をつけることにするよ」

「そうしてほしい。デニス親方が無理して体を壊すなんて、ボク、嫌だからね」

「お、おう、もちろんだ。ありがとうな」

なんだか微妙な顔をしているデニス親方。あれ？　ボク、なんか間違ったこと言ったかな。気になってみんなの顔を見ると、他のみんなも微妙な顔をしていた。ミューも。

どうして。

そんな感じの、なんだか少し納得がいかない朝食を終えたところで、今日の作業を開始する。王城にいたころは色々とうるさく言ってくる人たちがいたけど、ここでのボクは自由だ。好きなことをしても怒られることはない。

まずは世界樹《せかいじゅ》さんに朝のあいさつだな。そのあとは、アルフレッド先生から剣術を教えてもらって、それから水路の確認と畑作り、ああ、マジックバッグの続きも作らないと。

やることがたくさんあるな。でも、自分でやりたいことを選ぶことができるって素晴らしい。

デニス親方は屋敷《やしき》に手を加えるようだ。何か面白《おもしろ》いことを思いついたのかもしれないな。フェロールとヨハンさんはノースウエストを通り抜ける水路の設計に着手するようだ。

まずは予定通りに世界樹さんのところへと向かった。もちろんミューも一緒だ。

「世界樹さん、おはようございます」

『おはようございます、リディル。昨日の夜はよく眠れましたか?』

「よく眠れましたけど……?」

なんだろう、このデジャビュな感じ。世界樹さんを含めて、三回聞かれたような気がする。どうしたの。昨日の夜って、雷でも鳴ってたのかな?

『それならよかった』

「世界樹さん……」

『な、なんでしょうか?』

ジッと世界樹さんを見つめる。なんだか冷や汗をかいているように見えるのはボクだけなのだろうか？　そんな幻想が見えるのはボクだけだよね、たぶん。

「昨日の夜、何かあったんですか？」

『何か、とは……？』

「夜、雷が鳴ってたとか？」

『ああ、そう、そうなのですよ。昨日の夜は雷がゴロゴロと鳴っていて、リディルが震えてないか、心配だったのですよ』

ムム！　確かにまだ七歳だけど、雷に怖がるような子供じゃないぞ。そうやって、子供扱いする！

「大丈夫です。雷が鳴っていることなんか、全然気になりませんでしたよ。ミューと一緒にぐっすり眠ってました」

『それならよかった。他のみんなも、リディルのことを気にしていたんじゃないですか？』

「……確かにそんな感じでした。もう、ボクはそんなに怖がりじゃないのに」

まさかアルフレッド先生たちからも同じように思われていたとはね。

ん？　なんだか今、世界樹さんがホッと息をつかなかった？　気のせいかな。

世界樹さんにあいさつをすませてから屋敷に戻ると、アルフレッド先生とデニス親方、そしてフェロールが何やら頭を寄せて話していた。

「戻りました。どうかしたんですか？」

「お帰りなさい。何でもありませんよ。みんなの今日の予定を聞いていただけです」

「そうなのですね」

時間は有限だからね。みんなの予定を知っておくのはいいことのはずだ。もしかすると、今日のお昼の担当を決めていたのかもしれないな。

「それではリディルくん、剣術の訓練を始めましょうか。そのあと、畑作りへ向かいましょう」

「分かりました。よろしくお願いします！」

そこからはアルフレッド先生に剣術を習い、そのままサウナ室でいい汗をかいてから、畑作りに向かった。

「この辺りにしましょうか。前にこの周辺の土壌を調べたときに、ブドウを育てるのによい場所だと思っていたのですよ」

「エルフのブドウですね！　楽しみです」

「ミュ！」

ミューも楽しみなようである。耳をパタパタさせて空を飛んでいた。ここでブドウが育つようになれば、ワイン造りもきっとはかどることだろう。ノースウエストでのお酒第一は、キミに決めた！

そしてブドウはそのまま食べたり、ジュースにしたりすることもできる。つまり、ボクとミューのおなかにも入るということである。頑張るぞ。

「まずは私が土を耕《たがや》しますので、よく見てて下さいね。土の塊《かたまり》がなくなり、均一な土ができあがるように想像して下さい」

そう言ってから、アルフレッド先生が集中し始めた。

珍《めずら》しいな。アルフレッド先生が集中するなんて。いつもはサラッと精霊魔法を使うのに。それってもしかしなくても、ガイアコントロールで土を耕すのがものすごく難しいってことだよね？

アルフレッド先生がしばらくの間、ジッと土を見つめたところで、ガイアコントロールを使った。

目の前の土がモコモコと動いたかと思うと、まるで腐葉土《ふようど》に置き換わったかのような土が出現した。

「すごい！　どうなっているのか全然分からないですけど、肥沃《ひよく》な土壌《どじょう》のような気がします」

「ミュ！」

「分かりませんでしたか～。これは時間がかかりそうですね。それではこれからは、畑作りと、新たな水路建設を並行して進めて行った方がよさそうですね」

ボクの正直な感想を聞いたところで、アルフレッド先生の顔が苦笑いになった。ボクもそう思います！

今度はボクの番だ。平らな地面の前で、デニス親方と同じようなポーズをする。両手をパンと合わせて、腰を少し落とす。しっかりとね。太ももがプルプルしているけど。

イメージしろ。アルフレッド先生が作った畑と同じように、地面を耕すんだ。土を均一な粒にしろ！　十分に魔力が集まり、イメージできたところで精霊魔法を発動させる。

「ガイアコントロール！」

ブワッと体から魔力が抜けていく感覚。どうやら精霊魔法は問題なく発動したようである。

……発動したみたいなんだけど。

「あ、あれ？　なんだか変わった様子が見られないんですけど」

「ミュ」

「そのようですね。魔力はしっかりとリディルくんから流れ出ていましたよ」

そう言いながら、アルフレッド先生が地面を調べ始めた。アルフレッド先生の手から、サラサラと砂が流れ落ちる。

「これはまずいですね。レイン！」

慌てた様子のアルフレッド先生が精霊魔法を使うと、ボクがガイアコントロールを使ったと思われる場所に、雨が降りそそいだ。

すごい！　まさか、雨を降らせる精霊魔法があるだなんて思わなかった。

空を見上げてみたが、雲なんてなかった。不思議。

「これでよし」

フウ、と大きく息を吐き出したアルフレッド先生。ボクが使ったガイアコントロールによって、土に含まれていた水分が全部抜けてしまったようである。どうやら土の質が均一になるようにと、意識しすぎたみたい。

その結果、小さくて、均一な粒になってしまったようだ。

「ごめんなさい、アルフレッド先生。失敗してしまいました」

「謝る必要はありませんよ。リディルくんが失敗することも考慮《こうりょ》した上で、私がここにいるのですからね」

そう言って笑うアルフレッド先生。でも悪いことしちゃったな。地面はびちょびちょになってしまったし、しばらくはこの場所は使えないような気がする。

先ほどからそのドロドロの地面にダイブして遊びたそうにしているミューを抱《かか》えながら、残念な気持ちになってしまう。でも、切り替えないと。暗い気持ちになるのはダメだよね。

「アルフレッド先生、雲がなくても雨を降らせることができるのですね」

「もちろんですよ。雲が雨を降らせるのとは、まったく別の原理で雨を降らせていますからね」

それはつまり、魔力を雨へと変換したということなのかな？　それはそれですごいと思う。さすがは精霊魔法。ボクの知らない精霊魔法はまだまだたくさんありそうだね。

その後も別の場所へ移動して何度かガイアコントロールを使ってみたが、全然うまくいかなかった。

「リディルくん、今日の精霊魔法の練習はこのくらいにして、ブドウを植えることにしましょう」

「分かりました」

残念だけど、しょうがないよね。まだまだボクの修業が足りないようである。

アルフレッド先生がマジックバッグの中から鉢植《はちう》えを出した。ブドウの実はついていないようである。それを見たミューがちょっとガッカリしていた。

「このブドウは魔力を与えるとよく育つという性質を持っています」

「さすがはエルフのブドウですね。それなら、ボクが魔力を与えても育つってことですよね？」

「そうなりますね。それでは、この場所に移し替えたら、一緒に魔力を送り込みましょう」

「はい！」

「ミュ！」

ミューと一緒に元気よく返事をする。精霊魔法を自由自在に使えるようになるまでには、まだまだ時間がかかりそうだ。だけど、魔力を集めるだけなら、思い通りにできるようになっている気がする。

ここでアルフレッド先生にいいところを見せて、少しは安心させてあげないといけないな。

アルフレッド先生と一緒に鉢から畑へとブドウを移し替えた。数はそれほど多くなかったのですぐに終わった。これからどんどんブドウを増やすつもりなので、畑にはあらかじめ支柱となる木や、ロープを張り巡らせている。

ちょっと泥《どろ》だらけになっちゃったけど、やり遂《と》げたぞ。ミューもいい顔をしている。

「あとは水をあげて……」

じょうろで水をあげるかのように、レインを使うアルフレッド先生。さすがだね。レインをきわめると、あんな風に、自由自在に水を変化させることができるんだね。

少しでも何かを得られるように、しっかりとその光景を目に焼きつけておく。いつの日か、レインの精霊魔法を教えてもらうときに役立つように。

「さあ、下準備は完了しましたよ。それではさっそく魔力を与えることにしましょう。そうすることで、枯れずにスクスクと元気に育つようになりますよ」

「それはすごいですね。大きく育てば、挿《さ》し木《き》でたくさん増やすことができるようになりますよね？」

「ええ、その通りですよ。たくさん増やして、町のみんなにも食べてもらいましょう」

「ボク、頑張ります！」

よ～し、やるぞ！　ボクには魔力をたくさん集める力があるみたいだからね。

その能力をいつ発揮するか？　今でしょ！　まずはアルフレッド先生がお手本を見せてくれた。

祈るようなポーズで魔力を両手に集めると、その手でそっとブドウの木の幹《みき》に触れた。

フワッとした風のような何かが、ボクのほおをなでていった。これは魔力なのかな？　いつもとは違う感じの魔力だね。でも、なんだかブドウの木が喜んでいるみたいだ。枝や、葉が、なんだかツヤツヤしている？

「どうですか？　何か感じるものがあればよいのですが」

「ブドウの木が喜んでいるみたいです」

「ミュ」

ボクの返事に、アルフレッド先生が温かい笑顔を向けてくれた。どうやらボクの答えは間違ってはいなかったみたい。きっとアルフレッド先生にも、ブドウの木が喜んでいるように見えているのだろう。

「それでは、次はリディルくんの番ですよ。私がやったように、手のひらに魔力を集めて下さい。そしてそれをプレゼントするような気持ちで与えるのです。そっとですよ」

「分かりました」

集中集中。精神を統一して、自分が自然の一部になったような気分になる。そして周りから、少しずつ、魔力を集めるようなイメージで。

みんなの魔力をちょっとずつ、ボクに分けてほしい。お礼は、何がいいかな？

「ミュ」

「ちょっと、リディルくん!?」

「え？　えっと、すぐにプレゼントします！」

「あ……」

スルリと体から魔力が抜けていく感覚。そして魔力を与えたブドウの木さんからは「ありがとう」の声が聞こえた。どうやらみんなから魔力をもらったお礼を、少しは返すことができたみたいだね。

そう思っていたんだけど。

「ちょっとリディルくん、下がって！」

「わわわ！」

「ミユ！」

ミューを抱えたボクをアルフレッド先生が抱えて、後ろへと大きく飛びのいた。目の前では、地面からニョキニョキとブドウの木が生えている。それもたくさん！　ブドウの木って、地下茎《ちかけい》で増えるんだったっけ？

いいや、違うぞ。このブドウの木は「エルフのブドウの木」だ。エルフ族のアルフレッド先生が持ち込んだ木なのだ。ボクの知っているブドウの木と同じように考えてはいけないような気がする。

ボクが魔力を与えたブドウの木は大きく生長し、すでにたくさんのブドウが実っていた。しかも、どれもすごくキラキラと輝いている。とってもおいしそう！

「ミユ！」

「おいしそうだよね」

「おいしそうだよね、ではありませんよ。ほら、見て下さい。新しく芽《め》を出したブドウの木にも実《みの》り始めましたよ」

「すごい、どうなっているのですか？」

「どうもこうも……」

アルフレッド先生が苦笑いを浮かべている。そうだよね。どうもこうもないよね。原因は間違いなく、ボクが魔力を与えすぎたからだと思う。これなら町の人たちにも、おいしいブドウを食べさせることができそうだ。

しばらくして、ブドウの木の生長が止まった。今ではアルフレッド先生が耕した畑をブドウの木が占領している。結構な広さがあったはずなのにビックリだ。

これじゃ、他の作物を試しに植えることはできなそうだね。

「もう大丈夫でしょう」

「あの、ごめんなさい」

これはさすがにまずいと思ったボクは素直に謝《あやま》った。もうどうしようもないけど、ちゃんとけじめはつけておかないといけない。

だが、アルフレッド先生が優しい笑顔で首を左右に振ってくれた。

「謝る必要などありませんよ。これならすぐにでも、ワイン造りを始めることができるでしょう。町のみんなにも食べてもらえる。悪いことなど、何もないですよ」

「ミュ」

ミューも「そんなことはないぞ」と言ってくれているような気がする。ありがたい。

これから魔力を与えるときは気をつけないといけないな。いい勉強になったと思うことにしよう。

「どうやら私は、世界樹の守り人《もびと》の力をまだまだ甘く見ていたようですね」

「これも世界樹の守り人の力なのですか？」

「まだ推測《すいそく》の段階ですが、植物を育てる力があるのかもしれません」

「そう言えばブドウの木さんから、ありがとうって聞こえたような気がしました」

「なるほど。それは興味深い話ですね」

アルフレッド先生がうなずいている。どうやらアルフレッド先生も、世界樹の守り人がどんな力を持っているのかを正確には知らないようである。ボクにいたってはまったく分からない。これから明らかになるのかな？

「ミユ、ミユ！」

「おっと、そうだね。アルフレッド先生、ブドウの味見をしましょう。ミューも食べたいみたいですし、ボクも食べてみたいです」

「ミユ！」

「そうしましょうか。私もここまでの輝きを放つブドウを見たのは初めてですよ」

アルフレッド先生の反応からして、エルフのブドウが輝いているのは、別におかしなことではないみたいだ。

ハッキリ言わせてもらえると、王城では輝くブドウなんて、一度も出されたことはなかったぞ。

「すごい。本当にキラキラ輝いてる。気のせいじゃなかったんだ」

「ミュ、ミュー！」

「あ、ちょっとミュー！」

お行儀も悪く、ミューがそのままブドウにかぶりついた。その瞬間、ミューが叫んだ。両手をほおに当てているところを見ると、ほっぺたが落ちるほどおいしかったのだろう。

我慢《がまん》できなくて、ボクもミューのまねをして、パクリと食べる。

「ん、何これ、甘くておいしい！」

「これは……とんでもないおいしさですね。エルフの里で食べた、どのブドウよりもおいしいですよ！」

そのまま食べたボクとミューを見て、苦笑いしていたアルフレッド先生だったけど、一口ブドウを食べると、目を大きくして輝かせた。

これはすごい。早くみんなにも食べさせてあげないと。

さすがにボクたちだけでは全部を収穫《しゅうかく》することはできないな。そのため、ある程度の数を収穫し、アルフレッド先生のマジックバッグへ入れておいた。もちろん、みんなにも食べてもらうためだ。

「アルフレッド先生、もうすぐお昼ですね。みんなに食べてもらうのには、ちょうどよさそうです」

「そうですね。少し早いですが、戻ることにしましょう。デニスとも話し合わなければならないでしょうからね」

確かにそうだ。ブドウを収穫できるようになったのなら、次はもちろんワイン造りだ。そのためには、どうしてもデニス親方の力が必要になってくる。

さらにいくつかブドウの粒をつまみ食いしたミューを連れて屋敷《やしき》へと戻る。ちょっと早く戻ってきたボクたちと、ご機嫌のミューを見て、デニス親方が首をひねった。

「おう、早かったな。何かいいことでもあったのか？」

「ミュ、ミュ！」

「アルフレッド先生、デニス親方に収穫したブドウを見せてあげて下さい」

「はいはい」

「ブドウだぁ？　畑を作っていたんじゃなかったのかよ」

首をかしげるデニス親方の前に、アルフレッド先生がマジックバッグからブドウを取り出した。

光り輝くブドウである。ミューが飛びつかないように、しっかりと捕《つか》まえておく。

光り輝くブドウを見たデニス親方。目の色が変わった。

「おい、こりゃなんだ？　いつの間にエルフはこんなブドウを開発していたんだ。初めて見るぞ！」

「初めて見るのは当然ですよ。私も初めて見ましたからね」

「……どういうことだ？　うまい！」

「ミュー！」

パクリとブドウを一粒食べたデニス親方がそう叫んだ。自分の食べる分がなくなると思ったのか、ミューがすごい力でボクの腕から抜け出すとブドウに飛びついた。

「おい、こら、ミュー！　これは俺《おれ》のだぞ」

「ミュ！」

ブドウを取り合う二人。これは争い事の種になりそうだぞ。

ミューと格闘しているデニス親方に事の次第を報告する。最後にアルフレッド先生が「世界樹の守り人の力なのかもしれません」と言うと、納得したのか、デニス親方が大きくうなずいていた。

なお、ブドウは半分くらいミューに取られていた。ドンマイ。

昼食の時間になり、屋敷へと戻ってきたフェロールにもエルフのブドウを見せる。フェロールはテーブルの上に置かれているブドウをきれいに二度見した。

「な、なんですか、このブドウは⁉　このような輝くブドウは王城にいたときでも見たことがありませんよ。これは一体？」

「これはエルフのブドウだよ。まあ、ボクがちょっと魔力を与えすぎたこともあって、少し輝いているけどさ」

「少し……？」

疑うような顔になったフェロールに、午前中にあった出来事を話した。理解はしてくれたようだが、納得はしていない顔だね。その気持ちはボクも分かる。だってボクだっていまいち納得できていないからね。

「リディル様、このブドウをどうするのかは決めておられるのですか？」

「そう言えばまだ決めてないね。とりあえず、町のみんなに食べてもらうのは決定してるけどさ」

「うーむ、まずはそこからですな。収穫したブドウは領主であるリディル様が管理するということでよろしいのですかな？」

フェロールがアルフレッド先生の方を見た。そうだよね。元はアルフレッド先生が持ってきた「エルフのブドウの苗木」が始まりだからね。あのブドウの木の所有権はボクではなくて、アルフレッド先生にあると言っても間違いはないだろう。

「もちろん構いませんよ。あの土地を所有しているのは私ではなく、リディルくんですからね。私としては、収穫したブドウを少しいただければ十分です」

「少しだなんてとんでもない！　たくさん持って行っていいですよ」

「ミュ⁉」

「ああ、もちろんミューも好きなだけ食べていいからね」

「ミュ」

神獣《しんじゅう》がどんな存在なのか、いまいち分からないな。丁重に扱った方が無難なんだろうけど、ミューを見ていると、なんだかすごい存在には思えないんだよね。

安心したのか、ミューがボクの胸に頭をこすりつけてきた。かわいい。とりあえず、モフモフしておこう。

「それでは、ブドウはリディル様に所有権があるとして……」

「ちょっと待った！　もちろんワインを作るんだよな？　あのブドウで作ったワインなら、最高で極上のワインになるはずだぜ！」

同意を求めるかのように、デニス親方がアルフレッド先生を見た。さっきチラリとその話をしているので、アルフレッド先生も分かっているはずだ。ボクもそのつもりである。

さすがに全部をワインにするかは悩《なや》ましいところだけどね。

「もちろんリディルくんもそのつもりですよ。私としては、そのまま売りに出すよりも、ワインに加工してから売りに出した方がいいと思います。ブドウとしてそのままで売りに出すと色々と問題になりそうですからね」

「アルフレッド殿のおっしゃる通りですな。そのまま売りに出すのは危険でしょう。日持ちの問題で、どうしてもこの近辺で売ることになりますからね」

「確かにそうだね。すぐに出所がどこなのか、突き止めようとする人が出てくるかもしれない」

原産地がここだと分かれば、人が殺到するかもしれないな。ノースウエストはまだまだ小さい町だし、悪いことを考える人が出てくるかもしれない。

「ワインであれば遠くまで売りに行くことができますし、たとえこの辺りが原産地だと分かったとしても、すぐにはここだと特定されないと思います」

それは言えているね。この辺りには他にもワインを製造している場所があるはずだ。それらを弾《たま》除《よ》けにすることは十分可能だと思う。

それに、規模もまだまだ小さいからね。ワインもそんなにたくさんは作れないと思う。それならば外へとウワサが広まるのにも時間がかかるはずだ。それまでに、こちらの態勢を整えればいい。

もしダメそうなら、売りに出すのは一旦《いったん》保留にしてしまえばいいのだ。年代物のワインになっても、価値が上がると思う。

みんなでブドウをどうするかを話し合いつつ、昼食を食べる。

その結果、まずはワインを作ってみることになった。これにはデニス親方がものすごく乗り気だった。

「ワイン造りなら任せておけ。すぐに醸造《じょうぞう》用の魔道具を作るぜ」

今後の方針がある程度固まったところで、午後になった。これからの時間はマジックバッグの作成に力を入れるつもりだ。そろそろマジックバッグを完成させないとね。

デニス親方は魔道具作り、フェロールはヨハンさんにブドウの収穫について相談してきてくれるそうである。

ボクがチクチクとマジックバッグを作成していると、ヨハンさんがやってきた。どうやらフェロールから話を聞いて、すぐにこちらへと来てくれたようである。

「リディル王子殿下《でんか》、フェロールさんからお話を聞きましたよ。いやはや、あのブドウは素晴らしいですな。町の人たちもきっと喜ぶはずです」

「ボクもそう思います。ボクたちだけだと収穫が大変なので、手伝ってもらえたらうれしいのですけど」

「もちろんですよ。すぐに手のあいている人を探してきます」

これでよし。新鮮な状態のブドウをノースウエストのみんなにも食べてもらうことができそうだぞ。

残りのブドウは全部ワインになりそうかな？　ああ、でも、少しはブドウジュースとして残してほしいかも。アルフレッド先生のマジックバッグに入れておけば、いつでも新鮮な状態のブドウジュースが飲めるからね。ミューも喜んでくれるはずだ。

屋敷へやってきたヨハンさんは、すぐにまた来た道を戻って行った。

ちょっと忙しくさせてしまったかな？　でも、あのヨハンさんの顔を見ると、忙しいだなんて思っていないのかもしれない。とってもうれしそうだったもんね。

「よし、ボクも頑張《がんば》ってマジックバッグを作らないといけないな。マジックバッグがあれば、物を売り買いするのが簡単になるからね」

「頑張って下さい。きっとフェロールさんもヨハンさんも、リディルくんが作るマジックバッグを期待しているはずですよ」

そこからは、さらに気合いを入れてマジックバッグを作る。そうしてなんとか、マジックバッグに半分くらいの魔法文字を入れたところで、今日の作業は終わりになった。

デニス親方とフェロールが一緒に屋敷へと戻ってきた。どうやら二人も、今日の作業が終わったみたいだね。

「リディル様、先ほどヨハンさんから連絡があって、三人ほど、ブドウの収穫を手伝ってくれる人を探し出してくれたそうです。どなたもまだ成人しておりませんが、信頼できる子たちのようです」

「もう見つけてくれたんだ。あとでヨハンさんにお礼を言わないといけないね。成人してないってことは、いつもは家の畑仕事の手伝いをしているのかな？　悪いことしちゃったかもしれないね。これはお給料を奮発《ふんぱつ》してあげないと」

その子たちを借りると畑仕事が大変になってしまうはずだ。なんとかその埋《う》め合わせをしないとね。そうでないと町の人たちから、ボクが無理やり働かせているように思われちゃう。

「お給料の代わりに、収穫した物を少し分けてあげるのはどうでしょうか？　この辺りではお金をもらっても、あまり使い道がないようですので」

申し訳なさそうに、少し声を小さくしたフェロール。確かにフェロールの言う通りだね。うっかりしてた。ノースウエストは王都じゃないんだ。だから考え方も変えるべきだろう。ここでは王都みたいに、お金を使って自由に物を買うことができないんだった。

「それじゃ、みんなの報酬《ほうしゅう》には収穫した物を分けてあげることにするよ」

エルフのブドウはとてもおいしいので、きっと喜んでくれると思う。それに、これから色んな作物を育てるつもりだからね。報酬として現物《げんぶつ》をあげた方がよさそうだ。

でも、いずれはノースウエストでもお金を使って物が買えるようにしたいと思っている。まだまだ先は長そうだけど、いつかかなえられるといいな。

「アルフレッド先生、明日の午前中は畑を作りましょう。今度の畑はボクたちが食べる野菜を育てる場所にしたいです」

「そうですね。いつまでもヨハンさんたちにお世話になっているわけにはいきませんからね」

「エルフの野菜も、魔力を与えるとすぐに育つのですか？」

ボクの質問に、アルフレッド先生とデニス親方の表情が凍りついた。なんかボク、まずいこと言っちゃいましたかね？　フェロールとミューは首をかしげているので、そんなにおかしいことは言ってないと思うんだけど。

「おい、どうなんだ、アルフレッド?」

「確かに魔力を与えるとよく育つようにはなりますが、まさかブドウのときのように、畑が野菜で埋め尽くされたりはしないですよね?」

「……どうして俺に聞くんだ。俺はドワーフなんで、野菜のことなんて、サッパリ分からねぇぞ」

どうやら困惑《こんわく》していたのは、ボクが原因だったようである。そうだよね。ついさっき、エルフのブドウでやらかしたばかりだったよね。うっかりしてた。

魔力を与えることですぐに野菜が採れるならラッキーだなと思ってたけど、どうやらそう簡単にはいかなそうだ。魔力を与えるときは、慎重に、気をつけてやらないといけないぞ。

同じ失敗は繰り返さないんだからね。できれば。

「そうですよね、やってみるしかないですよね。分かりました。それでは明日は畑にニンジンやジャガイモなどの野菜を植えてみることにしましょう」

「アルフレッド先生、麦やホップ、それからお米はどうしますか?」

「おっと、そうでしたね。それらはお酒を造るのに必要なのでしたね。試しにそれも植えることにしましょう」

やったね。これでおいしいパンや、おいしいご飯が食べられるようになるかもしれないぞ。お米を使った料理って、あんまり食べたことがないんだよね。この国の主食はパンだし。

そしてアルフレッド先生がお米を知っているということは、どこかの国ではお米を主食として食べている可能性があるということである。いつか行ってみたいな。きっとみそやしょうゆなんかが充実していて、おみそ汁や、チャーハンなんかがあるんじゃないだろうか。夢が広がるな〜。

「おい、坊主、酒の原料になる作物には、ありったけの魔力を込めておけ！」

「え？」

「リディルくん、デニスの言うことを聞いてはいけませんよ。そんなことをしたらどうなるか。私でも想像がつきませんからね」

「わ、分かりました。アルフレッド先生がいいって言うまで、ボク、絶対にやりません」

グッとボクに近づけてきたアルフレッド先生の顔が怖くて、首を何度も縦に振りながらそう答えた。

「そ〜りゃないぜ、アルフレッド！」

そしてデニス親方は額に手を当てて、天を見上げていた。

デニス親方には悪いけど、それをやって怒られるのはボクだからね。絶対にやらないんだから。


夕食を食べ終わったあとはみんなでお風呂《ふろ》だ。ボクが考えた最高のお風呂はデニス親方も気に入ってくれたようで、毎日、お風呂に入るようになっている。

「デニス親方がお風呂を気に入ってくれてよかった」

「まあ、そうだな。面倒だと思うときもあるが、この風呂やサウナに入ったあとのことを考えると、そうでもなくなるな」

「デニスはお風呂あがりのお酒が気に入ったみたいですね」

「ああ、もちろんだ。整ったあとの酒は最高だぜ！」

どうやらドワーフがお酒で釣れるのは間違いないようである。

それなら、これからもたくさんお酒を増やしていかないといけないね。そうすれば、デニス親方だけじゃなくて、他のドワーフも来てくれるかもしれない。

エルフは何が好きなのかな？　それが分かれば、エルフも来てくれるかもしれないのに。アルフレッド先生を見ている限りでは、特にこれと言って決め手がないんだよね。

お酒は飲むし、野菜も肉も果物も食べるけど、「これが絶対に必要」ってものが見当たらないんだよね。どうしたものか。

よし、ここは素直に直接聞いてみよう。

「アルフレッド先生、ドワーフはお酒が大好きですよね？　それでは、エルフは何が大好きなのですか？」

「これはまた難しい質問をしますね。エルフは人族と似ていて、色んな物が好きなんですよ。その中には、お金だったり、宝石だったり、もちろんお酒を好きなエルフもいますよ」

「そうなのですね。それじゃ、ノースウエストにエルフを呼ぶのは難しそうですね」

ボクの表情を見て、ちょっと目を大きくしたアルフレッド先生。どうやらボクがそんなことを考えていたとは思ってもみなかったようである。その一方で、デニス親方はなんだかニヤニヤしていた。ドワーフはお酒があれば集まってくるからね。勝算があるのだろう。

今のボクとデニス親方はきっと同じことを考えているはずだ。

お酒を造って、ドワーフを呼び寄せよう。

おいしいお酒の罠《わな》は、きっとドワーフたちに効果バツグンのはずだ。なにせ、デニス親方のお墨付きのお酒になる予定だからね。

「リディルくんはそんなことを考えていたのですか。そうですね、エルフは全体として、美しい自然を好みます。これはおそらくエルフという種族で共通ですね」

「美しい自然……それならそういう環境を整えればいいわけですね。でも、どうやって。難しそうです」

「ふふふ、心配はいりませんよ。この地には世界樹がありますからね。リディルくんが世界樹を大事にすればするほど、この地域には美しい自然が広がっていくことでしょう」

知らなかった。まさか世界樹さんにそんな力があっただなんて。それならこのまま、なるべく自然を壊さないようにしてノースウエストを発展させていかないといけないな。

そうすれば、いずれはエルフたちも来てくれるってことだよね？

いいことを聞いたぞ。これからも頑張って町を発展させて、ドワーフやエルフたちが訪れてくれるような場所にしていこう。

世界樹さんの力を最大限に引き出すことをひそかな目標にかかげつつ、サウナに入って、みんなで整ってからお風呂を出た。

お風呂のあとはもちろん、ジュースとお酒である。アルフレッド先生にお願いして冷やしてもらっているので、お風呂あがりに最適だ。

「うー、おいしい！　やっぱり冷たいジュースは最高だね。今日採れたブドウもジュースになれば、きっとすごくおいしいと思う」

「ミュ、ミュ！」

ミューも冷たいジュースが気に入ってくれたようである。その隣では、アルフレッド先生とデニス親方がワインで乾杯していた。どうやらそこにはフェロールは加わらなかったようである。

もうこれからすることもないだろうし、みんなと一緒にお酒を飲んだらよかったのに。

「アルフレッド、ワインも冷やしてみるか？」

「冷やしたワインもおいしいのですが、香りがあまりよくないのですよね」

そう言ってから眉《まゆ》をハの字に曲げたアルフレッド先生。どうやらすでに試したことがあるようだ。

ワインにも色んな飲み方があるもんね。冷蔵庫じゃなくて、冷凍庫で冷やしたワインもおいしかった。いつか提案してみようかな。

でも、それよりもいいお酒があるか。

「畑でホップが採れるようになったら、ビールを造れるようになるよ。ビールは冷やして飲むものだから、デニス親方にもきっと気に入ってもらえるんじゃないかな？」

「ビールは冷やして飲むのか。珍しいな」

「そう。キンキンに冷えたビールだよ！」

「キンキンに冷えたビール！」

デニス親方が身を乗り出している。それを見たアルフレッド先生が苦笑いしていた。どうやら、冷やして飲むビールの話にちょっと熱中しすぎたみたい。

「はいはい。二人とも、そのくらいにしておきましょうね。まだ原料となるホップが収穫されていませんよ」

「先はまだ長そうですね」

「頑張れ、坊主。坊主の力なら、あっという間に植物を生長させることができるはずだ！」

そう言ってから、きれいなサムズアップをキメるデニス親方。キラリと歯が光るところまで完璧《かんぺき》だ。

どうやら本気でそう思っているみたいだな。これはデニス親方の期待を裏切らないように、少しは頑張るべきなのかもしれない。

でも、デニス親方、その前に、ワインを造る魔道具を作らないといけないよね？　忘れてなければいいいんだけど。


翌日、アルフレッド先生との朝の鍛錬を終わらせると、世界樹さんのところへ、朝のあいさつに向かった。世界樹さんは今日もまぶしいくらいの緑の葉を、心地よさそうに風で揺らしている。

「世界樹さん、おはようございます」

『おはようございます、リディル。何かいいことでもありましたか？』

「いいこと、と言うか、世界樹さんと一緒に、美しい自然を作りたいと思っています！　世界樹さんが大きくなれば、この辺りの自然も豊かになって、美しい場所になるのですよね？」

『それはとてもうれしいお話ですね。ええ、もちろんですよ。私からは周囲の汚染《おせん》を浄化《じょうか》する力が発生していますからね。緑も土地も、どんどん浄化されていきますよ』

知らなかった。世界樹さんにはそんな力があったのか。まさか世界樹さんが不思議空間を作り出しているとは思わなかった。これは大事にしてあげないといけないね。

でも、ボクができることってなんだろう？

「世界樹さん、ボクができることって、こうしてお話しすること以外に、何かありますか？　ああ、そうだ！　世界樹さんに、ボクが魔力を送り込むのはどうですか？」

『んー、それはまだやめておいた方がいいかもしれませんね。リディルはまだ小さいのです。無理をするのはいけません』

「ダメでしたか」

ションボリ。いい考えだと思ったんだけどな。でもボクができることって他にはないよね。なかなかうまくいかないな。ボクにできることか。

「アルフレッド先生、ボクが世界樹さんにしてあげられることって、他にないですか？」

ビクッとしたアルフレッド先生。どうしたのかな。なんだか顔から汗を流しているんだけど。一体、何があったのだろうか。もしかして、ボク、何かいけないことをしようとしてました？

「えっと、リディルくんが魔力を与えること以外であるのなら、今度、エルフ特製の肥料《ひりょう》を作って、世界樹の周りにまくことにしましょうか」

『おお、いい考えですよ、アルフレッド。そうして下さい。リディルが変な気づかいをする前に』

「変なって……」

どうやらアルフレッド先生と世界樹さんは、ボクが魔力を世界樹さんに送り込むことを警戒《けいかい》しているみたいである。

どうしてそんなに警戒するのか。何が起こるのか、なんだか気になってきたぞ。

警戒するような素振りを見せたアルフレッド先生に半《なか》ば引っ張られるような感じで、屋敷まで戻ってきた。

「おう、戻ってきたか、坊主、アルフレッド。ん？　何かあったのか？」

「えっと、ボクが世界樹さんに魔力を与えようかと思ったら、アルフレッド先生と世界樹さんが警戒しちゃって」

「……なるほどな。それはやめておいた方がいいな。坊主も天変地異《てんぺんちい》を起こしたいとは思わないだろう？」

「それはもちろん。そんなこと思わないよ！」

何、なんなの？　ボクが世界樹さんに魔力を送り込んだら、天変地異が起きちゃうの⁉　きっとデニス親方はたとえ話でそんなことを言ったのだろうけど、アルフレッド先生がそれを否定しないところが、なんだかとっても怪《あや》しいぞ。

絶対に世界樹さんへ魔力を分け与えないようにしないといけないね。それをやる前に世界樹さんに聞いておいてよかった。もう少しでデストロイヤーになるところだったよ。

午前中はアルフレッド先生と一緒に畑へと向かうことにしている。デニス親方はここに残って、ワイン造りの魔道具を作るみたいだ。

フェロールはヨハンさんのところへ行くことになっている。昨日話していた、畑を手伝ってくれる子たちを連れてきてくれる手はずになっているのだ。

そんなわけで、ボクとアルフレッド先生とミューとで畑へと向かった。

「今日もたくさん実ってますね」

「そのようです。これはしばらくの間、頑張って収穫しなければなりませんね」

パタパタと耳をはためかせて飛んで行ったミューを追いかけてブドウ畑へと入った。どうやらすでにミューはブドウを食べているようだ。両方のほおが丸々と膨《ふく》らんでいる。

「ミュー、食べすぎないようにね」

「ム」

「食べすぎてるじゃん！」

ミューからブドウを分けてもらいボクも一粒食べた。採れ立てはやっぱり新鮮でおいしいね。これだけあるなら、ブドウジャムにも加工できそうだ。ジュースとワインにするだけじゃもったいないからね。

ん？　確かこの辺りって。

「アルフレッド先生、この辺りって、昨日、収穫しませんでしたか？」

「そうですよ。リディルくんも気がついたようですね。どうやら、もう次のブドウが実ったみたいです」

「そんなまさか」

だがしかし、どこからどう見ても新しいブドウが実っているように見える。無限ブドウかな？　恐ろしい。

恐ろしいと言えば、ボクがブドウさんに魔力を与えすぎたことが、そもそもその恐ろしいの原因なんだけどね。それを思うと、何も言えない。

ちょっと現実逃避したくなる現実に直面しつつも、ブドウの収穫を始める。せっかくたわわに実っているのだから、おいしいうちに収穫してみんなで食べたいよね。

「リディル様、アルフレッド殿」

「あ、フェロールだ」

「あの子たちがここで働いてくれるみたいですね」

フェロールの近くには三人の子供たちがいる。男の子二人に、女の子が一人だ。年齢は十二歳前後かな？　大人として働くにはまだ子供、といった感じである。

その隣にはヨハンさんの姿もあった。どうやら今日はみんなの引率として、一緒に来てくれたようだ。

「ヨハンさん、この子たちがここで一緒に収穫を手伝ってくれるのですね！」

「ええ、そうですよ。ほら、あいさつをしなさい。この方がリディル王子殿下ですよ」

ボクを見て、目を丸くしている子供たち。それもそうか。こんなところに野生の王子様がいるとは思わないよね。

ヨハンさんはちゃんとみんなには言い聞かせてあるんだろうけど、本物を目にすると、やっぱり違う印象を抱いてしまうようだ。

「すごい！　本物のエルフだ。初めて見た！」

「本当に耳が長いんですね！」

「わわっ、ウサギさんがいる！　あれ？　でも、角《つの》が生えてる？　でもかわいい！」

どうやらボクではなかったようである。そうだよね、ボクって、なんの変哲もない、ただの子供だもんね。王子オーラなんてものはなかった。

でも逆に考えるんだ。みんなから距離を置かれることがなくてよかったと考えるんだ。

そんな感じでお互いの自己紹介が終わった。三人はお互いの家が近いらしく、よく一緒に遊ぶ間柄のようである。いわゆる幼なじみってやつだね。ちょっとうらやましい。ボクにはそんな幼なじみはいなかった。それどころか、同年代の友達もいなかったぞ。

この子たちの家では畑で野菜を育てているので、ブドウを収穫するのもすぐに慣れるだろうとヨハンさんが言っていた。

ヨハンさんがちょっときまりの悪そうな顔をしているのは、さっきボクが華麗《かれい》にスルーされたからなのだろう。そんなこと気にしなくてもいいのに。

「それじゃ、一緒にブドウを収穫しよう。収穫したブドウはあそこに集めて、あとでアルフレッド先生が運ぶ。これでいいですよね？」

「ええ、そうですね。一部は今日の仕事の報酬として、持って帰っていいですからね」

アルフレッド先生の言葉に喜ぶ子供たち。だが、畑に実るブドウを見て、その足が止まった。見慣れないブドウだったのだろう。それもそのはず。一粒一粒が輝いているからね。

「すごくきれい……！」

「すげえな。ブドウってこんな風に育つんだな」

「なんか、見たことあるブドウと違うような気がする」

さて、どうしたものかな。

まずはみんなにブドウを味見してもらった方がいいかな？　その方が心も落ち着くかもしれない。おいしそうな物が目の前にあるのに、ずっとおあずけにするのはかわいそうだよね。

「まずはみんなも試食してみてよ。ヨハンさんも食べていいからね」

「ミュ！」

「ミューはさっき食べてたけど、特別に許可しよう！」

「ミュー！」

そんなわけで、まずはみんなで腹ごしらえだ。腹が減っては戦《いくさ》はできぬだからね。子供たちはブドウを一口食べると、大きな声をあげた。ヨハンさんもブドウのおいしさに驚いたようで、ボクとブドウを何度も見ていた。

「うまっ！　なんだこれ！」

「すごく甘くておいしい！　いくらでも食べられそうだわ」

「これ、俺が知ってるブドウじゃないぞ⁉」

驚きながらも手が止まらないようで、あっという間に一房《ひとふさ》食べていた。その勢いに、ミューもビックリしている。そして自分が食べる分がなくなると思ったのか、慌ててブドウを口に入れ始めた。

「ミュー、そんなに急いで食べなくても大丈夫だからね。ボクたちがどれだけ頑張っても、一日じゃ食べきれないから」

「ム」

「どうやらミューは飼い主には似ていないようですね」

「それはしょうがないですよ。だってミューは神獣ですからね」

腹ごしらえが終わったところでブドウを収穫していく。収穫が終わったらおいしいブドウを分けてもらえるとあって、子供たちが張り切っていた。

順調にブドウを収穫したところで、今日の作業は終了することにする。まだまだブドウは実っているけど、一日で終わらせる必要はないからね。これから数日かけて、地道に収穫していこう。

「いっぱい収穫できましたね」

「これだけあればデニスもきっと喜ぶと思いますよ」

「リディル様、本日の報酬をみなさんにお渡ししておきますね」

「任せたよ、フェロール」

みんなと一緒にブドウを収穫していたら、途中からボクのことを偉い人だと気がついたようだ。最終的には片言の敬語になり、ちょっと距離ができてしまった。

ボクとしては残念だけど、フェロールやヨハンさんからすると当然という感じだ。

二人はボクに気をつかってくれたんだと思う。それに、ボクがノースウエストの領主《りょうしゅ》であるのは確かなので、このままそっとしておくことにした。

上に立つ人って、孤独《こどく》になりがちだよね。腹を割って話すことができる友達が欲しい。わがままかな？

「アルフレッド先生、ここからの時間は畑を作るのですよね？」

「そうなりますね。これから育てる野菜や作物のために、広い畑を作っていきましょう」

「よろしくお願いします！」

「ミュ！」

そんなわけで、残されたボクたちは水路に沿《そ》って畑を作っていく。昨日、何度もガイアコントロールの魔法を使ったので、ボクも少しは畑らしきものを作れるようになっていた。

それでも、アルフレッド先生が作った畑に比べるとまだまだだけどね。ミューもしっかりとボクのことを見て、助言をしてくれたぞ。主に足でテシテシと地面をたたくお仕事だけどね。

「これだけの広さがあれば、まずは大丈夫でしょう。それではさっそく野菜と作物の種を植えていきましょうか」

「今回は魔力を与えない方がいいですよね？」

「リディルくんが手加減することができるのであれば、お願いしたいところですけどね」

「頑張って、手加減していたつもりなんですけどね」

手加減しても、なおあまりある魔力を放出してしまうのがボクである。トホホ。集めた膨大《ぼうだい》な魔力をうまく制御するためには、まだまだ地道な訓練が必要みたい。先は長いな。

今回はアルフレッド先生が魔力を与えてくれるようだ。ものすごく急いでいるわけではないけど、かと言って、ゆっくりもしていられない。絶妙なさじ加減が必要だね。

アルフレッド先生が植物に魔力を与えるのをよく観察する。精霊魔法は観察《かんさつ》するところから始まるのだ。

ミューもボクの隣でしっかりと見ていた。そのうちボクに何かアドバイスをしてくれるかもしれない。期待してもいいと思う。

「これでこの辺りはいいでしょう。数日後には新鮮な野菜が採れるはずですよ」

「さすがはアルフレッド先生ですね」

「さて、問題はこっちですね。デニスからすると、すぐにでもお酒の原料が欲しいところでしょう」

そう言ってから、アルフレッド先生が麦とホップ、それからお米を植えた田畑を見ている。

「まだワイン造りも始まっていないのにですか？」

首をかしげながらそう言うと、ボクを見たアルフレッド先生が笑った。あれ、何か間違ったかな？　ミューも首をかしげているぞ。

「デニスを甘く見てはいけませんよ。今ごろ、ワインを造るための魔道具を大量に作っているはずですよ」

「うわぁ、言われてみれば確かにその可能性はありますね」

可能性があると言うか、その可能性しかないのではなかろうか。ワイン造りの魔道具を作るとは言っていたけど、まさか大量に作るつもりだとは思わなかった。

無事に野菜を植えたところで屋敷へと戻った。夕暮れまでにはもう少し時間があるので、ここからの時間はマジックバッグ作りを頑張ろうかな。

ん？　あれはなんだろうか。屋敷の前にズラリとタルが並んでいるんだけど。どれもボクの身長くらいの大きさだね。

そのタルの前では、忙しそうに、何人ものデニス親方が右へ左へと忙しそうに動いていた。

やっぱりデニス親方って、分身の術が使えるよね？

「デニス親方、これは何？」

「おう坊主、やっと戻ってきたか。あまりにも遅いんで、迎えに行こうかと思っていたところだぜ」

「え？」

どういうことなの？　まだそんなに遅い時間にはなっていないと思うんだけど。

疑問に思ってアルフレッド先生を見ると、顔が苦笑いになっていた。その表情を見て、ミューと一緒に首を傾ける。

「リディルくんは初めて見るようですね。あのタルはただのタルではありませんよ。ワインを造るための、専用の魔道具なのです」

「えええ！　デニス親方、こんなにたくさん作ったの⁉　同じ魔道具を作るのが嫌なんじゃなかったっけ？」

「嫌に決まってるだろう？　だが、俺しか作るヤツがいねぇんだ。他に作るヤツがいないなら、俺が作らざるを得ない！」

ドン！　と音がしそうなほど、堂々と言い放ったデニス親方。その様子を見て、アルフレッド先生のほほ笑みがさらに深くなった。

どうやらデニス親方はアルフレッド先生にもワイン造りをする魔道具を作ってもらうつもりだったようである。そのためにボクたちを迎えに行くつもりだったみたい。

そりゃ苦笑いも深くなるよね。

「デニス、これだけあれば十分だと思いますよ。それよりも、十分な量のブドウを収穫してきましたから、さっそくワイン造りを始めてみませんか？」

「みんなでたくさん収穫してきたから、ワインをたくさん作れるはずだよ。でも、少しはジュースにも残しておいてほしいかな」

「ミュ」

「それはもちろんだぜ。ジュースにする魔道具も作ってある」

そう言ってデニス親方が指差したところには、他とは違うタルが置いてあった。おそらくあれも魔道具なのだろう。蛇口みたいな物がついているのが特徴だ。

上からブドウを入れると、あそこの蛇口からブドウジュースが出てくるのだろう。試してみたいな。

「まずは休憩しましょうか。リディルくんたちも喉《のど》が渇《かわ》いているでしょう？」

「はい！　もう、喉がカラカラです」

「ミュ！」

空気を読んだアルフレッド先生がそう言ってくれた。さすがだね。

デニス親方から魔道具の使い方を聞いて、採れ立てフレッシュなブドウをブドウジュースへと変える。もちろんボクとミューだけじゃなくて、アルフレッド先生とデニス親方の分もあるぞ。

ボクの予想通り、上からブドウを入れて蛇口をひねると、キラキラと輝く、濃い紫色のブドウジュースが出てきた。

これはすごい魔道具だ。畑仕事を手伝ってくれているみんなにも飲ませてあげたいな。

「ありがとう、デニス親方。この魔道具、最高だよ！」

「ミュ！」

「そいつはよかった。作ったかいがあったぜ」

ニカッと笑うデニス親方。さすがはドワーフだね。どうやら色んな種類の魔道具を作ることができるみたいだ。これはボクの頭の中にある物も、もしかしたら作れるかもしれないぞ。楽しいことになりそうだ。

軽く乾杯をしてからブドウジュースを飲んだ。

何これすごい！　すごくスッキリとしたのどごしだ。ちょっと粘性《ねんせい》があるのかなと思っていたけど、そんなことはなかった。

そして甘さもすごい。すごいんだけど、喉に絡《から》みつくような甘さではなくて、サラリとしたあとを引く甘さだ。何杯でも飲めそうな気がする。

「ミュ！」

「おかわりだね。任せておいて」

ジュースを作る魔道具にブドウを入れて、上部にあるボタンを押す。するとミチミチという音がして、魔道具の側面に取りつけてあるメーターが増えていく。これがジュースの残量を表示するメーターだ。

十分な量になったところで、ミューのコップにブドウジュースを入れてあげる。もちろんボクのコップにもブドウジュースを入れた。

「おいおい、このままじゃ、全部がブドウジュースになっちまうんじゃないのか？」

「大丈夫ですよ。まだまだたくさんありますから。ですが、あまりノンビリとはしていられませんね」

アルフレッド先生とデニス親方がワイン造りの魔道具へと向かう。どんな魔道具なのか気になるので、ボクもコップを置いてから、二人のあとを追った。ミューはそのままブドウジュースを飲むようである。どうやら魔道具よりも、ブドウジュースの方が大事みたいだね。

「デニス親方、このワインを造る魔道具はどうやって使うの？」

「使い方は簡単だ。上からブドウを山ほど入れて、フタをするだけだ。あとはボタンを押すだけで、明日にはワインの完成だ」

「そんなに簡単にワインができるんだ。しかもすごく早くお酒になるんだね」

魔道具の力ってすごい。ボクの知っている知識だと、ワインが完成するまでには何ヶ月もかかると思っていたのに。それがまさか、一日でできあがるだなんて。

そのままさらに一日置いておけば、熟成《じゅくせい》されたワインができあがるのかな。確かそっちの方がおいしいんだよね？

「リディルくん、感心しているところ悪いのですが、これを普通と思ってはいけませんよ。私の知っているワイン造りの魔道具では、ワインができるまでに少なくとも一週間はかかりますからね」

「え？　それじゃ、デニス親方が作ったワイン造りの魔道具は……」

「とんでもない性能を秘めた魔道具ということになります。エルフの村でも、ドワーフの村でも、重宝《ちょうほう》されることでしょう」

すごい。さすがデニス親方。そんなにすごい魔道具を、この短時間でこんなにたくさん作ったんだ。もしかしなくても、デニス親方はすごい職人だったようである。

だが、当の本人はそんなことにはまったく興味がないようだった。

「そんなことよりも、アルフレッド、早くブドウを出すんだ。どんどん入れていくぞ。坊主も早く手伝うんだ」

「ヤレヤレですね」

「神獣の手も借りたいって感じですね」

「ミュ？」

そんなわけで、みんなで手分けしてワイン造りの魔道具の中にブドウを詰めていく。上まで詰めていいらしい。

あとからミューも手伝ってくれたんだけど、房についたブドウがところどころなくなっているんだよね。つまみ食いしているようである。ずるいぞ、ミュー。

「これでよし。明日が楽しみだぜ！」

「収穫してきたブドウがほとんどなくなってしまいましたね」

「ちょっとデニス親方、使いすぎだよ。明日のワインの分はないからね」

「そ～りゃないぜ、坊主！」

デニス親方が泣き言を言っているが、ダメな物はダメ。明日はみんなにも、このおいしいブドウジュースを飲ませてあげるんだからね。

ショボショボになったデニス親方だけど、あれだけの量のワインを造ったら、しばらくはいらないと思うんだけど。

＊＊＊＊

フェロールから本日の報酬を受け取った子供たちは、満面の笑みでそれを受け取った。ズッシリと重いその袋の中には、先ほど自分たちが収穫したエルフのブドウが入っている。この重さだと、六房くらいはあるだろうか？

「ご家族のみなさまと食べていただければと思います」

「ありがとうございます！　大事に食べます！」

「リディル様も言っておられましたが、明日もよろしくお願いしますね」

「もちろんです！」

子供たちにとってはお金よりもエルフのブドウの方が何倍も価値があった。だがそれは間違いではなく、仮にどこかで売りに出せば金貨と交換することができた。それほどまでの価値があることを、子供たちも、大人たちも知らなかった。

家に帰り着くと、さっそく自慢を始めた。

「見てよ！　これ、俺が収穫したブドウなんだぜ」

「領主様に変なことをしなかっただろうね？　心配だよ、まったく……え、何これ」

「ブドウだよ、ブドウ。知らないの？　王子様が育てている、光るブドウだよ！」

「いや、えっと、普通のブドウは光らないと思うんだけど」

そう言いながらも気になったのか、一粒もぎ取るとおもむろに口へと運んだ。それをニコニコしながら見つめる少年。変化はすぐに訪れた。

「なんだいこれは！　絶対に普通のブドウじゃないよ」

「普通のブドウだよ。うん、やっぱりおいしいね。ねえ、友達にも分けてあげてもいいよね？」

「それは構わないけど、一房は置いておきなさい。こんな物、めったに食べられないよ」

サッとブドウを棚《たな》へと隠した。それを見て、不思議そうに首をかしげる。

「たくさんブドウがあったから、毎日、食べられると思うんだけどなぁ」

「そんなまさか……」

「それじゃ、友達のところに行ってくる！」

ブドウの入っている袋をつかみ取ると、そのままの勢いで外へと飛び出した。それをぼう然とした表情で母親が見送った。

「まさか、領主様は本気でこの辺境の地を豊かにしようとしてるのかい？」

第八章 ✦ ノースウエストの領主

朝食を食べ終わるとすぐに世界樹《せかいじゅ》さんのところへとあいさつに向かい、そのあとに今日の仕事を開始した。午前中に行くのはもちろん畑である。

畑に到着すると、そこにはすでに、畑仕事を手伝ってくれる子供たちの姿があった。

「おはようございます、リディル様、アルフレッド先生」

「おはよう、みんな。今日も頑張ろうね」

「ミュ！」

アルフレッド先生はみんなからもアルフレッド先生と呼ばれていた。やっぱりエルフだもんね。なんでも知っていそうだし、先生と呼ぶのにふさわしいと思う。

「昨日のブドウ、家族に喜んでもらえましたよ！」

「俺《おれ》の家じゃ取り合いになりました。こんなおいしいブドウは食べたことないって」

みんないい笑顔で笑っている。きっと家族みんなに喜んでもらえたんだろうな。

そんなに人気だったのか。確か彼の家には、弟と妹が合わせて三人いるんだったね。フェロールには多めに渡すように言っていたんだけど、それでも足りなかったようである。おいしいブドウだもんね。しょうがないか。

「それじゃ、今日はちょっと多めに持って帰ってもらおうかな？　それと、デニス親方がジュースを搾《しぼ》る魔道具を作ってくれたから、ブドウジュースも持って帰ってよ」

「ミュ⁉」

「ブドウジュース⁉」

「ミューの分は別で取っておくから安心してよ」

「ミユ」

どうやらミューはブドウジュースが気に入ったようである。これはたくさん作って、アルフレッド先生のマジックバッグの中に入れておいてもらわないといけないな。

ここから見えるブドウ畑には、まだまだ収穫《しゅうかく》できていないブドウがたくさんある。みんなにはどんどん収穫してもらわないといけないからね。アメとムチである。

そうしてブドウ畑の半分くらい収穫できたところで、今日の作業を終わりにした。集合地点に集まり、みんなが収穫したブドウをアルフレッド先生に渡す。そしてその一部は、アルフレッド先生がマジックバッグに入れて持ってきたジュースを搾る魔道具を使って、すぐにブドウジュースにした。

あっという間にブドウジュースができて、みんなの目が大きくなっている。

「これがジュースを作る魔道具なんですね」

「すごい！　ボタンを押すだけでジュースになるだなんて」

「ミユ」

どうだと言わんばかりにミューが胸を張っている。でも残念ながら、その魔道具はミューが作ったんじゃないんだよね～。入れているブドウはミューが収穫したブドウかもしれないけどさ。

そうして完成したブドウジュースをみんなで飲み、残ったジュースは摘み立てのブドウと一緒に、報酬《ほうしゅう》としてみんなに渡した。

「ちゃんと家まで持って帰るんだよ。途中で食べてしまわないようにね」

「分かってますよ！　でも、一個くらいなら」

「一口くらいなら……」

「少しくらい減っても、分からないよね？」

ダメだこりゃ。収穫が終わってからみんなでブドウを食べてジュースを飲んだはずなのに、まだまだ物足りなかったようである。

これはノースウエストの子供たちに収穫を頼んだら、大人気《にんき》の仕事になるかもしれないな。


昼食を終わらせて、午後仕事の時間になった。ここからの時間は全力で水路を作っていきたいところだね。

「アルフレッド先生、さっそく水路を作りに行きましょう」

「ずいぶんと張り切っていますね。フェロールさん、案内してもらえますか？」

「もちろんですぞ。ヨハンさんと一緒に何度も確認したので、きっと満足していただけると思います」

どうやらかなりの自信作のようである。これで町の人たちの生活が便利になればいいんだけどな。

フェロールと一緒にノースウエストの町の中心へ向かい、その途中でヨハンさんと合流する。

ヨハンさんも町の中に水路を引くことを楽しみにしていたようで、どこかウキウキとしている感じだった。

「リディル王子殿下《でんか》、アルフレッド様、デニス様、ミュー様、どうぞ、よろしくお願いいたします」

深々と頭を下げるヨハンさん。ヨハンさんのお父さんの時代にも、ヨハンさんの時代にも、もしかすると水路を作る構想《こうそう》はあったのかもしれないな。でも、それを成し遂《と》げることはできなかった。

それをボクたちが今、やろうとしているのだ。きっと、大いに期待しているんだと思う。これは失敗することはできないぞ。

「ヨハンさん、頭をあげてほしい。それじゃ、水路建設予定地を案内してもらえないからね」

「ヨハンさんには寝る場所と食事を用意していただいた恩がありますからね。私たちに任せて下さい」

「最高の水路を作ってやるぜ。俺はドワーフだからな。穴掘りは得意なんだ」

「ミュ！」

ようやく頭をあげたヨハンさん。その目には光るものが見えた。でも、それは見なかったことにする。だって、もらい泣きしそうだもん。

ミューをしっかりと抱きしめて、水路建設予定地へと案内してもらう。

畑の水路から少し離れた場所の川から水を引き込む予定になっているようだ。水路に入ってきた水は、まずはため池に集められる構造になっていた。

そこから水路が枝分かれして、ノースウエストの町の中をまっすぐに進むようである。そして最終的に、下流の川へと流れて行くことになるようだ。

これなら確かに、ノースウエストの町の中を、グネグネと水路が蛇行《だこう》しなくてすむね。

ボクたちはまず、水をためるための池を作ることにした。ため池の予定地には元から木が生えていなかったので、すぐにため池用の穴を掘り始めることができた。

「この場所に、雨水をためるための池を掘ろうという計画が、その昔にあったのですよ。ですが、人手不足であきらめることになりました」

「そうだったんだ。それなら、この辺りは水が抜けていかない地盤《じばん》になっているってことだよね」

これなら安心して穴を掘ることができるぞ。大きな穴の方が水量も安定することだろう。敷地《しきち》をギリギリまで使って、ため池を作らないとね。

「アルフレッド先生、トレンチを使って穴を掘りますね」

「そうしましょうか。デニスもいますし、すぐに終わりそうですね」

「任せときな」

そうして三人でトレンチの魔法を使い穴を掘っていく。底から水が抜けないように、念のため、デニス親方が水漏《も》れ防止をしてくれたようだ。穴の底と側面はコンクリートのようにカチカチになっていた。

掘り出した土は周辺に盛っており、人や生き物が落ちにくい構造になっている。

「これでため池は完成だね。次は川から水を引っ張ってこないと」

「おおお……こんなに簡単に……！」

感激しているヨハンさん。どうやらかなりの悲願だったようだね。それならそうと、もっと早く言ってくれたらよかったのに。畑作りよりもこちらを優先したはずだぞ。

「よし、水路は坊主とアルフレッドに任せたぞ。俺はその間に追加のポンプを作ってくるぜ」

「よろしくお願いするね、デニス親方」

「こちらは私たちに任せて下さい」

「任せときな！」

そう言ってサムズアップをキメたデニス親方が屋敷の方へと戻って行った。残る作業は、前にもやった水路作成だけだからね。

「それじゃ、私たちは水路を作りましょう。まずはリディルくんの言う通り、ここから川までの水路を作りましょうか」

こうして水路建設が始まった。川まではそれほど離れていないので、あっという間につなぐことができた。

ボクもちゃんと成長していたようで、前に作ったときよりもスムーズに水路を作ることができたぞ。

「あとはここにポンプを設置すれば、ため池から川までは完成ですね、アルフレッド先生」

「ええ、よくやりましたよ、リディルくん。ここからはほぼ直線の水路を作るだけですからね。今日中に全部の水路を掘るのは無理でも、数日のうちには完成することでしょう」

「頑張《がんば》りましょうね、アルフレッド先生、ミュー」

「ミュ！」

アルフレッド先生は笑顔で応え、ミューは元気よく返事をしてくれた。

そこからはフェロールの指示に従って、ノースウエストの中心地へ向かって水路を掘り進めていった。この辺りは直線なので、とても楽である。

困ることと言えば、町中に水路を引くことになるので、人が集まってくるということだろうか。

でもそれも、ヨハンさんがしっかりと整理整頓してくれたので、ほとんど問題にならなかった。

それに、ノースウエストの人口は少ないからね。大人たちがまだお仕事をしている時間ということもあって、子供たちくらいしか見にこないのだ。

子供たちはみんなはしゃいでいた。それもそうだよね。目の前で魔法を使っているからね。騒ぐに決まっている。

「すごい！　リディル様が魔法を使っている」

「やっぱり魔法が使えるんだ。すごいな～」

どうやら畑仕事を手伝ってもらっている子供たちも、見にきたみたいだ。そんなみんなに手を振って応《こた》えつつ水路作りを進めていく。町外れまで到達したところで、今度は出口側の川へと水路をつなげていった。

「これで一本目の水路が完成ですね」

「よく頑張りましたよ。下準備はできましたので、あとは同じような水路をつなげていくだけになりますね」

「水路が完成したら、デニス親方に頼んで大浴場を作ってもらわないといけませんね。みんなが利用しやすいように、町の中心に作りたいです。それに水洗トイレも」

「これはデニス一人では忙しくなりそうですね」

アルフレッド先生が苦笑いしている。そうなんだよね。いくらデニス親方が、まるで分身をしているかのように動きが速くても、限界があるからね。アルフレッド先生も建築はできると思うけど、得意というわけでもなさそうだ。

困ったな。ボクがデニス親方の仕事を手伝うことができればいいんだけど。

「な、なんすかこれ！　これから何が始まるんです⁉」

大きな声がする方向を見ると、十二歳くらいの女の子が叫んでいた。短い髪を、おでこの辺りで結んでおり、髪の色はこげ茶色。遠目に見えるその目は、暗褐色のようだ。

なんだかすごくデニス親方にそっくりなカラーリングだな。

その子は興味深そうに、まだ水の流れていない水路を手で触って確かめている。そしてその出来栄えを見て、一人うなずいていた。

一体、何者なのだろうか？　その手つきからして、何かしらの職人のように見えるんだけど、気のせいかな。

ノースウエストの町にはこんな女の子はいなかったはずだ。そうなると、どこかよそから来たということになる。

この地を治める領主として、何者なのかを確認しておく必要があるな。人口が少ない村のような町では、危険人物が一人入ってきただけでも大変なことになりかねない。

「あの、どちら様ですか？　この町の人じゃないですよね」

「ふえ？　ま、まさか、教祖様⁉」

「人違いですね。って言うか、教祖って何⁉」

出会い頭《がしら》に教祖とはこれいかに。でも、なんとなく分かってきたぞ。こんなことを言い出すのは、世界樹さん絡《がら》みのはずだ。きっと世界樹さんが新しい人を呼んでくれたんだと思う。ありがとう、世界樹さん。

「教祖ですか。必ずしも間違ってはいないですね。リディルくんは世界樹の守《も》り人《びと》ですからね」

「アルフレッド先生、それでも教祖はないと思います」

「ミュ」

「わわわ！　なんすかこれ！　イケメンに、動くぬいぐるみ⁉」

そう言ってからアルフレッド先生をガン見し、ミューを抱きしめる女の子。すごく幸せそうな顔をしてミューをスリスリしている。

あ、ミューがちょっと微妙な顔をしている。これはひとこと言っておくべきだろう。

「その子、神獣《しんじゅう》だから、一応、気をつけてね」

「え？」

女の子の動きがピタリと止まった。そしてミューの頭についている金色の角を見て、冷や汗をかき始めた。本当にこの子は何者なのだろうか。

そう思っていたのだが、どうやらアルフレッド先生は何かを感じ取ったようである。

「あなた、もしかして、デニスの知り合いですか？」

「ああっ、あいさつが遅れたッス。デニスはあたしの兄です。あたしの名前はルミナ。ルミナ・モロゾフっていう名前ッス」

「えええ！　デニス親方の妹さん⁉」

そうなると、このルミナさんもドワーフということになる。となると、年齢を見た目で判断してはいけないな。子供みたいに見えるけど、立派な大人のはずである。確かにカラーリングが似てるので、デニス親方の関係者で間違いなさそうだ。

「そうでしたか。それでは休憩もかねて、一度屋敷へ戻ることにしましょうか。デニスにも顔を見せるべきでしょうからね。私の名前はアルフレッド・イニャスです」

「ボクはリディルだよ。こっちはミュー」

「ミュ」

「よろしくお願いするッス」

ボクたちが話していると、フェロールとヨハンさんも集まってきた。もちろん、二人のことも紹介しておく。

「デニス殿《どの》の妹君《いもうとぎみ》ですか。これは頼りになりそうな方が来て下さいましたね」

「デニス親方一人じゃ、ちょっと大変そうだったからね。これなら少しは楽になるはずだよ」

「え？　なんの話をしてるッス？　あたしはお兄ちゃんからおいしいお酒が飲めるって聞いただけなんですけど」

キョトンとした表情を見せたルミナさん。いや、ルミ姉さんだな。どうやらデニス親方からの話を聞いてここへ来たみたいだが、話に食い違いがあったみたいだ。

……まさかデニス親方、わざと食い違うような話をしていないよね？　人手を増やすために。

そんな疑惑を抱きつつ、屋敷《やしき》へと戻る。そこではすでにいくつものポンプが完成していた。その光景を見て、目を輝かせたルミ姉さん。どうやらドワーフの血はしっかりと流れているようだ。水路にも興味津々《きょうみしんしん》だったもんね。

「な、なんすかこれ！　初めて見る魔道具ッスー！」

「おう、騒がしいな、ルミナ。くるのが遅いぞ」

「何言ってるッス。これでも全力で来たッス。それよりも、なんだか話が違うような気がしてきたッス」

「何言ってやがるんだ。働かざる者、飲むべからず。当然だろう？」

「ぐう！」

ああ、ルミ姉さんからぐうの音《ね》が出た。どうやら正論を言われてしまったようである。でも、それを言うなら「働かざる者、食うべからず」だよね？　ドワーフだと「飲むべからず」になるんだ。また一つ、トリビアが増えたぞ。

だまされた、だまされたッスとブツブツ言っているルミ姉さん。そんなルミ姉さんをよそに、デニス親方が木のコップを持ってきた。それをアルフレッド先生がとてもいい顔をして受け取った。

「まあ、そう言うなって。ルミナもこれを飲めば理解してくれるさ」

「ワインが完成したのですね」

「ああ、そうだぜ。最高傑作《けっさく》だ！」

「最高傑作のワイン！」

ルミ姉さんの目が輝いた。やっぱりドワーフだったようである。そしてたぶん成人しているのだろう。まあ、ドワーフ社会に成人という概念《がいねん》があるのかどうかは分からないけどね。なんとなく、子供でもお酒を飲んでいそうな気がする。それで身長が低いままなのでは？

ボクたちはもちろんブドウジュースである。そんなボクたちを気にすることはなく、燻製《くんせい》された肉やチーズを、デニス親方がどこからともなく持ってきた。どうやら一緒に燻製機でツマミも作っていたようである。なかなかデニス親方も抜け目がないな。

「それじゃ、乾杯だな。ルミナの到着に、乾杯！」

「カンパーイ！」

「乾杯！」

ちょっとあきれた様子のフェロールをよそに、三人がワインで乾杯する。そしてそのままワインを飲み干した。すきっ腹にそれはよくないいんじゃないですかね？

「何これ、うまっ！」

「ほう、これは思った以上にうまいな。さすがはエルフのブドウを使ったワイン」

「一日でこれだけのワインを造り出すとは。さすがはデニスが作った魔道具ですね」

ルミ姉さんとデニス親方がさっそく二杯目を飲んでいる。大丈夫なんですかね？　まだ午後からの時間は残っているんだけど。

「デニス親方、水路が一本完成したんだ。できればその近くに、町の人たちが共同で使える大浴場を作ってほしいんだけど、お願いできるかな？」

「もちろんだぜ。俺とルミナに任せておきな！」

「え？　あたしもッスー!?」

「当たり前だろう。ルミナが飲んでいる物はなんだ？」

「……」

沈黙《ちんもく》するルミ姉さん。どうやら今さらながら、「働かざる者、飲むべからず」を思い出したようである。それでもワインを飲むのをやめないところを見ると、どうやら覚悟は決まったようだね。

あ、燻製されたチーズにも手を出した。

「うまっ！　え、何このチーズ。すごくいい香りがするんですけど」

「それは坊主が考案した燻製機で作ったチーズだ。最高だろう？　この燻製されたサラミもうまいぞ」

「いただくッス。そしてその分、働くッス！」

「決まりだな」

どうやらノースウエストに新たな住人が加わったようである。これからたくさん建物を建てる必要があるからね。ここでドワーフの職人が増えるのはとてもうれしい。

せっかくなので、ボクたちも燻製されたチーズやサラミを食べた。

間違いなくおいしい。そしてフェロールとヨハンさんがワインを飲みたそうにしていたのを、ボクは見逃さなかったぞ。

真面目《まじめ》な二人なだけに、涙を呑むことにしたようだ。夕食の時間には遠慮せずに飲んでほしいな。

ヨハンさんには、お土産にワインを持たせてあげないといけないね。

休憩が終わったところで、作業を再開する。この時間なら、もう一本、水路を建設することができるはずだ。

「ルミナ、お前はこの設計図を元に大浴場を作ってくれ。俺はその間に水洗トイレを作っておく」

「さっきから気になってたんですけど、大浴場なんて必要なんすか？　お風呂《ふろ》、入らないッスよね？」

うわ、ルミ姉さんからその言葉を聞きたくなかったぞ。つまりそれは、ルミ姉さんもあんまりお風呂に入らないってことだ。匂《にお》いがしないのは、ケットシーご自慢の消臭剤を使ってるからなのだろう。

かわいらしい見た目をしているのに、ドワーフという種族はなかなか侮《あなど》れないな。

「ルミナ、その考えはもう古いぞ。俺は毎日、風呂とサウナに入ってる」

「まさか面倒くさがり屋に定評のあるお兄ちゃんがお風呂に入っていただなんて。ところで、サウナってなんすか？　いや、待った。よく見ると、なんかお兄ちゃん、きれいになってないッスか⁉」

ワイワイと騒ぎ出したルミ姉さん。なかなかにぎやかである。今までボクの周りにいなかったタイプだね。

「夜になれば分かる。ともかく、大浴場は必要だ。魔道具を使ったすごい風呂になるぞ」

「魔道具を使ったすごいお風呂⁉　一体お兄ちゃんは何を作ってるッスー！」

すごく、騒《さわ》がしいです。これにはアルフレッド先生も苦笑いだ。元気がいいことは、とてもよろしいことなんだけどね。

ルミ姉さんを仲間に加えたボクたちはノースウエストの中心地へやってきた。すでに大浴場を建てる場所は決めてあったみたいだ。さすがはフェロールとヨハンさん。

「この場所がよいと思います。町のみんなも利用しやすいでしょう」

「ちょうどよく空き地になっているみたいだね。これなら問題なさそう。大浴場はどのくらいの大きさになるのかな？」

「えっと、このくらいッスね」

そう言ってから、ルミ姉さんが地面に木の棒で線を引いていく。屋敷にあるお風呂場の二倍くらいの大きさか。ちょっと狭《せま》いような気がするけど、今のノースウエストの人口なら問題ないかな。

そのうち家一軒に一つ、お風呂場を作りたいと思っているので、ちょうどいいのかもしれない。

「これなら大丈夫そうですね。アルフレッド先生はどう思います？」

「問題ないでしょう。まだ土地に余裕はあるみたいですから、狭かったらあとで拡張すればいいのですよ。ドワーフなら、そのくらいお手のものでしょうからね」

「その通りッス。任せてほしいッス、アルフレッド様！」

え、アルフレッド……様⁉　もしかしてルミ姉さん、アルフレッド先生にほれちゃった⁉　ドワーフとエルフの、禁断の恋が始まったりしちゃうのかな？

うーん、これは注意深く観察しておかなければいけないぞ。仮にデニス親方がシスコンだったら、大変なことになりそうだ。ボクたちの間に亀裂《きれつ》ができるのは困るぞ。

何せ、今は人員が少ないのだ。ボクがもっと色々とできるようになれば、少しは話が違ってくるんだろうけどね。

「アルフレッド先生、また建築資材を集めないといけませんね。前にデニス親方たちと伐採《ばっさい》した木だけでは、とても足りないと思います」

「そうですね……大半は土で作ると思いますけど、それだけでは殺風景《さっぷうけい》ですからね」

そんなわけで、とりあえず今は、できるところから作ることになった。ルミ姉さんが大浴場の基礎部分を作っている間に、ボクとアルフレッド先生で次の水路を掘った。

二本目の水路が完成したところで、今日の作業は終わりにすることにする。

「ルミ姉さんお疲れ様ー！」

「ルミ姉さん⁉　ま、まあ、坊ちゃんにならそう呼ばれてもしょうがないッスかね～」

「坊ちゃん⁉」

え、ボクのこと、そんな呼び方なの？　確かにデニス親方はボクのことを坊主って呼んでるけど、だからって坊ちゃんは違うような気がする。

だがしかし、ボクもルミ姉さんと呼んでいるので、文句を言う資格はないのかもしれない。

「もうここまで完成しているとは。これはあと数日で完成しそうですね。明日からは木材の伐採もやった方がいいでしょう」

「分かりました。ボクも手伝いますね」

最近はトレンチばかりを使っていたので、この辺りで風を巻き起こすブリーズの精霊魔法も復習しないとね。せっかく覚えた精霊魔法が使えなくなってしまったらもったいない。

「ところで坊ちゃん、このサウナって、なんだかこの世の地獄のようなものを作っている感じがするんですけど、大丈夫ッスか？」

「大丈夫だよ。今日の夜にでも試してみるといいよ。屋敷にも設置してあるからね。あ！　ルミ姉さんの部屋を準備するのを忘れてました」

「どの部屋にも一通りの家具を配置していますから、荷物の移動だけで大丈夫ですよ。もしかすると、デニスが工房に部屋を作ってくれているかもしれませんけどね」

そうだった。アルフレッド先生がマジックバッグの中から、色んな家具を取り出して、屋敷の中に配置してくれていたんだった。これなら急なお客さんが来ても大丈夫だよね。

こんな場所にお客さんがくるとは思えないけど。

「問題ないッス！　屋敷に住まわせてもらうッス。お兄ちゃんが作った部屋には住まないッス」

そう断言したルミ姉さん。嫌われちゃったね、デニス親方。それとも、ルミ姉さんは地下で生活するのが嫌いなタイプのドワーフなのだろうか。じっくりと話を聞いてみたいところである。

屋敷へ戻ってくると、そこにはいくつもの水洗トイレが完成していた。お城で使っていたものとそっくりである。デニス親方も見たことがあったのかな？

「ただいま。さすがはデニス親方だね。もう水洗トイレが完成したんだ」

「おう、戻ったか。人族が作った水洗トイレについては研究したことがあってな。面白《おもしろ》いことを考えるなと感心したものさ」

そう言って、ワッハッハと笑うデニス親方。ドワーフが人族の技術を研究したということは、きっとドワーフ社会で話題になったんだろうな。人族に負けてられないってね。

でもよく見ると、お城で使っていたものよりも、ずっと品質がよさそうだった。これならみんなも喜んでくれそうだ。

デニス親方が頑張ってくれているんだ。ボクももっと頑張らないといけないな。そんなわけで、今日こそマジックバッグを完成させるべく、布と針を取り出した。

アルフレッド先生とミューはボクの作業を見守ってくれているようである。失敗しても大丈夫。何度でもやり直せばいいだけなのだから。

「坊ちゃんは何を作ってるッス？」

「ああ、坊主はマジックバッグを作っているんだよ」

「ふ～ん。坊ちゃんは魔道具を作るのが得意だったッスね」

「え？」

思わず顔を上げる。魔道具を作るのはこれが初めてだから、得意かどうかは分からないんだけど。

「ルミ姉さん、マジックバッグがボクの初めて作る魔道具だよ」

「え？　初心者に一体何を作らせてるッス！」

「まあ、落ち着け、ルミナ。坊主がどうしても作りたいって言うからマジックバッグにしただけだ。別にわざと難易度の高い魔道具を選んだわけじゃねぇ」

どうやらマジックバッグは初心者向けの魔道具ではないようだ。なんとなくそんな気はしていたけど、そこまでハッキリと言われるとやってしまった感じはあるな。

最初はもっと簡単な魔道具にしておけばよかった。今さらだけど。

「確かに作成難易度が高い魔道具ですが、見て下さい。もうすぐ完成しますよ」

「本当ッスね。坊ちゃんはどれだけ根性があって、どれだけ器用なんすか」

「あはは」

前世ではどうやら細かい作業をひたすらやっていた時期があったみたいなんだよな。同じネジや歯車をひたすら作っていた。そうやって巨大なロボットも作っていたからね。デニス親方とルミ姉さんにやらせてたら、すぐに投げ出すだろうな。

魔法文字を書き続け、ついにそのときがきた。

「できた！　と思うんですけど」

「ミュ」

「大丈夫。ちゃんと完成していますよ」

笑顔のアルフレッド先生がそう言った。どうやらアルフレッド先生には無事にマジックバッグがその機能を発揮《はっき》していることが見えているようである。

「どれ、俺にも見せてくれ」

「あたしも見たいッス！」

デニス親方とルミ姉さんにマジックバッグを渡した。裏返したりして、しっかりと魔法文字や袋の作りを確認している。二人がうなずいているところを見ると、どうやら問題はなかったみたいだね。

「問題なさそうだな」

「初めての魔道具でこれだけの物が作れるのなら、他の魔道具も問題なく作れそうッスね」

二人とも笑顔である。物づくりのプロであるドワーフから見ても、合格点をもらえたようだ。

フェロールが戻ってきたところで完成したマジックバッグを差し出した。

「このマジックバッグはフェロールへのプレゼントだよ。いつもありがとう」

「リディル様、本当にもらってもよろしいのですか？」

「もちろんだよ」

「ありがとうございます……！　生涯《しょうがい》の宝にします。ううっ」

フェロールが泣き出してしまった。これはあんまりよくないぞ。ボクがフェロールを泣かせたみたいな感じになってる。見ているみんなもなんと声をかけたらいいのか分からないみたいで、困ったような顔をしていた。

「あ、そう、そうだった。アルフレッド先生、使用者登録をする必要があるのですよね？　どうすればいいのですか？」

「使用者を登録するのは簡単ですよ。まずはフェロールさんの血が必要ですね。一滴でいいですよ」

「それじゃフェロール、この針でチクッとしてね」

「分かりました」

フェロールから血を分けてもらい、アルフレッド先生に教わりながら、マジックバッグの使用者を登録した。

　マジックバッグに血をつけて、マジックバッグ全体に魔力を流せば完了である。簡単だね。

「これだけなんですね。もっと複雑な工程が必要になるのかと思ってました」

「マジックバッグに書いた魔法文字の中に、使用者を登録するための文字が入っていますからね。だからこれだけですむのですよ」

「なるほど。魔法文字ってすごく便利ですね！」

「まあ、使いこなせればの話ですけどね」

　大事そうにマジックバッグを抱えているフェロール。ちゃんと使ってくれるよね？　部屋に飾《かざ》ったり、金庫に入れっぱなしで使わなかったりとかだったら、全然意味がないからね。

　そんな心配をしつつ、みんなで夕食を囲む。今日はワインをタップリ飲むつもりなのか、野菜よりも燻製肉や、同じく燻製されたチーズ、ハム、サラミなどがたくさんお皿の上に載《の》っていた。

「あと数日で大浴場が完成するのか。さすがはルミナだな。建築に関して、一日置かれるだけのことはある」

「そうなんだ。確かに早かったし、きれいだったよね」

「あの大きさの建物をあの短期間であそこまで仕上げることができる人は、そうそういませんよ」

「えへへ」

　アルフレッド先生にほめられてルミ姉さんが照れている。ルミ姉さんのワインを飲む速度が上がった。

だが、顔色はまったく変わっていない。さすがはドワーフ。なんともないね。

明日からは木の伐採にも行くことをデニス親方に話しておく。どうやらデニス親方も木材の追加が欲しかったみたいで一緒についてくることになった。

「ブドウの収穫につきましては、私が見ておきますよ」

「大丈夫なの、フェロール？」

「水路の設計も、大浴場の設計も終わりましたからね。することがなくて、どうしようかとヨハンさんと話していたところだったのですよ。それに、今ならわたくしがマジックバッグを持っておりますからね」

フェロールがそう言った。ちょっと冗談っぽく言っているな。たぶんだけど、他にも仕事はあることはあるのだと思う。でも、ブドウの収穫を優先してくれたようである。

これなら、ホップが実るころには、みんなでその収穫に専念することができそうだね。

夕食の時間が終わったあとはお風呂である。さすがにみんなで一緒にお風呂に入るのは無理だろうと思っていたけど、そんなことはなかった。ルミ姉さんも一緒に入った。

本人は全然気にしていない様子である。これがドワーフの文化なのか。一応、タオルは巻いていたけどね。

「これがジェットバスの魔道具ッスね。見せてもらうッス。そのジェットバスとやらの性能を。ふおお！」

「ミュ！」

ジェットバスを動かしたルミ姉さんが大きな声をあげた。お湯の噴き出す勢いに驚いたらしい。

そしてミューが楽しそうにバチャバチャとお湯をたたいていた。

はいはい、まずは体を洗おうね、ミュー。

そんなわけで、まずはみんなで体を洗う。ルミ姉さんが何日ぶりにお風呂に入ったのかは分からないが、洗うのに時間がかかっていた。

毛むくじゃらのデニス親方がお風呂に入りたがらないのはなんとなく分かる気がする。だけど、どうしてそうじゃないルミ姉さんはお風呂に入るのが嫌いなのだろうか？　そう思っていたのだが。

「家にもお風呂があればもう少し頻繁《ひんぱん》に入ったんですけどね。さすがに川の水じゃ冷たいし、のぞかれるし」

ブツブツとルミ姉さんがつぶやいている。どうやら環境に問題があったようである。それならこれからは毎日、お風呂に入れるね。やったね、ルミ姉さん！

ジェットバスのお風呂に入ったルミ姉さんはもちろんはしゃいだ。それはもう、見た目の年齢と同じくらい、子供のようにはしゃいだ。ミューと一緒に。

そしてジェットバスを堪能《たんのう》したあとは、いよいよルミ姉さんが「地獄」と言っていたサウナである。

「あっつ！　地獄じゃないッスかこれ！」

「まあまあ、すぐに分かるよ。ほら、ロウリュー、ロウリュー」

石に水をかけたところで、ジュワジュワと音を立てながら、真っ白な水蒸気《すいじょうき》が立ちのぼった。サウナ室の湿度が一気に上がり、息苦しくなってきた。

「地獄、絶対に地獄ッス！」

悲鳴をあげているのはルミ姉さんだけだった。他のみんなはすでにサウナには慣れ親しんでおり、どこか懐《なつ》かしそうな目でルミ姉さんを見ている。

そうして汗が噴き出したところで水風呂へ移動した。ザバンとルミ姉さんが入る。

「天国……天国はここにあったッス」

「体が冷えたら、あそこのスペースで休むんだよ。飲み物もあるからね。ジュースだけど。お酒はダメだよ」

「えー、お酒の方がよさそうッスよ？」

「いくらドワーフでも、危険だからダメ」

ドワーフにとって、酒は水だと聞いているがそういうわけにはいかないだろう。そこはしっかりと管理しておかないとね。

そしてジュースを飲みながらリラックスしたルミ姉さんは、見事に整《ととの》いつつあった。

「ああ、なんだか体の調子が戻ってきた気がするッス。これが〝整う〟」

「ルミナも少しはサウナのよさが分かったみたいだな」

「ずるいッス！　お兄ちゃんだけ、酒飲んで、新しいもの作って、楽しんでたッスね！」

「だからルミナを呼んだんじゃねぇか」

苦笑いするデニス親方。どうやらひそかにルミ姉さんと連絡を取っていたみたいだね。どうやってやり取りをしていたのかは分からないけど。手紙を出していた素振《そぶ》りはなかったんだけどなー。

通信の魔道具とかがあるのかな？　それとも、精霊魔法？

何はともあれ、新しい仲間が加わったことは確かだ。ちょうどいい具合に水路も完成しつつあるし、最初の目的である、大浴場と水洗トイレの設置はなんとかなりそうだ。

翌日からは予定通りに午前中にアルフレッド先生とデニス親方と一緒に木を伐採してから、大浴場建設予定地へ向かい、水路の建設と補修を行う日々を過ごすことになった。

幕間 ✦ 手紙とワイン

リディルがノースウエストの新たな住人を迎えているころ、王城には手紙とワインが届けられていた。

「まさかリディルがワインを造るとは思わなかったな。それも、どうやら普通のワインではないようだ。もしやフェロールはリディルに振り回されているのか？　苦労しているのかもしれないな」

陰の人から手紙とワインを渡された国王のテオドールは執務室の扉を閉めた。フェロールからの連絡がないことに少々ヤキモキしていたが、無事に手紙が届いたことで今はその心も落ち着きつつあった。

だが、手紙の内容を読み進めるうちに、顔が険《けわ》しくなっていく。そこにリディル暗殺に関する報告があったからである。

どうやら連絡が遅れたのはそれが原因でもあったようだ。

テオドールが動くと、そこから相手方へと悟《さと》られるかもしれない。そう思ったフェロールが秘密裏に動いていたのだ。

手紙には、問題なく賊《ぞく》は討伐《とうばつ》されたと書いてあった。そしてリディル暗殺計画については、リディルはまったく知らないし、気がついていないと書いてあった。

「ヤレヤレ、まずは一安心と言ったところか。リディルは優しすぎるからな。自分の命が狙《ねら》われているとなれば、周囲に害が及ばないようにするために、一人でノースウエストから出て行く可能性もあった」

思わずつぶやくテオドール。それだけ心配だったということである。読み進めると、どうやらフェロールだけでなく、共にノースウエストに住むエルフとドワーフも手伝ってくれたみたいである。どうやら協力者になってくれるようだ。しかも、人前にはめったに姿を見せない、エルフとドワーフがリディルに従っているとは。

思わずゾクリとするテオドール。リディルの中には計り知れない何かが眠っているのかもしれない。

「それにしても、厄介《やっかい》だな」

手紙には、リディル暗殺計画の主犯の名前が記載されていた。もちろん、テオドールの予想通り、元第二王妃の手の者であった。

修道院に入れているはずなのにどうやって。外部との接触はできないはずだ。まさかとは思うが、院長が籠絡《ろうらく》されたか？　厄介な。また思った。

証拠となりそうなのは、捕まえた襲撃者からの自白だけである。だがそれだけでは、相手を罰《ばっ》することは難しいだろう。何か物的な証拠がなければ。せめて依頼の内容が書かれた手紙でも残っていれば。

思ってもどうしようもないことをテオドールは考えた。このままでは第二、第三の刺客《しかく》が送られることになる。院長から話を聞いて、元第二王妃を厳重《げんじゅう》に見張るように言っても、今度は公爵家《こうしゃくけ》が動くだろう。

そうなると、もっと大規模な人数を送り込みかねない。リディルがいる場所は王都から離れた辺境なのだ。辺境にある小さな町が一つ消えたとしても、魔物が原因ということにして終わりだろう。どうにかして手を打たねば。やはりここは協力者が必要だ。ここはやはり、第一王妃の一派を味方に引き入れるしかないか。

息子のラファエルは思慮深《しりょぶか》く、分別のある自慢の息子だ。地方へ追いやったリディルのことを害することはないだろう。もう終わったものだとして対処してくれるはずだ。

そうして覚悟を決めたところで、ワインを飲むことにした。フェロールによると、このワインはエルフのブドウで造ったワインだそうである。

エルフのブドウ。名前は聞いたことがあるが、実際に口にしたことは数えるほどしかなかった。それほど貴重なブドウなのだ。

それをリディルやノースウエストの住人がパクパク食べていることを知ったら、テオドールは卒《そっ》倒《とう》したことだろう。それが分かっていたフェロールは、そのことについては一切《いっさい》、触れなかった。賢明な判断である。

棚からグラスを取り出し、自らの手でワインをそそぐ。部屋にはだれも入らないように言ってあるので、自分で動くしかないのだ。だが、それもまたいいな、とテオドールは少し心をはずませてワインの香りを嗅《か》いだ。

「これが幻のワイン。なんという芳醇《ほうじゅん》な香りなんだ。これまでに飲んだ、どんなワインよりも素晴らしい。どんな味がするのか、楽しみだな」

飲む前から、またしてもつぶやくテオドール。どうやら最近は本音を話せる人がいないため、独り言が多くなっているようだ。

そんな自分に気がつき、苦笑いしながらワインを一口飲んだ。

「うまい。まさかこんなワインが存在していたとは……！　これは追加をフェロールに頼まなければならないな」

エピローグ

The Guardian of Yggdrasil.

それから数日後、そこには立派な建物が完成した。ルミ姉さんが満足そうにうなずいているのが印象的だった。まさに、「いい仕事をした」という顔である。

だがしかし、建築に使うための木材がまだまだ足りていなかったようである。外側は満足のいくものができたようだが、内装は未完成のようだった。それからサウナもまだみたいだね。

「ほぼほぼ完成だね。さすがはルミ姉さん」

「お、ようやく戻ってきたッスね。見ての通りッス。木材が足らなくて、作業が止まってるッス。さあ、早く木材を出すッス。ハリー、ハリー！」

そう言いながら詰め寄ってきたルミ姉さん。ドワーフの中でも、ルミ姉さんはせっかちなのかもしれない。ボクからすると、頼もしいけどね。

「分かったよ。アルフレッド先生、お願いします」

「ふふふ、ルミナ嬢《じょう》は本当に楽しそうですね」

「楽しいッス！　最高ッス！　あたしがいたところじゃ、こんな大きな建物は造らせてもらえなかったッスよ」

どうやらドワーフはあまり大型建築はしないみたいだな。デニス親方が喜々としてお城や要塞《ようさい》なんかの大きな建物を建てようとしていた理由が分かったような気がした。普段は地面の下に、必要なだけの空間を作っていたんだろう。

だからルミ姉さんは屋敷の部屋がいいと言ったのかもしれないな。よかったね、デニス親方。嫌われているわけではないみたいだよ。

次々と伐採した木が置かれていく。それを精霊魔法であっという間に木材に加工するアルフレッド先生とルミ姉さん。ボクができることと言えば、二人の邪魔《じゃま》をしないように、ミューと一緒に離れていることだけである。

そうこうしている間に、サウナが完成し、内装がどんどん作られていった。アルフレッド先生も、大浴場に設置するベンチやテーブルなんかを木材で作っている。

「完成したッス。お湯を沸かす部分には魔道具を使ってるッス。これなら薪《まき》を気にしなくて大丈夫ッス。魔石なら、その辺に転がってるッスからね。もちろん、あのジェットバスも取りつけてあるッス！」

「一通りの内装は整《ととの》えましたよ。あとは必要になったときに追加すれば大丈夫でしょう」

「ありがとうございます！　これだけすごい大浴場ができたら、ノースウエストに住んでいるみんなも喜んでくれると思います」

やり遂げた、といった、すがすがしい顔をしているルミ姉さんとアルフレッド先生。ボクも最初の目標が達成できたので、とてもうれしい。あまり役には立たなかったかもしれないけど、ゼロではないからね。水路を掘ったり、木材を調達したし。

「リディル様、この大浴場はどうするおつもりなのですか？」

一緒に二人の作業を見守っていたフェロールが不意に聞いてきた。首をかしげているけど、何か気になることがあるのかな？　もちろん、方針は変わらないぞ。

「どうするって、町のみんなに使ってもらうつもりだよ」

「その、お値段は？」

「もちろん無料だよ！　あ、そうだ。お風呂《ふろ》あがりに、ブドウジュースを提供できるようにしたいな。それから水洗トイレも設置しないと」

「無料ですと⁉　リディル様、なんと慈悲《じひ》深い……！」

「ちょ、フェロール⁉」

そう言って泣き出したフェロール。一緒に来ていたヨハンさんも目を潤《うる》ませていた。

ボク、そんなにかっこいいこと言いましたっけ？

なんとか落ち着きを取り戻したフェロールとヨハンさんに頼んで、大浴場のことをノースウエストのみんなに宣伝してもらった。

どうやら事前に宣伝をしてくれていたようで、すぐに町の人たちが集まってきた。

村のような小さな町なので、人口はそれほど多くない。それでも、たくさんの人が来てくれた。もちろん、子供たちの姿もあるぞ。と言うか、どちらかと言うと子供の数の方が多いかもしれない。

「デニス親方が作ってくれた水洗トイレも設置して、早くみんなにも見てもらいたいですね。そのためには、排水用の穴と装置を作らないと」

「心配はいりませんよ。リディルくんが作った水路のすぐ隣《となり》に、見えないように排水用の穴を掘っておきましたからね。それを利用すれば、すぐにでも使えるようになりますよ」

「いつの間に！　さすがはアルフレッド先生」

「ふふふ、これでも、リディルくんの先生ですからね。このくらいはやっておかないと。それに、デニスばかりに、いい格好をさせるわけにはいきません」

笑顔を浮かべるアルフレッド先生。どうやらボクが気がついていなかっただけで、アルフレッド先生はデニス親方のことをよきライバルと見ているようである。

同じ時期にボクのところへ来たからね。そこには何か、負けられない戦いのようなものがあるのかもしれない。

排水用の穴の先は、地下に掘られた大きな穴につながっているそうである。そこにはエルフの里で使われている、汚物《おぶつ》を分解する魔物、つまり、スライムを使った浄化機構が組み込まれているらしい。

よくできているなー。ボクが浄化装置を提案するまでもなかった。

ボクが知っている浄化装置を使えば、全部がリサイクルされることになるからね。最終的には、水と酸素、水素、カーボン素材、肥料《ひりょう》へと再生利用されることになるのだ。そしてその肥料を使って、新たな作物が栽培《さいばい》されることになる。

完全な循環型《じゅんかんがた》社会だね。宇宙では排せつ物も貴重な資源なのだ。少しもムダにはできない。でもここには大地があるし、そこまでする必要はなさそうだ。

それにそんなものを提案したら、デニス親方が今まで以上にハッスルすると思う。ルミ姉さんと一緒にね。

「それではさっそく水洗トイレを設置しましょう！　ルミ姉さん、お願いできますか？」

「任せるッス。あたしとアルフレッド様の、初めての共同作業になるッスね！」

「うん、そうだね。客観的に見ると、確かにそうなるよね」

目をハートにしたルミ姉さんがものすごい勢いでトイレ予定地にハート型の建物を建てて、その中に水洗トイレを設置していく。

いいのかな、あれで。ダメだと思うけど、なんだか訂正するのは悪いような気がする。

次からはデニス親方に頼んで設置してもらうようにしよう。

「リディル様、お風呂のお湯が沸《わ》いたようですよ」

「さすがはルミ姉さんが作った魔道具だね。あっという間にお湯が沸いちゃったよ」

「フッフッフ、このくらい、余裕のよっちゃんッス」

ドヤ顔をするルミ姉さん。なんだろう、似ていないような気がしていたけど、やっぱりデニス親方に似ているよね。

そんなことを思いつつ、大浴場へ町のみんなを招待する。石けんもアルフレッド先生から出してもらったので、準備は万全だ。

そのうち石けんもノースウエストで作れるようになりたいところだね。

やりたいことがどんどん膨《ふく》らんでいくなー。お城にいたころでは、考えられないよ。お城から追い出されて、本当によかったと思う。お父様には感謝しないといけないな。

元気にしているかな、お父様。ボクのことをいつも気にしてくれたラファエルお兄様も、元気にしていてくれたらいいんだけど。

「領主様《りょうしゅ》、これは一体なんの騒《さわ》ぎでしょうか？　も、もしや、これは大浴場ですか!?」

「トルネオさん、来ていたんですね。いつも町へ物を売りにきてくれてありがとうございます。トルネオさんの言う通り、大浴場ですよ。町のみんなに使ってもらおうと思って」

「い、いつの間にこんな物が……」

トルネオさんが絶句している。それもそうか。半月もかからずに完成したからね。週に一度くらいの間隔《かんかく》で町を訪れていたら、いきなり建ったように見えるのもしょうがないか。

「リディル様、リディル様も一緒に入りましょうよ！」

「え、ボクも？」

「ミュ！」

「ミューも一緒に入るの？　もう、しょうがないなぁ。アルフレッド先生、みんなと一緒にお風呂に入ってきますね」

ブドウの収穫を手伝ってくれている子供たちが、ボクをお風呂に誘いにきた。

ちょっとうれしい。いや、すごく、うれしい。ついにボクにも、同じくらいの年齢の友達ができたんだ。

「分かりました。それでは、私たちはここでみなさんの案内をしておきますよ」

「ゆっくりしてくるといいッスよ。ブドウジュースもちゃんと用意しておくッス！」

サムズアップをキメるルミ姉さん。どうやらアルフレッド先生と二人っきりになれてうれしいようである。

フェロールはサウナの使い方と、お風呂の使い方を教えている。こちらも忙しそうだね。

「そうだ、トルネオさんも一緒にどうですか？　いつもここまで商品を売りにきてくれるお礼に、自由に使ってもらっていいですよ」

「それはありがたいお話ですね。ぜひ、使わせていただきたいと思います」

笑顔になったトルネオさんと、子供たちみんなと一緒にお風呂場へ向かう。もちろんボクが案内役だ。役に立ってるぞ。

「スゲー！　何これ、お湯⁉　水じゃないんだ」

「お湯に入るんだ。なんだか、すごいことをしているような気がする！」

「みんな、湯船に入る前に、まずは体を洗わないといけないよ」

「分かりました！　ここで体を洗うのか」

「これ、もしかして石けんじゃない⁉」

ワイワイとにぎやかになってきた。

静かな暮らしもいいけど、こんな生活もいいよね。ノースウエストの町にもっと活気が出るように、もっともっと頑張らないといけないな。

「おお、これは間違いなく大浴場ですよ。しかも、私がいる町にある大浴場よりもきれいで立派ですね」

トルネオさんが感心しながら大浴場を観察《かんさつ》している。ルミ姉さんが作った、最新式の大浴場だからね。きれいで立派なのは当然だ。なんだかボクがほめられたようで、とってもうれしい。

どうやらボクたちよりも先に、大人たちが湯船に入っているみたいだね。それも、ちょっと高齢の方たちばかりである。その表情はどれも幸せそうな顔をしていた。

「おぅふ、まさか湯につかる日がくるとは思わなかった」

「いやぁ、しみますな～。昼間から入るお風呂というのは格別なものですな～」

しみじみとしているな。それを見ているヨハンさんはどことなくうれしそうである。あとでヨハンさんもお風呂に入るといいよ。みんなと一緒にね。

そうこうしているうちに、体を洗い終わった子供たちが湯船へと入る。

「あっつ！　いや、ちょうどいい？」

「本当だ。熱いけど、最初だけ！」

「スゲー！　俺《おれ》は今、お湯の中に入っているぞ！」

実に楽しそうである。もちろんボクも一緒にお風呂に入る。収穫《しゅうかく》を手伝ってくれている子供たちが、ボクのことを他の子供たちにも紹介してくれた。そしてすぐにみんなと友達になることができた。

「すごい、本当に王子様なんだ」

「まあ、一応ね。でも、みんなとそんなには変わらないよ」

「この子は神獣《しんじゅう》なんだ。角がふにふに～」

「触ってみたい！」

「ミュ」

ミューも子供たちに大人気のようである。そして王子様であるボクも大人気だ。子供たちにも、大人たちにも、「王子様だけど、かしこまらなくていいよ」と言ってある。大人たちはちょっと微妙な顔をしていたけど、子供たちは素直にそれに従ってくれた。

もちろん、無礼な態度を取られたからと言って、何かするつもりはないぞ。追放されたボクにはなんの権力もないから安心してほしい。せいぜい、フェロールの顔が少し険《けわ》しくなるくらいだろう。

「おおう、なんという熱さ。どれだけの薪《まき》を使っていることやら」

「薪の心配はいりませんよ、トルネオさん。このお風呂のお湯は魔道具で温めていますからね」

「魔道具で!? こんなに大量のお湯を作り出すことができる魔道具があるのですか。それは興味深い。実に興味深いですよ」

キラリと目を光らせたトルネオさん。どうやら商人としての血が騒ぎ出したようである。なんとか手に入れて、売りに出したいと思っているのかな？ でも無理なんだよね。だって作っているのがドワーフだからね。ドワーフは同じ物を作りたがらないのだ。

「さてと、それじゃ、そろそろ秘密兵器の出番だな。そこのボタンを押してみて」

「え、これ？ うわっ、なんだこれ!?」

「スゲー！ 泡《あわ》だ。すごい勢いで泡が出てる！」

「ななな、なんですか、これは！」

「な、なんじゃこりゃー！」

トルネオさんも、おじいちゃんたちも驚いている。これは失敗しちゃったな。ちゃんと説明してから魔道具を動かすんだった。

改めてみんなに説明すると、ちゃんと納得してもらえたようである。そしてその気持ちよさを分かってくれたようで、さっそく堪能していた。みんな環境適応能力が高いよね。

「こんな装置のついたお風呂は初めてですよ。ええ、初めてです。どんな高位貴族の家にもないはずですよ。これはすごい」

どうやらジェットバスは相当すごい代物だったようである。トルネオさんがしきりにうなずいている。あとで売ってほしいと言われないか、ちょっと不安になってきたぞ。売ってくれと言われても、ボクではどうすることもできないんだよね。ボクの魔道具師としての技術で、なんとか作れるのだろうか。

お風呂からあがると、お待ちかねのブドウジュースの登場である。

「リディルくん、お風呂はどうでしたか？」

「みんなと入るお風呂は最高でした」

「ミュ」

「それはよかった。さあ、ブドウジュースをどうぞ」

「ありがとうございます！」

「ミュ！」

輝くブドウジュースを飲んだ。アルフレッド先生がほどよく冷やしてくれていたみたいで、とってもおいしい。

ミューも子供たちも、とてもいい顔をして飲んでいた。

「何これ、おいしすぎるんだけど！」

「すごいだろ？　俺たちが収穫したブドウを使ったジュースなんだぜ」

「ずるいぞ。俺たちもブドウを収穫したい！」

ワイワイと騒ぎ出した子供たち。どうやらブドウも、ブドウジュースも人気みたいだね。もちろん、お風呂からあがったトルネオさんとおじいちゃんたちの分もあるぞ。

「え、なんだこれ⁉　ただのブドウジュースではありませんよ！」

「うまい。こんなにうまいブドウジュースを飲んだのは生まれて初めてだぞ」

一口飲んで、「バカな⁉」みたいな顔でブドウジュースを二度見したトルネオさんとおじいちゃんたち。

これはノースウエストで作ったブドウジュースが町の特産品になる日も近いのかもしれないな。こんなことなら、収穫したブドウをここへ持ってきていたらよかった。

そんなことを思っていると、向こうから笑顔を浮かべたデニス親方がやってきた。大浴場に人がたくさんいるのを見て、大盛況であることが分かったのだろう。

「坊主、にぎわっているみたいだな。差し入れを持ってきたぜ」

「見ての通り、みんなにも喜んでもらっているよ。差し入れって？」

「ブドウだよ、ブドウ。昼食のときに、アルフレッドに渡しそびれちまったからな」

なんということでしょう！　これなら町のみんなにも、エルフのブドウを食べてもらえるぞ。きっと喜んでくれるはずだ。

「全部ワインにしてなかったんだね！」

「おい、坊主、俺がなんでもかんでもお酒にすると思ってないか？」

「違うの？」

「間違ってはいないが、良識くらいはあるぞ？」

そこは否定しないんだ。デニス親方らしいな。だが、ちゃんと他の人のことも考えてくれているようである。

デニス親方に協力してもらって、さっそくみんなにブドウを配った。輝くブドウに、みんな興味津々である。

「光り輝くブドウですと!?　領主様、このブドウは一体？」

「これはアルフレッド先生から分けてもらった苗から育てた、エルフのブドウですよ。とってもおいしいんですよ。食べてみて下さい」

「そ、そうでしたか。それではさっそく……うまい、うますぎる。これまで食べてきたブドウは一体なんだったんだ」

もう、トルネオさんは大げさだな。そんなトルネオさんの反応を見て、子供たちも競うかのように口の中にブドウを放り込んだ。

「何このブドウ！　とっても甘くておいしいわ」

「そのブドウ、俺が収穫したやつなんだぜ！」

「なんだこのブドウは。これまで食べたブドウの中で一番おいしいぞ。夢でも見ているのか？」

「ワシにも一つもらえんかな？」

「一つじゃなくて、もっと食べてもいいですよ」

ブドウは大好評だった。ノースウエストの住人たちの顔も明るくなっている。ボクが来たばかりのころは、みんなどこか疲れた顔をしていたからね。これから少しずつでも、ノースウエストが住みやすい町になってくれたらうれしいな。

そのためには、もっともっと頑張らないとね。

大浴場の休憩場所はもう少し大きくした方がよさそうだな。入りきれなかった人たちが外にまであふれている。あとでルミ姉さんに頼んでおこう。

お、どうやら水洗トイレも使われているみたいだな。大浴場に設置しておいてよかった。サウナも好評みたいで、今も水風呂や、休憩スペースに町の人たちの姿が見える。

大浴場もサウナも水洗トイレも、どれもこれまでにない体験だったようで、みんな大はしゃぎしている。

町の人たちがこんなに喜んでくれているんだ。フェロールやアルフレッド先生、デニス親方、ルミ姉さんに相談してよかったな。笑顔を浮かべるノースウエストの人たちを見てそう思った。

「リディル王子殿下《でんか》、なんとお礼を申し上げたらよいものか」

「ヨハンさん？　どうしたの、改まって。ヨハンさんもお風呂に入ってきたらどうかな。すごく伸び伸びと入れて、気持ちいいと思うよ」

そう提案したのだが、どうやらそうではなかったようである。ヨハンさんの言葉が周囲にいた町の人たちにも聞こえたのか、注目がボクに集まった。

ああ、この感じ。お城にいたときに感じたことがあったな。

「こうして町のみんながとてもよい顔をすることができるのも、リディル王子殿下が町へ水路を作ろうと提案して下さったからです。ありがとうございます」

「いや、でも、元々はヨハンさんたちも計画していたのでしょう？」

「私たちが行った計画は、夢物語のようなものでした。かなうはずはないと思っていましたからね。ですが、リディル王子殿下がこの町へ来てから、その夢物語が実現可能になったのです」

そう言ってから涙を流すヨハンさん。どうやらずいぶんと涙もろくなっているみたいだな。それもこれも、とてもいい笑顔をしている、町の人たちの姿を見たからなのだろう。

あ、何人かのおじいちゃん、おばあちゃんたちがもらい泣きしている。もしかすると、悲願だったのかもしれない。

「それにこんなに立派な大浴場まで作っていただき、ありがとうございます」

「いや、これはルミ姉さんが……」

「そんなことはないッス。そもそも坊ちゃんがここに来てなければ、あたしがここへくることもなかったッスからね」

「それは言えているな。坊主がここへ来なければ、俺もアルフレッドも、今ここにいないはずだぜ」

「デニスの言う通りですね。謙遜《けんそん》する必要はありませんよ。この町に水路を作りたいと言ったのも、作ったのもリディルくんではないですか。それに別の場所では、町の特産品を作るべく、畑だって準備しているでしょう？」

みんなの注目がますますボクに集まった。ボクがここへ、この辺境の地へ来たから、みんなの生活が少しずつ変わり始めることになったのか。

ノースウエストをみんなが住みやすい町にしたいと思ってはいたけど、どこかでボクには無理なんじゃないかなって思っているところがあった。

でも、そうじゃなかった。なんの力もないボクだったけど、みんなと力を合わせて一生懸命に前を見ることで、その先にある夢へと進むことができたんだ。

ううう、なんだかボクも泣きそうになってきた。ボクなんていなくても。そんなことを思ったこともあったのに。生きていてよかったんだ。

「領主様、ありがとうございます！」

「ありがとう、リディル王子お兄ちゃん！」

「領主様ありがとうー！」

「ありがとうございます、領主様！」

町の人たちから感謝の声が聞こえてきた。みんなが口々に「ありがとう」ってボクに言ってる。

ボクだけの力じゃないのに。トルネオさんもすごくいい笑顔でボクを見ていた。その笑顔は少し誇らしく、まるで王様を見ているかのようだった。

アルフレッド先生からも、デニス親方からも、ルミ姉さんからも、ミューからも、フェロールからも、ヨハンさんからだって力を借りているのに。

自分だけが賞賛《しょうさん》されて申し訳ないなと思う気持ちと共に、胸の奥から沸々《ふつふつ》と欲が湧《わ》き上がってきた。

「これから、もっと、もっと、ノースウエストをすごい町にしていくからね！　みんなが、もっと、もっと、楽しく暮らしていけるような町に！」

みんなの感謝に応《こた》えるように、ボクは大きく手を振った。泣きそうになったけど、泣いたりなんかしないぞ。泣くときは、やりたいことをすべてやり終わったあとだ。最後の最後でいい。


大浴場は大盛況だった。そのことを報告するべく、世界樹《せかいじゅ》さんのところへと向かった。

町の中心から、世界樹さんのところまでは少し距離があるからね。町のにぎわいについては分からなかったはずだ。

世界樹さんもノースウエストの一員だからね。ちゃんと話してあげないと。

「あれ？　世界樹さん、なんだか大きくなってない⁉」

間違いなく大きくなっている。この前までは、一戸建ての屋根くらいの高さしかなかったもんね。それが今では、四階建ての高さくらいに生長している。

『気がつきましたか？　先ほど、急に生長したのですよ。すごいでしょう？』

「すごいです！　さすがは世界樹さん」

『町で何があったのか、話してもらえませんか？』

「もちろんですよ！　大浴場を作ったら、町のみんなに喜んでもらえて、それでですね」

こうしてボクは世界樹さんに何があったのかを話して聞かせてあげた。世界樹さんはとっても喜んでくれた。ボクもとってもうれしい。

よ～し、これからも、ノースウエストをもっともっと豊かで楽しい町にしていくぞ。世界樹さんも見ててよね！

書き下ろし番外編 ✦ 今のボクにできること

ノースウエストにアルフレッド先生とデニス親方が来てから、ずいぶんと時間が経過した。今では立派な屋敷も作ってもらい、健《すこ》やかな日々を過ごしている。

こうして毎日を過ごすことができるのも、アルフレッド先生やデニス親方、フェロールのおかげだね。

「ミュ！」

「もちろん、ミューもその中に入っているよ」

「ミュ」

あれ、声に出てたかな？　おかしいな。ミューはボクの言葉に安心したかのように、後ろ足で頭をかき始めた。

「ほら、リディルくん、集中力が乱れてますよ」

「ごめんなさい！」

気合いを入れ直して木剣を振る。

朝のこの時間はアルフレッド先生から剣術を学んでいた。少しでも強くなって、みんなに迷惑をかけないようにしないといけないからね。いつまでも、みんなにおんぶに抱っこではいけないのだ。

『アルフレッド、少し厳《きび》しすぎるのではないですか?』

「それは……」

世界樹《せかいじゅ》さんにそう言われて苦笑いするアルフレッド先生。

そんなことはないぞ。ボクがお願いしている立場だからね。アルフレッド先生にはなんの非もないのだ。

「大丈夫ですよ、世界樹さん。ボクが『厳しくしてほしい』とアルフレッド先生にお願いしました」

『そうかもしれませんが、リディルはまだまだ子供なのですよ? 心配です』

世界樹さんが眉《まゆ》を下げて、困った顔をしているようなイメージが頭の中に浮かんだ。世界樹さんに顔なんてないのに。

このイメージは本当になんなのだろうか。もしかして、ボクの願望!?

動揺《どうよう》しているボクをよそに、アルフレッド先生はアゴに手を当てて何かを考えている。

アルフレッド先生も厳しすぎたと思っているのかな? それとも、世界樹さんと同じように、ボクにはまだ、剣術は早いと思ってるのだろうか。

「確かにおっしゃる通りかもしれません。リディルくんはまだ子供。剣術も大事ですが、今はもっと自分の世界を広げるべきかもしれませんね」

自分の世界を広げる、か。でも、王城から追い出されてノースウエストに来てから、ボクの世界はものすごく大きく広がったぞ。

あのまま王城にいたら、世界樹さんとお話しすることもなかったし、ミューとも友達になれなかった。

もちろん、アルフレッド先生やデニス親方とも出会うことはなかっただろう。

「話は聞かせてもらったぜ！」

「デニス親方⁉　いつからそこに」

「そろそろ休憩の時間だろうと思ってな。向こうでその準備をしてたんだよ」

そう言ってクイッと親指で指したデニス親方。その方向を見ると、テーブルにイス、そしてジュースのような物が用意されていた。

……ボクの見間違いじゃなければ、お酒を飲むコップも用意されているように見えるんだけど。まさか朝からお酒を飲むつもりじゃないよね？

デニス親方を不審《ふしん》な目で見ていると、アルフレッド先生がボクの頭をポンとたたいた。

「今日の訓練はこれまでにしましょう。どうやらデニスに、何かいい考えがあるみたいですからね」

「そうそう、俺《おれ》にいい考えがあるぜ！」

サムズアップをキメるデニス親方。なんだろう、なんだか余計に不安になってきたぞ。

ほら、ミューの顔を見てよ。ちょっとあきれたような目をして、デニス親方を見てるじゃない。きっと今のボクと同じ気持ちなのだろう。

イスに座り、ブドウジュースを飲む。もちろんミューの分もあるぞ。ボクもミューもお気に入りの、エルフのブドウで作った、最高のブドウジュースだ。やっぱりおいしいね。

ミューも夢中で飲んでいる。これはおかわりするつもりだな。負けないぞ。

「それでデニス、一体何を思いついたのですか？」

「坊主の世界を広げる話だが、魔石を採《と》りに行くのはどうだ？　そろそろ手持ちの魔石が少なくなってきたところなんだ」

「魔石って確か、その辺の石ころに空気中の魔力が集まってできたものだよね？　どこでも見つけることができるから、そんなに貴重な物じゃないって聞いたことがあるけど」

王城で暮らしていたころに、王族の教養として、家庭教師からそう教えてもらったことがある。

「その通りだ。だがな、その魔石がたくさん採れる場所があるんだ。おそらくだが、その場所は魔力がとどまりやすい地形になっているんだろうと思う」

「ほう、そんな場所があったのですね。この近くなのですか？」

「そうだ。そこへ行けば、大きな魔石も手に入るかもしれねぇ。その様子だと、坊主は魔石を拾ったことがないんじゃないのか？」

「うん。拾ったことはないかな。見つけたこともね」

そう言うと、アルフレッド先生とデニス親方から、ちょっと同情したような目を向けられた。

ノースウエストへくる前は、お城から外へは出してもらえなかったからね。当然、お城の中に魔石が落ちているはずもなく。

「ミュ……」

「ミュー、そんな顔をしないでよ。これからたくさん魔石を見つければいいだけだからさ」

「ミュ」

「よし、それじゃ、決まりだな。これほど坊主に刺激的で、いい場所はないだろう?」

デニス親方がパンと自分の太ももをたたいてニヤリと笑った。どうやらちょっと重くなった空気を変えようと思ったみたいだね。

またみんなに気を使わせてしまったみたい。気をつけないと。

「そうですね。ですが、準備が必要ですよ。魔石は魔物がエサにしている物ですからね。魔石がたくさん落ちているということは、魔物もたくさん集まってくるはずです」

魔物! そういえば、魔物がいるんだったね。これまで数えるくらいしか見たことがないので、どこかボクとは程遠い存在だと思っていた。安全な場所に住んでいるとはいえ、魔物の脅威《きょうい》を忘れてはいけない。

それならボクも、魔物と戦える力を身につけないといけないな。今回の魔石探しは、自分の腕試しに、ちょうどいいのではないだろうか。

「アルフレッド先生、デニス親方、お願いがあるのですが」

「なんでしょうか?」

「なんだ、坊主?」

「もしそこで魔物に出会ったら、ボクにも倒させてもらえませんか? 剣術の訓練だけでなく、実戦も必要だと思います」

ボクのその発言にたちまち難色を示すアルフレッド先生とデニス親方。ここにフェロールがいたらやっぱり反対されるかな？　ミューも反対のようで、ボクを支援してくれることはなさそうだ。

「確かに実戦の経験は必要だと思いますが、リディルくんにはまだ早いと思いますよ」

「アルフレッドの言う通りだな。坊主はまだ子供だ。魔物と戦うのはちょっと無理があるんじゃないのか？」

「分かってます。でも、それでも魔物を倒す力が欲しいです」

ボクが真剣にそう願っていることが分かったのだろう。アルフレッド先生とデニス親方の口が塞《ふさ》がっている。

魔物を倒す経験は絶対に必要になると思う。今の状態でも、自分は戦うことができるのか。確かに子供だけど、ボクだって、大事な人を守れるくらいの力が欲しい。そのためには、今の自分の実力を知る必要があるのだ。

「……フェロールが反対するかもしれねぇな」

「するでしょうね。それに、絶対についてくると言うはずですよ」

苦笑するアルフレッド先生とデニス親方。ボクもそう思う。でも、絶対に説得してみせるぞ。


その日の夜、夕食を食べ終えたところで、フェロールにも魔石を採りに行く話をした。もちろんそのときに、魔物が現れればボクも戦うという話もしている。

「魔物の討伐《とうばつ》ですか。なるほど、確かにリディル様には必要な経験でしょうな。いざというときに、相手を倒すことをためらってはいけませんからな」

フェロールが何度もうなずいている。どうやらフェロールはボクがそのときになったら、足がすくむと心配しているようだ。

もしかすると、フェロールはボクにそんな日がくると思っているのかもしれない。自分一人の力で戦わなければならない日がくるってね。

「分かりました。それではわたくしもご一緒させていただきます」

「それでは決まりですね。今日のうちに準備はしておきましたので、明日にでも行きましょうか」

「デカイ魔石が見つかればいいんだがな。坊主が色々と新しい魔道具を提案するから、もう在庫がなくなりかけてる」

「う、それは悪いことをしちゃったね」

そう言うと、デニス親方が大きな声で笑い始めた。

「悪いことじゃねぇよ。それだけすごい魔道具ができあがったってことだからな。他のドワーフたちが見たら絶対に驚くぞ。うらやましがるだろうな」

ニヤニヤしているデニス親方。どうやらドワーフたちにとって、新しい魔道具の開発は自己顕示《じこけんじ》の方法の一つみたいだね。

それならボクが色々と新しい魔道具を提案しても、あまり問題にはならないのかもしれない。もちろんやりすぎはよくないだろうけどね。この世界に存在してはならないような、オーパーツ的な物は提案しないようにしよう。

翌日、朝食を食べて、昼食のパンと燻製肉と野菜を準備してから、ボクたちはノースウエストの町を出た。

目指すはデニス親方がノースウエストへくる道中で見つけたという、魔石がたくさん採れる岩山である。

みんなの力を借りつつ、森の中を進んで行くと、急に視界がひらけた。その先には、ゴロゴロと大小様々な石や岩が転がる小さな山があった。

こんな場所があるだなんて初めて知ったな。ここで安定的に魔石が採れるのであれば、ノースウエストの町は困らないだろう。魔道具も作りたい放題になるに違いない。

その岩山を見て、アルフレッド先生が「ほう」と感心していた。フェロールはちょっと言葉を失っているね。

「まさかノースウエストの近くにこのような場所があったとは。まだまだ周辺の探索が足りていなかったようですな」

「フェロールって、ボクの知らないところでそんなことをやっていたんだね。何も知らなかった自分が情けないよ」

「情けないだなんて、そのようなことはありませんよ。リディル様はしっかりとノースウエストを治めているではないですか」

フェロールがそう励《はげ》ましてくれたけど、あんまりほめられたことではないと思う。だって、ボクの知らないところでフェロールに何かあったら、主《あるじ》としてはダメである。いや、ダメじゃないな。

ダメダメである。

「ミュ、ミュ！」

落ち込んだボクをミューが励ましてくれた。そうだよね、落ち込んでいても、何も解決しないよね。次からは同じようなことにならないように、しっかりとみんなが何をしているのかを確認するようにしないと。

そうして決意を新たにしたところで、足元にキラリと光る物を見つけた。光沢のあるこの黒い石はもしかして。

「これ、魔石だ！」

「ミュ！」

「坊主、もう見つけたのか？　どれどれ……おお、これは間違いなく魔石だぜ。ちょっと小さいけどな」

確かにデニス親方の言うように、これまで見たことがある魔石と比べると小さいな。ボクの爪《つめ》くらいの大きさだ。

やっぱり小さいと使い物にならないのだろうか。小さな魔道具を作るときには使えそうな気がするんだけど。腕時計とかさ。あれならそれほど動力も必要ないはずだ。

「小さい魔石はどうするの？」

「そのまま放置だな。ウワサによると、月日が経過すれば、さらに魔力を吸収して、大きくなるらしい」

「それ、本当なの？」

「どうだろうな。いつまでたってもウワサのままだから、確認できたやつはいないんじゃないか？」

それは残念だな。大きくなるのなら、部屋に飾《かざ》って、その成長を見守ろうかと思ったのに。もしかすると、魔石が大きくなるのにはものすごく時間がかかるのかもしれないな。それを確認するには人族では難しそうだね。寿命の長い、エルフやドワーフとかじゃないと無理だろう。

ボクが見つけたのは小さな魔石だったが、この場所に魔石が落ちていることは確認することができた。ここからは魔石探しの時間だね。楽しくなってきたぞ。

「次は大きな魔石を見つけないと」

「それはいいですが、探すのに熱中しすぎないようにして下さいね。なるべく私たちから離れることがないように」

「そうだぜ、坊主。ここはもう、いつ魔物が現れてもおかしくはない場所だからな」

「心配はいりませんよ。リディル様は私がしっかりと見ておきますから」

どうやらフェロールは魔石探しをしないみたいだね。その代わり、ボクの監視役《かんしやく》になるようである。それならアルフレッド先生もデニス親方も、自分たちが好きなように魔石を探しに行くことができるね。


途中で昼食を食べつつ、みんなで魔石を探す。なかなか大きい魔石は見つからないな。ボクの拳《こぶし》サイズの魔石なら、いくつか見つけたんだけど。

「来ましたな」

「フェロール？　何が来たの？」

「ミュ！」

ボクを守るかのようにベッタリとくっついていたミューが、ピョンと横に飛んで、体をフェロールが向いている方向へと向けた。もしかして、魔物が現れたのかな？

今まで一匹も出なかったので、この場所には魔物はいないのかと思っていた。

岩場の陰から、赤く光る目をしたシカが現れた。あの赤く光る目は、間違いなく魔物である証拠。

確か、魔石を食べた生き物が魔物へと変わってしまうんだよね。

どうして魔石を食べるとそうなるのかまではまだ分かっていないみたいだけど。

「来ましたよ、リディルくん。覚悟はいいですね？」

「大丈夫です。しっかりと準備はできていますよ」

屋敷《やしき》を出るときにアルフレッド先生から渡された剣を構えた。どうやらアルフレッド先生とデニス親方はボクのサポートをしてくれるみたいだね。心強いや。

そしてフェロールとミューはボクと一緒に戦ってくれるようである。ボクのすぐ近くで魔物を警《けい》戒《かい》しているみたいだった。

やるぞ。ボクだってちゃんと戦えるところをみんなにしっかりと見せてやるんだ。

ボクが今持っている剣はショートソードだ。身長の低いボクにはピッタリの剣だね。これをいつもアルフレッド先生から習っているように、しっかりとコンパクトに振れば、あの魔物を倒せるはずだ。

アルフレッド先生とデニス親方の警戒がそれほどでもないことから、たいした相手ではないようだ。今のボクでも、十分に倒せるのだと思う。

そう思っていたのだが。

「リディルくん、私がしっかりと足止めをしておきますので、首元をよく狙《ねら》って攻撃するのですよ」

「そうだぞ、坊主。大体の魔物は頭と胴体を切り離したら倒せるからな」

「分かりました」

どうやら二人があの魔物を動けなくしてくれるようである。それだと、ボクが倒したことにはならないような。まあいいか。

「ピット！」

「ガイアコントロール！」

こちらへと走ってきた魔物を、アルフレッド先生がピットの魔法で穴へと落とした。そこをすかさずデニス親方が塞《ふさ》ぐ。地面の上に出ているのは、魔物の上半身だけである。

これは……接待《せったい》討伐だね。間違いない。

「リディル様、今ですぞ」

「ミュ！」

「う、うん、そうだね」

なんだか釈然《しゃくぜん》としないが、魔物を倒すことには変わりはないか。動けなくなった魔物に近づくと、練習の通りに剣を振るった。ほとんど抵抗なく、魔物の首をはねることができた。

さすがはアルフレッド先生が準備してくれた剣だ。切れ味は抜群《ばつぐん》のようである。これは気をつけて使わないといけないね。

「よくやったぞ、坊主」

「リディルくん、気分が悪くなったりはしていませんよね？」

「リディル様、こんなに立派になられて……」

「ミュ……」

ちょっとみんな、大げさなんじゃないかな。今の戦いに負ける要素なんて一つもなかったよね？

フェロールはなぜか涙を流しているし。まるで孫の成長を見ているおじいちゃんのようである。

「大丈夫ですよ。この通り、なんともありません」

生き物の命を奪うのは、今世では初めてだったから、少しくらい気分が悪くなるかなと思っていた。だけどそんなことはなかった。

見た目は子供だけど、精神は色々と混じっているみたいだからね。もしかすると、前世のボクの中には、たくさんの命を奪《うば》った人物もいたのかもしれない。今のところ、そんな記憶はないけどね。

「リディルくんは私が思っている以上に、強い精神力を持っているみたいですね」

「そうみたいだな。坊主の年齢なら、少しくらい動揺《どうよう》があってもいいはずなんだがな」

「前世の記憶がありますからね。ボクと同じ年齢の子供よりも、心が強いのだと思います」

「ああ、そういえばそうでしたね」

「前世の記憶も役に立つもんだな」

ボクが倒した魔物はそのまま地面に横たわっている。このままだと他の魔物が臭《にお》いで集まってくるだろうし、見た目もちょっとよくないね。そんなわけで、トレンチを使って地面に埋めることにした。しっかりと穴の位置を決めて。

「トレンチ！」

予定通り、きれいに魔物の遺体《いたい》が穴の中へ落ちていった。あとはその穴をガイアコントロールで埋めるだけである。

ガイアコントロールは難しい魔法だけど、これも練習だ。失敗しても大丈夫。きっとアルフレッド先生とデニス親方がなんとかしてくれるはず。

「ガイアコントロール！」

ズモモ、と土が移動し、ボクがあけた穴を塞いでいく。だが、少し思い切りが足りなかったようである。完全に穴を埋めることができなかった。

「むむむ」

「いいガイアコントロールでしたよ」

「そうだな。ちょっと遠慮があったみたいだけどな。ガイアコントロール！」

デニス親方が使ったガイアコントロールはきれいに穴を埋めた。初めからそこには穴なんてなかったかのようである。

さすがはデニス親方が使ったガイアコントロール。ドワーフは穴を掘って暮らしているみたいだからね。土の操作は得意中の得意のようである。

ちょっとうらやましいな。ボクも早く、ガイアコントロールを自由自在に操《あやつ》れるようになりたい。

その後も魔石を探していると、何体か魔物がこちらへとやってきた。

もちろんその都度対処《つどたいしょ》する。ボクもアルフレッド先生をまねてピットの魔法で落とし穴を作ってみたりしたけど、うまくいかなかった。タイミングが難しい。

現れた魔物は先ほどのシカの姿をした魔物だけでなく、イヌやオオカミの姿をした魔物や、空から大きなトリの姿をした魔物が襲ってくることもあった。

さすがに空からの魔物には対処できない。そのときはアルフレッド先生が攻撃魔法であっという間に倒していた。

ボクも攻撃魔法が使えたらよかったんだけど、アルフレッド先生もデニス親方も教えてくれないんだよね。教えてもらえるのは、あると生活が便利になる魔法ばかりである。

「アルフレッド先生、ボクにも攻撃魔法を教えて下さい！」

「うーん……」

「坊主にはまだ早い。攻撃魔法は危険だ。下手なやつが使うと精霊魔法が暴発してケガすることになるからな。そうしてケガしたやつを、俺は何人も見てきた。アルフレッドもそうだろう？」

「まあ、そうですね」

知らなかった。ドワーフよりも精霊魔法を使うのが得意だと思われるエルフでもそうなのか。

それなら人族のボクは、まだ教えてもらわない方がいいのかもしれないな。七歳児の人族の子供にはまだ早すぎたようである。

この世界で成人として認められる十五歳になるまでは、攻撃魔法を教えてもらえないのかもしれないね。

「リディル様、デニス殿の言う通りだと、わたくしも思いますよ」

「フェロールもそう思うんだ」

「そうですとも。リディル様はまだ精霊魔法を教えてもらったばかりなのです。まだあせることなど何もないと思いますよ。これからゆっくりと教えてもらえばよいではないですか」

「ミュ」

「分かったよ。そうする。急いで精霊魔法を覚えて、それを使ったことで大事な人がケガをするのは嫌だからね」

「リディル様……」

フェロールが困ったような顔をしている。そうじゃない、自分を大事にしろってフェロールは言いたいんだろうね。でも、これがボクの本音《ほんね》なのだからしょうがないよね？　だれかを犠牲《ぎせい》にしてまで生きるだなんて、ボクにはとてもできない。そうするくらいなら、醜《みにく》くても最後まで戦うことを選ぶだろう。

人の上に立つ者の考え方としては間違っているんだろうけどね。そう考えると、王城から追放されてよかったのかもしれない。

「ミュ？　ミュ、ミュ！」

「ミュー？　どうしたの、急に」

「ミュ、ミュ！」

パタパタと飛びながらボクの袖《そで》を引っ張るミュー。引っ張られた方を見てみるが、そこには相変わらずゴロゴロとした石や岩が小さな山を作っているだけだった。

いや、何か感じるな。小さな揺《ゆ》れを感じる。何か重たい物が歩いているかのようである。まさか、ストーンゴーレムとか？

「何かこちらへくるみたいですね」

「そうみたいだな。こりゃでけぇやつがくるぞ」

「一体、なんでしょうか？　リディル様、念のため、お下がり下さい」

すぐに戦闘態勢になるアルフレッド先生とデニス親方、そしてフェロール。ミューはボクたちが逃げないことが分かったのか、上空へと飛び上がった。

そうか、空から見下ろせば、何がこちらへ向かっているのか分かるのか。それからすぐに地上へと降りてきたミューが、地面に絵を描いた。

なかなか上手だね。これは、カメかな？

「ミュ、ミュ！」

「ミューが絵を描けるだなんて思わなかったよ。文字を教えれば、筆談することができるかもしれないね」

「ミュ、ミュー！」

「ごめんごめん、そんな状況じゃないよね？」

ミューがペチペチとボクのほおをたたいてきた。そのたたき方から、結構あせっている様子がうかがえる。でも、ミューの描いた絵って、どう見てもカメなんだよね。カメって、そんなに怖い生き物ではなかったような気がするんだけど。

そう思ってアルフレッド先生たちの顔を見ると、なんだか怖い顔をしているな。どうやらこのカメはただのカメではなさそうである。

「アルフレッド先生？」

「この絵はもしかして、アースドラゴンでしょうか？」

「アースドラゴン⁉」

「ミュ、ミュ！」

どうやらそうらしい。ミューが激しくうなずきながら、ボクたちの周りを飛び回っている。

まさかこんな辺境の地にドラゴンが住み着いているだなんて！

と思ってはみたものの、辺境の地に強力な魔物がいるのは驚くほどのことでもないか。強力な魔物が住み着いているからこそ、辺境の開拓が進まないのだから。

「アースドラゴンか。こりゃあいいな。いい素材が手に入るぞ。もちろん、いい肉も手に入る。燻製にして酒のツマミにしたら、さぞかしおいしいだろうな」

「デニス……まあ気持ちは分かりますけど、油断は禁物ですからね」

「分かってるよ」

ニヤリと笑うデニス親方。どうやらデニス親方にとっては、アースドラゴンなどたいした相手ではないようだ。それはきっとアルフレッド先生も同じなのだろう。

それじゃ、どうしてあんな怖い顔をしたのかな？

「リディル様、ミュー殿《どの》、隠《かく》れますよ」

「え？　ああ、うん、そうだね」

アルフレッド先生たちがあんな顔をしていたのはボクが原因だ！　きっとボクを守りながら戦うとなれば、話は別なのだろう。

これ以上、足を引っ張るわけにはいかない。急いで岩陰《いわかげ》に隠れないと。

そうして岩陰にフェロールとミューと一緒に隠れたところで、地響きが止まった。気になって様子をうかがうと、小さな岩山の向こうから、大きなカメが顔をのぞかせていた。

これがアースドラゴン、大きい！　その目はボクたちを「大きなエサ」だと思っているかのような、どこか見下したような目である。

どうやら先ほどまで遭遇《そうぐう》した魔物たちとは違って、ボクたちのことを狙ってこちらへやって来たようである。そうでなきゃ、体を隠しながらこちらへとやって来たりはしないだろう。その大きさ故にバレバレだけど。

「フェロール、魔物って人を襲《おそ》うんだよね？」

「ええ、そうです。魔物は魔石を主に食べますが、おなかを満たすためなら、生き物も食べます」

「それじゃやっぱりボクたちを食べにきたのか」

「ミュ」

アースドラゴンがゆっくりと動き出した。あの様子だと動きは遅いみたいだけど、アルフレッド先生もデニス親方も油断はしていないみたいだ。緩慢《かんまん》な動きから目を離すことなく、見つめている。

そんな二人を見て、これは手ごわいと思ったのか、アースドラゴンが大きく息を吸い始めた。あれは口から何かを吐き出す合図だ。定番なら火を噴きそうなところだけど、アースドラゴンなんだよね。火じゃないような気がする。

そう思っていると、口から緑色の液体を吐き出した。あれはもしかして、毒？　瞬時にアルフレッド先生が精霊魔法を使ってそれを吹き飛ばしたが、飛んだ先には液体が残っていた。

「ちっ、毒持ちか。また面倒だな。ガイアコントロール！」

すかさずデニス親方が精霊魔法を使い、毒の液体を地中へと埋めた。これなら足元を気にすることなく戦えるね。

「急いで倒した方がよさそうですね。毒を吐き続けられると、いずれ足場がなくなってしまう。アイスランス！」

アルフレッド先生の剣の先から、氷の槍《やり》が飛び出した。だがそれを、アースドラゴンは首を引っ込めて、甲羅《こうら》に閉じこもることで回避した。甲羅に当たった氷の槍は大きな音を立てて、砕《くだ》けてしまった。

「どうやらあの甲羅には魔法防御の効果があるみたいですね。やはり特殊個体でしたか」

「毒のブレスなんて珍《めずら》しいものを使ってきたからな。そうじゃないかと思ったぜ。見た目が同じだからな、どいつもこいつも」

そう言いながら、今度はデニス親方が大きなオノで攻撃する。ガキン！　という、金属と金属がぶつかり合ったような音が響いた。舌打ちをして下がるデニス親方。

「思った以上に硬《かた》いな。甲羅を割ることはできるが、時間がかかりそうだぜ」

「参りましたね。長引くと、他の魔物が集まってくるかもしれません」

そう言いながら、チラリとボクたちの方を見たアルフレッド先生。集まってきた魔物がボクたちの方へ向かって行ったら。そう思っているようだ。

確かにそれはまずいね。フェロールも強いんだろうけど、数が増えると、さすがに対処できなくなるに違いない。

まずいな、一体どうすれば。ボクに何かできることはないのか？

そんなことを思っていると、アースドラゴンが再び動き始めた。今度は先ほどよりも機敏《きびん》な動きで突進してきた。それでも体が重たいみたいで、そんなには速くはないんだけどね。アルフレッド先生たちも余裕を持ってその攻撃を回避しているし。だが、ぶつかると危険なのでこちらからも攻撃はできないみたいだ。

アルフレッド先生が精霊魔法を使うと、それに反応して首を引っ込めて甲羅の中へ引きこもった。これじゃ、倒すまでにどれだけ時間がかかるか分からないね。逃げた方がいいのだろうか？　でも、ボクたちについてきて、ノースウエストまで来られると困るぞ。

「アルフレッド先生、どうすれば……」

「出てきてはいけません！」

「え？」

ほんの少しだけ顔を出したボクたちへ向けて、アースドラゴンが毒を吐き出してきた。それを
ミューが精霊魔法で結界を作って防いでくれた。

危なかった。ミューがいなかったら、大変なことになっていたぞ。どうやらアースドラゴンはボクたちを狙っていたみたいだね。この中で一番だれが弱いのか、よく分かっているようだ。

「あ、危ない！」

「くっ」

ボクに気を取られたアルフレッド先生に向かって攻撃をするアースドラゴン。どうやらそのすきを狙っていたようである。今まで一度もやらなかった、尻尾《しっぽ》を振り回した連続回転攻撃だ。

回転速度が速い！　このままじゃ、アルフレッド先生に当たってしまう。どうすれば。今のボクにできることはないのか？　そうだ！

車のハイビームをイメージして、そのまぶしい光をあのアースドラゴンの目に集中させるんだ。そうすれば、目くらましくらいにはなるはずだ。

「ライト！」

次の瞬間、アースドラゴンの顔が真っ白に輝いた。そのまぶしさで、アースドラゴンの顔が見えない！　アースドラゴンの目の前には、半球型の丸い物が浮かんでいる。どうやらその形状で光を

一方向に集中させたみたいだ。

「ギャア……！」

悲鳴を上げたアースドラゴンがその動きを止めた。そしてどうやら完全に目がやられてしまったようで、前足で目元を覆《おお》っている。

どうやら混乱しているみたいだな。甲羅にこもることも忘れて、ただただジタバタしている。

「アルフレッド先生！」

「デニス、今がチャンスですよ」

「分かってるぜ。よくやったぞ、坊主！　その首、もらったー！」

デニス親方の大きなオノがアースドラゴンの首をとらえた。そして骨を砕くようなバキバキという音と共に、その首が飛んで行った。すごい威力だ。ドワーフは力が強いということは知っていたけど、まさかドラゴンの首を落とすほどの力を持っているとは思わなかった。

よく見ると、オノが地面に深々と刺さっている。

「やりましたね、デニス」

「すごいや、デニス親方！」

「ミュ！」

「さすがはドワーフですな。わたくしの出番はありませんでしたよ」

「何を言っているんだ、フェロール。フェロールが坊主を守ってくれていたから、俺たちがアースドラゴンに集中することができたんだろう？」

その通りだと思う。フェロールはずっと、他の魔物がこちらへ向かって来ないか、警戒してくれていたみたいだからね。

そのおかげで、ボクもミューも周囲を気にすることなく、アースドラゴンに集中できたのだと思う。

「リディルくん、一体何をしたのですか？　アースドラゴンに目くらましをしたように見えたのですが」

「さすがはアルフレッド先生。その通りです。ライトを使って、目くらましをしました」

「おいおい、冗談だろう？　確かに坊主が使うライトは普通とは違う。だが、あの様子だと、完全に視力を失っていたみたいだったぞ」

以前、蛍光灯の光をイメージして、普通のライトよりもまぶしいライトを使ったことがある。アルフレッド先生もデニス親方も、そのときのことを思い出しているみたいだね。

さて、どうしたものか。車のハイビームを説明しても、通用するかな？　でも、そう話すしかないよね。

そんなわけで、ボクはなるべくみんなが分かりやすいように、車とは何か、ハイビームとは何かを話した。

「馬を必要としない乗り物ですか」

「すげえな、坊主。帰ったら、さっそくそれを作ろうぜ！」

「さすがにすぐには作れないと思うよ。動力はなんとかなるにしても、タイヤになりそうな物がないからね。木じゃ、さすがに重量を支えきれないよ」

「確かに……もったいねぇ……」

もったいない、もったいないを繰り返すデニス親方。よっぽど車を作ってみたかったようだ。でも、今のでこぼこ道では、車を走らせるのは困難だと思うんだよね。当分、馬車での移動になると思う。それよりも、悪路を気にせず移動できる、空飛ぶ乗り物の方がよさそうな気がするぞ。提案しないけど。

「ミュ！」

「そうですね。何はともあれ、リディルくんのおかげで、ケガをせずにすみましたよ。さすがにあれは避けることができなそうでしたからね」

「確かに危なかったな。まさか、あんなに素早く動けるとは。どうやらこちらを油断させるために、あえてゆっくりと動いていたみたいだな。さすがはドラゴン。賢いぜ。坊主がいなければ、今ごろどうなっていたことやら」

アルフレッド先生とデニス親方がボクの頭をなでてくれた。えへへ。どうやらボクもみんなの役に立つことができたみたいだね。

ボクにだって、できることがあったんだ。こんなにうれしいことはないぞ。

「リディル様、立派になられましたな……」

「ミュ……」

「ちょっとフェロール、なんでまた泣いてるの⁉」

どうやらボクが活躍したのが泣くほどうれしかったようである。フェロールってボクのことになると、途端《とたん》に涙腺《るいせん》が緩《ゆる》むよね？　陰の人として、それはどうなのよ。

だが、ボクのことを孫のように思ってくれているフェロールに、そんな無粋《ぶすい》なことを言ってはいけない。みんなの視線をそらすために、話を変えることにした。

「ドラゴンって賢いんですね。すごく勉強になりました」

ただでさえ強い生き物なのに、それが賢いだなんて。もうドラゴンとは戦いたくないかな。次に現れたら、目くらましをしてから、全力で逃げることを提案しよう。

今回も最初からそうすればよかったのかもしれない。

「それならよかった。今回の戦いはムダにはならなかったようですね」

「坊主の勉強になったみたいで何よりだ。さあ、早いところアースドラゴンの素材を回収することにしようぜ」

「もうずいぶんと日が高くなっていますからね。そろそろ戻らないと、屋敷へたどり着く前に日が暮れてしまいますよ」

「それは困りますね。急いで回収しましょう！」

みんなで急いで動き始めた。とは言っても、マジックバッグに入れるだけなのですぐなんだけどね。もちろん飛んで行った頭も回収する。牙《きば》とかが素材になるそうだ。ドラゴンの素材は捨てるところがほとんどないらしい。

今回倒したのは魔物になったアースドラゴンだった。そのため、大きな魔石が手に入るかもしれないと、デニス親方がウキウキしていた。

魔物の体の中には魔石があるからね。大きな個体ほど、大きな魔石を持っている可能性が高いそうである。

アースドラゴンを回収したボクたちは急いで帰路についた。今後も魔石がなくなりそうになったら、この岩山に魔石を探しにくることになりそうだ。

アルフレッド先生が言うには、アースドラゴンがまた現れる可能性は低いらしい。ドラゴンが魔物になること自体が珍しいことみたいだからね。

それならこれからも魔石がたくさん採れる岩山として利用しても問題なさそうだ。でも、魔物がいるから、みんなで一緒に行くようにした方がいいかもしれない。

そんなことを提案すると、「そうしよう」ということになった。そしてこの場所は、ノースウエストの人たちにはまだ内緒にすることに決めた。

「私もそれがいいと思います。町の人たちだけでは、魔物と戦うのには不安がありますからね」

「そうだな。ノースウエストにはまだまともな武器がないからな。あったとしても、ナタやクワくらいなものだろう？」

「そうだね。あとは……ナイフとか？」

「確かにそれだけでは不安ですね。魔物を相手にするのは難しいでしょう。それに、ノースウエストで戦える人物はほとんどいないように思います」

なかなか失礼なことをフェロールが言っているが、否定できないんだよね。みんないい人ばかりで、とても荒っぽいことができるようには思えない。

フェロールのことだから、ボクの安全を確保するために、ここへ来てからすぐに町の人たちのことを調べたんじゃないかな？　危険な人物がいないかってね。

そんな話をしながら歩いているうちに、ノースウエストへと戻ってきた。みんなで無事に戻ってくることができたことに胸をなで下ろした。

夕暮れまではもう少し。これ以上遅くなっていたら、危《あや》うく暗い森の中を歩くことになるところだった。夜の森は危険だからね。気をつけないと。

ボクたちが戻ってきたことに世界樹さんも気がついたようである。

『お帰りなさい。だれもケガをすることなくアースドラゴンを倒すことができたみたいで、ホッとしてますよ』

「あれ？　世界樹《せかいじゅ》さんはどうしてそのことを知っているの？」

『ふっふっふ、私を甘く見てもらっては困りますよ。これでもこの辺り一帯には根を伸ばしていますからね。遠くのこともお見通しです』

「それじゃ、あそこに魔石が採れる場所があるって、知っていたのですか？」

『さすがにそこまでは……生き物の気配なら、それなりに分かるのですけどね。今回はアースドラゴンという、大きな気配の持ち主だったので、すぐに分かりましたよ』

世界樹さんにそんな能力があるだなんて知らなかった。さすがは伝説の木なだけはあるね。ボクたちの目に見えているのはほんの一部分で、地面の下の見えない部分には、ものすごい範囲にまで根っこが広がっているんだろうな。すごい。

『それではさっそくですが、どのようなことがあったのか、教えてもらえませんか？』

「もちろんです！　世界樹さんがボクに精霊魔法を使う力を授けて下さったおかげで、みんなの役に立つことができたんですよ。ありがとうございます、世界樹さん」

そう言ってから頭を下げる。そんなボクの脳裏に、ちょっと驚いた様子をした、世界樹さんのイメージが浮かび上がった。

こうして世界樹さんのイメージが見えるのは、ボクと世界樹さんがどこかでつながっているからなのだと思う。その証拠に、他の人たちにはボクと同じ物が見えていないみたいなんだよね。

『それはよかった。ですが、勘違いしてはいけませんよ、リディル』

「世界樹さん？」

『精霊魔法をどう使うかはあなた次第です。それをみんなの役に立つことに使ったのであれば、それは間違いなく、あなたの力ですよ。だからもっと胸を張りなさい。あなたはもう、無力な存在ではありませんよ』

「世界樹さん……分かりました！」

それからの時間は、日が暮れるまで世界樹さんに何があったのかを話した。世界樹さんはそれを楽しそうに聞いてくれた。

そんなボクたちの向こうでは、デニス親方がアースドラゴンを解体し、大きな魔石が手に入ったと大喜びしていた。それがあれば、すごい魔道具が作れるらしい。どんな魔道具ができるのか、今から楽しみだね。

そしてアースドラゴンの肉は、さっそくアルフレッド先生たちの手によって、燻製にされていた。今日の夕食はドラゴンステーキになるらしい。ドラゴンステーキだなんて、王城でも食べたことがないぞ。

一体どんな味がするのだろうか？　ミューもそれを楽しみにしているみたいで、先ほどからボクたちの周りを飛び回っていた。

「さてと、アースドラゴンの素材が手に入ったわけだが、どうするかな。アルフレッド、何かに使うか？」

「うーん、特に使う予定はないですね。売りに出しますか？」

「そうだな……」

「お待ち下さい。アースドラゴンの素材が一気に出回るようなことになれば、市場が混乱することになるでしょう。売るとしても、時間をかけて少しずつ売るべきだと思います」

慌てた様子のフェロールがアルフレッド先生とデニス親方を止める。ドラゴンの素材はとても貴重で、高く売れると聞いたことがある。

そんなものを一気に市場に流せばどうなるか。ドラゴンの素材の価値は暴落《ぼうらく》するだろうな。国のあちこちで話題になることだろうし、ノースウエストのことも話題になるかもしれない。

ノースウエストを豊かにしたいと思っているけど、別に有名にしたいわけじゃないんだよね。そんなことをすれば、どこかの貴族に目をつけられるかもしれない。

もしかすると王族にも……それはちょっと困ることになるぞ。

「フェロールが言うように、まとめて売るのはやめておいた方がいいと思います。もったいないですけど、しばらくはマジックバッグの中に入れておいた方がいいのではないでしょうか」

「そうするか。マジックバッグに入れておけば、腐らないからな」

「こんなときにケットシーがいてくれればよかったのですが」

眉を下げているアルフレッド先生。ケットシーか。確か錬金術《れんきんじゅつ》が得意な種族だったはずだ。そしてその姿は二足歩行する猫の姿をしていたはずだ。

一度でいいから会ってみたいな～。この辺りに住んでいたりしないのだろうか？　今度、探しに行ってみようかな。

あとがき

はじめまして、作者のえながゆうきです。

この度は「世界樹の守り人」を手に取っていただき、誠にありがとうございます！

本作品はＷＥＢ小説サイトのカクヨムにて投稿していたものを、色々とゴネゴネして、チクチクと縫い合わせて、そこに書き下ろしを加えて完成させた、持てる力を出し切った作品となっております。

正直、かなり大変でした。それだけに、面白さをギュッと濃縮した作品になっておりますので、一人でも多くの人に楽しんでいただけたら、とてもうれしいです。

イラストを担当して下さった塩部縁先生、本当にありがとうございます。リディルくんやミューたちの解像度が何十倍にも押し広げられました。どれもすばらしいイラストばかりで、届く度に声を上げて、ガッツポーズをしてました。これだ、と。

担当編集者様には大変お世話になっております。連絡がマメで、すぐに返信があるので、非常に助かっております。おかげさまで、安心して書籍化作業を進めることができました。

最後になりますが、ここまでお付き合い下さり、本当にありがとうございます。また２巻でお会いできることを願っております。

GAノベル

世界樹の守り人
～異世界のすみっこで豊かな国づくり～

2024年9月30日　初版第一刷発行

著者　えながゆうき
発行者　出井貴完
発行所　SBクリエイティブ株式会社
〒105-0001　東京都港区虎ノ門2-2-1

装丁　AFTERGLOW
印刷・製本　中央精版印刷株式会社

ISBN978-4-8156-2592-4
Printed in Japan

本書は、カクヨムに掲載された
「世界樹の守り人」を加筆修正、改題したものです。

ファンレター、作品のご感想をお待ちしております。

〒105-0001　東京都港区虎ノ門2-2-1
SBクリエイティブ株式会社
GA文庫編集部 気付

「えながゆうき先生」係
「塩部縁先生」係

本書に関するご意見・ご感想は
下のQRコードよりお寄せください。
※アクセスの際に発生する通信費等はご負担ください。

https://ga.sbcr.jp/